Mikael Torfason

LOST IN PARADISE

Islands arme Könige ...
... ein amerikanischer Himmel ...
... und ich, Torfis zweiter Sohn

Aus dem Isländischen
von Tina Flecken

Die Originalausgabe erschien 2015 unter dem Titel „Týnd í Paradís",
Verlag Sögur útgáfa, Reykjavík – © Mikael Torfason

Aus dem Isländischen von Tina Flecken
Für die deutsche Ausgabe © 2017 STROUX edition, München
Alle deutschsprachigen Rechte vorbehalten
Cover: Matthias Mielitz, München –
unter Verwendung eines Fotos von © Haraldur Jónasson

Gefördert durch ein Stipendium des Deutschen Übersetzerfonds 2017
Unterstützt durch den Isländischen Literaturfonds
Druck ermöglicht durch eine Crowdfunding-Kampagne auf
www.startnext.com, kuratiert von #kreativmuenchen Crowdfunding
www.stroux-edition.de

ISBN 978-3-9818430-2-6
Alle Rechte der Ausgabe
© STROUX edition München 2017

Printed in Germany

„Denkt nicht, ich sei gekommen, Frieden auf die Erde zu bringen;
ich bin nicht gekommen, Frieden zu bringen, sondern ein Schwert.
Denn ich bin gekommen, um zu entzweien: einen Menschen mit
seinem Vater und eine Tochter mit ihrer Mutter und eine junge
Ehefrau mit ihrer Schwiegermutter."

Jesus von Nazareth (Matthäus 10,34–35)[1]

Für Dr. Guðmundur Bjarnason.
Danke für alles.

---

1 Alle Bibelzitate stammen aus der Neue-Welt-Übersetzung der Heiligen Schrift,
herausgegeben von der Wachtturm-Gesellschaft.

1. Kapitel

Mama verschwindet

„Dann ließ Jehova Schwefel und Feuer von Jehova, von den Himmeln her, auf Sodom und Gomorra regnen. So ging er daran, diese Städte umzukehren, ja den ganzen ‚Bezirk' und alle Bewohner der Städte und die Pflanzen des Erdbodens. Und seine Frau begann sich hinter ihm umzuschauen, und sie wurde zu einer Salzsäule."

1. Mose 19,24–26

Mama war verschwunden.

Ich weiß noch, dass mein Bruder Ingvi mir zuflüsterte, wir sollten uns nicht umschauen, sonst würden wir zu Salz.

„Salz?", wiederholte ich, noch ziemlich geschwächt neben ihm auf der Rückbank von Papas Wolga.

„Ja, wie in Sodom."

„Wo?", flüsterte unsere Schwester Lilja. Sie kauerte auf der anderen Seite von Ingvi, der in der Mitte saß.

Lilja war noch keine drei Jahre alt und kapierte nie was. Ich war fast fünf, meinte ich jedenfalls, dabei hatte ich erst im nächsten Jahr Geburtstag. Allerdings feierten wir keine Geburtstage und redeten auch nie darüber, aber das sollte sich in den nächsten Tagen ändern, so wie eigentlich alles in unserem Leben.

Es war der zweite Weihnachtstag, was uns gar nicht richtig bewusst war, denn wir waren Zeugen Jehovas und durften kein Weihnachten feiern. Lilja kannte Weihnachten überhaupt nicht, doch ich war gerade aus dem Krankenhaus entlassen worden, und dort hatten alle ständig von Weihnachten geredet. Außerdem erzählte Ingvi mir andauernd Geschichten über dieses Fest des Lichts und des Friedens, denn er war acht Jahre alt und in einer richtigen Schule, in der es Weihnachten gab, auch wenn es ihm streng verboten war, Girlanden zu basteln oder Bilder von den isländischen Weihnachtsmännern zu malen. [2]

Ich merkte mir alles, was Ingvi erzählte, und er sagte, ich hätte ein Gehirn aus Klebstoff, weil ich so viele Geschichten aus der Bibel auswendig konnte. Deshalb wusste ich ganz genau, welche Frau zur Salzsäule erstarrt war. Ich wusste auch, dass mein Bruder mich veräppelte, traute mich aber trotzdem nicht, mich umzuschauen, denn ich wollte nicht zu Salz werden wie Lots Frau. Jehova hatte sie in eine Salzsäule verwandelt, als er die Engel geschickt hatte, um die Städte Sodom und Gomorra zu verbrennen. Das wusste ich alles.

„Erinnerst du dich nicht mehr an das Bild im Bibelbuch?", versuchte ich Lilja begreiflich zu machen, ohne dass uns Papa auf dem Fahrersitz hören konnte. Er war genervt und wütend auf Mama, die einfach so abgehauen war.

„Wir fahren zu Papas Freundin", hatte Ingvi mir gesagt, bevor wir losgefahren waren, denn er hatte gehört, wie Papa sie vom Telefon im Flur aus angerufen hatte. Er hatte auch gehört, wie Mama dasselbe zu Papa gesagt hatte, dass er doch zu seiner Freundin gehen und bei ihr wohnen solle. „Will sie die Kinder nicht auch gleich haben?", hatte sie gekeift. Ingvi hatte mir das alles erzählt, bevor Papa uns befohlen hatte, zum Auto zu gehen.

„Wo ist Mama?", fragte Lilja, und Ingvi schüttelte den Kopf.

„Sie kapiert echt nichts", flüsterte er mir im Wagen zu und warf Lilja, die sich einen Schnuller in den Mund steckte, einen strengen Blick zu. „Die Mama ist weg. Papa sucht dir eine neue Mama."

„Wir müssen auf Jehova vertrauen", fügte ich gewichtig hinzu. Ingvi nickte, und wir lauschten Papas Flüchen über den einsetzenden

---

2 Die dreizehn isländischen „Weihnachtsgesellen" sind dem isländischen Volksglauben nach raue Kerle, die von ihrer bösen Mutter, dem Trollweib Grýla, aus den Bergen zu den Menschen geschickt werden, um die Bauern zu beklauen. Bis Heiligabend kommt jeden Tag einer – der Wurststibitzer, Essnapflecker, Fensterglotzer usw. –, und ab dem 1. Weihnachtstag entschwinden sie wieder ins Hochland. Heute sind die Weihnachtsgesellen nicht mehr furchteinflößend, sondern treiben Späße und bringen den Kindern kleine Geschenke.

Schneefall. Ich hatte ihn letzte Woche, nachdem ich aus dem Krankenhaus entlassen worden war, das erste Mal fluchen gehört.

Ingvi hielt mich allerdings für blöd und meinte, Papa würde schon seit Langem fluchen, ich würde nur nie was mitkriegen, weil ich immer im Krankenhaus sei. Am Morgen hatte mir Ingvi auch erzählt, er habe gestern vor dem Einschlafen gesehen, wie Mama und Papa sich wieder geprügelt hätten. Mama habe Papa die Kehle zugedrückt und ihn gezwungen, alles zu gestehen. Daraufhin habe Papa sie als Hure beschimpft und geschrien, ob sie ihn etwa umbringen wolle.

„Mama? Eine Hure?" Meine Schwester Lilja gab nicht auf. Sie konnte sehr hartnäckig sein, aber ich wusste, dass sie noch nicht alt genug war, um zu verstehen, dass ihre Mutter verschwunden war und wahrscheinlich nie wieder zurückkommen würde.

„Was sollte er denn gestehen?", hatte ich Ingvi am Morgen gefragt. Er behauptete immer, alle in der Familie würden mich „Herr Reporter" nennen, weil ich ständig nach Sachen fragte, von denen die ich keine Ahnung hätte.

„Ehebruch", antwortete Ingvi, „er sollte Ehebruch gestehen."

Ingvi hatte mir auch erzählt, es sei der zweite Weihnachtstag, aber das sei nichts Besonderes, weil da niemand Geschenke bekomme. Aber in ein paar Tagen sei Silvester, und dann würden alle feiern, dass ein neues Jahr beginnt, außer uns natürlich, weil wir nichts feierten und an Heiligabend Fleischklößchen aßen, um allen zu demonstrieren, dass es uns völlig egal war, was auf den Tisch kam. Denn bald, sehr bald kam das Ende der Welt, und dann würde ich nie wieder krank sein und für immer und ewig im Paradies leben, wo es wunderschön und immer warm war. Ich würde mit allen möglichen Tieren in der Sonne herumtollen und mit Mama und Papa und allen, die an Jehova glaubten.

Ingvi war sich jedoch nicht mehr ganz sicher, ob Mama auch da wäre, denn wenn Papa Ehebruch gestanden hatte, musste sie ja eine Hure sein und würde nicht mit uns ins Paradies kommen. Um Papa machte er sich keine Sorgen, obwohl er Ehebruch gestanden hatte. Ingvi erzählte, als ich das letzte Mal im Krankenhaus gewesen sei, habe Mama

Papa oft angebrüllt, auf ihn eingeschlagen und ihn gedrängt, seinen Koffer zu packen und zu gehen, aber er war nicht gegangen. Daraufhin hatte sie ihre Sachen in den Koffer gepackt, war aber auch nicht gegangen und hatte alles wieder herausgerissen. Laut Ingvi hatte Papa ihr dann vorgeworfen, sie sei verrückt, weil sie andauernd putzen würde, außerdem habe sie sowieso nie Kinder gewollt, deswegen habe er sich eine neue Frau suchen müssen.

„Man kann auch mehr als eine Frau haben", flüsterte ich Ingvi zu, denn viele Männer in der Bibel hatten mehr als eine Frau, wenn Jehova Gott es ihnen befohlen hatte. Papa meinte allerdings, das könne teuer werden, weil Frauen so kostspielig im Unterhalt seien und man dann ja für alle seine Frauen sorgen müsse.

„Mama?", fragte Lilja schon wieder, als hätte sie uns überhaupt nicht zugehört.

„Sie ist weg", zischte Ingvi streng und verbot ihr, weiter nach Mama zu fragen.

„Glaubst du, dass sie einen neuen Mann hat?", wisperte ich, und Ingvi verdrehte die Augen, obwohl er schielte, und entgegnete, das sei das Dümmste, was er je gehört habe.

„Wie soll eine Frau denn zwei Männer haben?", fragte er und boxte mir so fest in die Rippen, dass ich am liebsten laut losgeheult hätte.

Woher sollte ich denn wissen, wie viele Männer eine Mutter haben konnte?

9

2. Kapitel

Schottlands Könige

Mama verschwand vier Jahre und vier Monate, nachdem ich auf der Entbindungsstation in Reykjavík zur Welt gekommen war. Ins Mütterverzeichnis des Landekrankenhauses hatte die Hebamme auf Papas Anweisung eingetragen: „Zeugen Jehovas – kein Blut". Mama hatte sich zu diesem Zeitpunkt sowohl ihm als auch der Gemeinschaft untergeordnet und versprochen, sich kurz nach meiner Geburt durch Untertauchen als Zeugin Jehovas taufen zu lassen. Dadurch wollten die beiden ihre hoffnungslose Ehe retten – mit einer Wassertaufe und einem zweiten Kind.

Papa war dreiundzwanzig, als ich auf die Welt kam, und Mama ein Jahr jünger. Heute beharrt sie darauf, dass ich als Neugeborenes wunderschön gewesen sei, mit rotbraunen Haaren, während Papa meint, ich habe ausgesehen wie Idi Amin. Der war damals Diktator in Uganda und ließ Hunderttausende seiner Landsleute ermorden. Idi Amin betitelte sich als König von Schottland, und Papa fand das besonders witzig, denn mein Urururgroßvater war Þorsteinn der Rote, der erste König von Schottland. Als seine Untertanen ihn hintergingen und töteten, floh seine Mutter, Auður die Tiefsinnige, zusammen mit Thorsteins Witwe Þuríður Eyvindsdóttir, meiner Urururgroßmutter, nach Island. Laut dem mittelalterlichen Geschichtswerk Isländerbuch, auf das Papa heute, viele Jahre später, gerne verweist, ist dies das einzige blaue Blut in unseren Adern.[3]

Mama weiß noch, wie Papa sagte: „Er sieht aus wie Idi Amin", als sie mich endlich in die Arme schließen durfte. Ich war nämlich

---

3 Þorsteinn der Rote war ein Heerkönig im späten 9. Jahrhundert. Von seiner Mutter, Auður der Tiefsinnigen, wird in verschiedenen Isländersagas sowie im Isländerbuch (isl. Íslendingabók), dem ältesten überlieferten altnordischen Prosatext, berichtet. Es wurde um 1125 von dem Priester Ari Þorgilsson (1067-1148) geschrieben und stellt die Geschichte Islands von der Landnahme bis 1118 dar.

blau angelaufen und hatte Atemprobleme, nachdem ich mich durch den Geburtskanal gekämpft hatte. Papa, der entschieden hatte, mich nach einem weiteren König, dem Erzengel Michael, zu benennen, behauptet, ich sei vor lauter Fett ganz entstellt gewesen.

„Mann, ist der dick", sagte er zu Mama. Ich war das größte Baby auf der ganzen Station und das größte Kind, das die Hebamme Fríða Einarsdóttir in ihrer gesamten beruflichen Laufbahn auf die Welt geholt hatte. Deshalb hatte der Arzt, der nach Papas Aussage Sigurður Samúelsson hieß, Fríða vorgewarnt und sie angeherrscht, diese Geburt müsse reibungslos verlaufen, denn auf der Station sei so viel los, dass er keine Zeit für Komplikationen habe.

Doch meine Geburt war von Anfang an eine einzige Komplikation. Mama schimpfte mit Papa, der von der Arbeit nach Hause gekommen war, meinen Bruder Ingvi schnell irgendwo untergebracht hatte und dann auf kürzestem Weg mit ihr zur Entbindungsstation gerast war. Sie kam sofort an den Tropf und beruhigte sich ein wenig, fand jedoch, Papa bringe nicht genug Verständnis für sie auf.

„Jetzt entspann dich doch mal", sagte er. „Du bist immer so ungeduldig. Immer soll alles schon gestern passiert sein."

„Ich bin längst überfällig", schrie Mama wie wahnsinnig, denn die Wehen kamen und gingen in unregelmäßigen Abständen, und ihr Mann schaffte es noch nicht einmal, ihr die Sauerstoffmaske richtig auf die Nase zu drücken. „Das ist das Einzige, was du tun sollst", keifte sie, doch Papa war vollauf damit beschäftigt, den Arzt und die Hebamme zu beobachten.

Der Arzt hielt offensichtlich nicht viel von Fríða. Papa sagt, er sei damals gerade aus Schweden zurückgekehrt und habe ihm anvertraut, dass es dort nicht so massiven Personalmangel gebe. In Island müsse man auf Gott und sein Glück vertrauen, denn alles sei furchtbar schlecht organisiert. Mama behauptet hingegen steif und fest, besagter Sigurður habe Magnússon geheißen und Gynäkologie in London studiert.

„Seien Sie vorsichtig!", herrschte Sigurður Fríða an und ließ sich dann wieder über meine Größe aus: „Das ist ein riesiges Baby. Aha, der Ellbogen kommt zuerst. So, jetzt. Schneiden Sie! Wir müssen schneiden. Möglichst sauber. Ich hab keine Zeit, den ganzen Abend hier zu sitzen und zu nähen. Der Schnitt muss sauber sein!"

„Ja, ja", entgegnete Fríða, während Papa alles ganz genau verfolgte. „Ich mach das schon."

Mama schrie wie am Spieß und erzählte mir später oft, dass sie erst im Nachhinein begriffen habe, dass man schräg in den Damm schneiden soll, damit die Haut nicht wie eine geplatzte Naht bis zum Anus aufreißt.

„Ich hab doch gesagt, seien Sie vorsichtig!", fauchte Sigurður Samúelsson oder Magnússon und holte mich heraus, indem er an dem blauschwarzen Ellbogen zog, der als Erstes in diese Welt lugte.

„Wo ist das Baby? Wo ist mein Baby?", heulte Mama und stieß die Sauerstoffmaske weg, die Papa ihr aufs Gesicht zu drücken versuchte. „Ich will mein Baby!", schrie sie weiter in einem dieser Anfälle von Hysterie, die Papa wahnsinnig nervten.

„Entspannen Sie sich", sagte der Arzt und hob mich auf einen nahestehenden Tisch. Als er es dort nicht schaffte, mich zu reanimieren, eilte er mit mir aus dem Raum und ließ meine Eltern mit Fríða alleine zurück. Die Hebamme wies den frischgebackenen Vater an, seine Frau im Bett zu halten, doch Papa musste Mama nicht festhalten, denn sie war kurz davor, in Ohnmacht zu fallen. Deshalb stand er einfach nur tatenlos da, während Fríða zum Telefon stürzte, um Hilfe zu rufen. Er warf Mama einen kurzen Blick zu und erinnerte die Hebamme daran, dass wir Zeugen Jehovas seien und keine Blutspenden annähmen.

„Was für Blutspenden?", soll Fríða gesagt haben, bevor sie am Telefon um Unterstützung bat.

Mama war total erschöpft, und obwohl sie nicht genau wusste, was los war, erinnert sie sich an das Gefühl, nur noch weinen zu wollen. Sie hätte am liebsten losgeheult, aber es kamen keine Tränen, und sie konnte sich nicht bewegen. Sie weiß auch noch, dass sie an die Kleidungsstücke dachte, die sie für mich gestrickt und nicht mit zur

Entbindungsstation genommen hatte. Der Pullover war weiß und passte perfekt zu dem kleinen Engel, der Mikael und nach seinem Vater Torfason heißen sollte. Laut Bibel und Wachtturm würde er niemals alt oder krank werden oder sterben, sondern ewig im Paradies leben. Vielleicht hätte sie sich ja doch schon vor der Geburt taufen lassen sollen, dachte Mama. Doch solange sie ausgesehen hatte wie ein Wal, hatte sie es nicht fertig gebracht, einen Badeanzug anzuziehen und sich im Schwimmbad untertauchen zu lassen.

Sie verdrängte den Gedanken an die bevorstehende Taufe bei den Zeugen Jehovas, während sie dalag und versuchte, sich von der Geburt zu erholen. Dennoch schoss ihr durch den Kopf, dass sie womöglich verbluten könnte, aber im nächsten Moment schämte sie sich für ihre ständigen Sorgen. Doch ihre Angst war real, denn sie wusste, dass der Wachtturm und die Bibel und Papa und die Frauen, mit denen sie den Wachtturm studierte, behaupteten, sie dürfe unter keinen Umständen Blut annehmen, sonst komme sie nicht ins Paradies.

„Na gut", dachte sie gleichgültig.

Und es war ihr wirklich egal. Alles war ihr egal, nur das Baby nicht, dass sie gerade zur Welt gebracht hatte. Wenn Torfi der Meinung war, eine Bluttransfusion würde alles nur noch schlimmer machen, dann wäre es wohl besser, kein Blut anzunehmen und am 8. August 1974 für den Herrn zu sterben, anstatt Gefahr zu laufen, nicht ins Paradies zu kommen.

Plötzlich drang lautes Weinen aus dem Nachbarraum, und Mama dachte an die orangefarbene Hose, die sie mir nach der neuesten Mode genäht hatte. Dann schlummerte sie ein und glitt unbeschwert in einen traumlosen Schlaf. Sie hatte ihre Pflicht erfüllt und hörte nicht, wie Papa sich mit Fríða stritt. Er beharrte darauf, dass der Name Mikael unverzüglich auf das Schild an meinem Babybett geschrieben würde, was in Island unüblich ist, da die Eltern den Namen des Kindes normalerweise erst bei der Taufe bekanntgeben.

„Wollen Sie ihn jetzt schon taufen lassen?", fragte Fríða arglos, nachdem sie mich vom Arzt in Empfang genommen hatte.

„Nein, die Taufe ist kein christliches Vermächtnis", leierte Papa sein Wissen aus dem Wachtturm herunter. „Jesus Christus war dreißig, als er sich taufen ließ, nur um das klarzustellen, aber dieses Kind ist noch nicht mal eine halbe Stunde alt. Wir wollen ihm nur einen Namen geben, so wie Jesus ein Name gegeben wurde und Ihnen ein Name gegeben wurde und mir ein Name gegeben wurde, das hat nichts mit einer Taufe zu tun."

„Aha, okay", sagte Fríða und hielt stolz das größte Baby im Arm, das sie je auf die Welt geholt hatte.

Papa behauptet, ich sei 5.200 Gramm schwer und 53 Zentimeter groß gewesen, dabei war ich in Wirklichkeit 4.900 Gramm schwer und 55 Zentimeter groß. Diese knapp fünf Kilo bekamen den Namen Mikael, nach dem Erzengel, den Jehova Gott erschuf und auf die Erde sandte, um als Kind geboren zu werden. Seine Mutter nannte ihn Jesus, und die Menschen proklamierten ihn als Christus. (Mehr über diese Geschichtsauffassung der Zeugen Jehovas später.)

Papa redete weiter auf Fríða ein und befahl ihr dann regelrecht, auf das leere Schild Mikael zu schreiben:

„Mikael Torfason. So heißt er, und es ist mein gutes Recht, ihm diesen Namen zu geben, ohne Priester oder irgendein Ritual, über das in keinem wichtigen Buch etwas geschrieben steht."

Fríða lächelte besänftigend, und dann kam der Arzt zurück, und Papa sagt, er habe zugesehen, wie er Mama wieder zusammennähte. Das fand er richtig spannend. Er kann diese Geschichte sehr gut erzählen und mit blumigen Adjektiven ausschmücken, aber die möchte ich lieber nicht wiedergeben. Nicht jetzt.

3. Kapitel

Sieben Jahre Unglück

Mama verblutete nicht auf der Entbindungsstation. Als sie wieder zu sich kam und mich endlich im Arm halten durfte, fragte sie sich: „Ist das wirklich mein Kind?"

Dasselbe hatte sie sich schon vier Jahre zuvor gefragt, nachdem sie meinen Bruder Ingvi auf derselben Entbindungsstation auf die Welt gebracht hatte. Es kam ihr vor wie eine Ewigkeit. Als Ingvi Reynir geboren wurde, hatte sie Angst vor allem gehabt, doch nun war sie fest entschlossen, daran zu glauben, dass mit Jehovas Hilfe alles gut gehen würde.

Vier Jahre vorher hatten die Hebammen sie in ihrem Bericht als „18-jährige Verkäuferin" bezeichnet. Jetzt war sie eine 22-jährige Hausfrau und fühlte sich viel älter und reifer. Als Ingvi auf die Welt kam, machte Papa sich gerne darüber lustig, wie jung und ahnungslos sie sei, dabei war sie nur ein Jahr jünger als er. Papa sagt, Mama sei so naiv gewesen, dass sie sogar behauptet hätte, mein Bruder sei unisexuell.

„Wovon sprichst du?", entgegnete Papa. „Unisexuell? Ingvi ist nicht unisexuell."

„Ingvi Reynir", korrigierte Mama, denn sie wollte nicht, dass mein Bruder nur Ingvi genannt wurde. „Er heißt Ingvi Reynir, und natürlich ist er unisexuell, wenn wir nicht verheiratet sind."

„Hahaha!", lachte Papa und erklärte ihr, dass ein außerhalb der Ehe geborenes Kind nicht unisexuell, sondern unehelich sei. „Oder willst du etwa behaupten, das war eine Jungfernzeugung?" Er erzählte diese Geschichte noch jahrelang und lachte sich jedes Mal kaputt. Noch heute hält er das für ein gutes Beispiel für Mamas Naivität.

Ich kam weder unisexuell noch unehelich auf die Welt, denn meine Eltern hatten geheiratet, als Ingvi Reynir getauft worden war. Vier Jahre später waren wir also eine vierköpfige Familie, und Papa war mit meinem großen Bruder auf dem Weg zu Mama und mir ins Krankenhaus.

„Alles wird gut", flüsterte Mama mir in ihrem Krankenbett zu, während sie mich stillte. Sie streichelte meinen Specknacken und dachte an die Hebammen und Krankenschwestern, die nicht müde wurden, ihr zu sagen, wie groß ich sei und wie stolz sie auf mich sein könne. Sie bemerkte den rotgoldenen Glanz meiner Haare, die einzeln von meinem großen Kopf abstanden, drückte ihr Gesicht in den Flaum und spürte eine Woge von Mutterinstinkt, der die Kontrolle übernehmen und dieses Kind vor allen Katastrophen der Welt beschützen wollte.

Während sie in meine Haare eintauchte, stolperte mein Bruder Ingvi auf der Treppe zur Entbindungsstation und zerbrach den Spiegel, den er Mama mitgebracht hatte. Er rannte laut heulend ins Zimmer, erzählte ihr die ganze Geschichte und schenkte mir ein Spielzeugauto. Dieser große Bruder, den ich in den darauffolgenden Jahrzehnten bewundern und vergöttern sollte, sagt heute, er sei vom ersten Moment an sauer auf mich gewesen. Er hatte das Gefühl, ich wäre zu nichts zu gebrauchen. Der Altersunterschied war einfach zu groß, und er hatte erwartet, dass ich viel größer und bemerkenswerter wäre.

In Ingvis Augen war ich weder besonders groß noch hübsch. Für ihn war ich nur ein kleines blassrosa Säckchen, das auf dem Schoß seiner Mutter lag und sich für nichts interessierte. Ich wollte nicht mit dem Auto spielen, das er mir geschenkt hatte, und scherte mich nicht darum, dass er wegen des zerbrochenen Spiegels heulte. Damals wussten wir beide nicht, dass ein zerbrochener Spiegel sieben Jahre Unglück bringt. Unsere Eltern wussten es natürlich, aber es war ihnen egal. Sie hatten den isländischen Aberglauben abgelegt und eine amerikanische Religion angenommen.

Diese Religion bestimmte in jenen Jahren alles in unserem Leben, und nachdem Ingvi und Papa sich von uns verabschiedet hatten, gingen sie sofort zu einer Zusammenkunft der Zeugen Jehovas. Mama und ich blieben zurück, lagen uns in den Armen und genossen es, die beiden und den Wachtturm an meinen ersten Lebenstagen los zu sein. Manchmal war Mama sichtlich erschöpft von Papa und seinem ständigen Gerede über die Bibel und den Weltuntergang, obwohl sie eingewilligt hatte, sich taufen zu lassen. Oft kamen ihr Zweifel, und manchmal glaubte sie gar nichts mehr. Papa wusste nie, woran er bei ihr war, warum sie so stur war. Im Grunde stellte er sie meist als eine Art Schwachkopf hin. Diese Einstellung passte gut zur Ideologie der Zeugen Jehovas, die Frauen nicht respektieren, es sei denn als Kindermädchen oder Köchin. Mama hatte jedoch auch keine sonderlich hohe Meinung von Papa und fand ihn charakterschwach und leicht manipulierbar. Als sie ihn kennenlernte, propagierte er eine neue Gesellschaftsordnung nach den Theorien von Marx und Engels, und nur zwei Jahre später kam er von der Arbeit nach Hause und erklärte ihr, der Weltuntergang stehe bevor. Sie könnten das ewige Leben im Paradies erlangen.

Papa war wie besessen von dieser neuen Wahrheit, und so wie er vorher alles in sich aufgesogen hatten, was im Funke stand, dem offiziellen Organ der Allianz der Radikalen Sozialisten, glaubte er nun alles, was im Wachtturm stand. Als ich auf die Welt kam, studierte Papa gerade den 95-sten Jahrgang der Zeitschrift, die in seinen Augen auch von Gott dem Allmächtigen persönlich hätte geschrieben sein können. Darin fand er Antworten auf alle seine Fragen. In der neuesten Ausgabe vom August 1974 wurde eine Leserfrage veröffentlicht, die ihn von da an schwer beschäftigte. Es ging um Sexualität, und Papa hatte ohnehin ständig Sex im Kopf. (Er brachte es sogar fertig, gut zehn Jahre später äußerst inspirierende und informative Artikel über Sexualität in der Zeitschrift Haar und Schönheit zu schreiben, die sich, wie der Name schon sagt, in erster Linie mit Frisuren beschäftigte.) Die Leserfrage drehte sich um die Auslegung der Worte des Apostels Paulus, dass es „für einen Menschen gut ist, keine Frau zu berühren". [4] Die Antwort der Redaktion des Wachtturms war

---

4 1. Korinther 7,1

17

eindeutig: Männer sollten am besten zölibatär leben. Es folgte ein Zitat von Jesus Christus, das ungefähr so lautet, dass jeder, der eine Frau leidenschaftlich ansieht, in seinem Herzen schon mit ihr Ehebruch begangen habe. [5]

Vielleicht schaffte Papa es nie, Jehova gänzlich gefällig zu sein, da nun mal alle Menschen Sünder sind, auch Papa, besonders auf diesem Gebiet. Manchmal fühlte er sich schlecht wegen all seiner begehrlichen Gedanken, als wäre sein Gehirn ein Muskel, den er nicht kontrollieren konnte. Dann sprach er mit Jehova und bat ihn darum, ihn zu einem guten Ehemann und Vater zu machen und ihn vor den Verlockungen Satans zu schützen. In einem Aufwasch bat er auch gleich noch darum, Mama besser und entgegenkommender und lustvoller zu machen, weil sie ständig über ihn schimpfte und klagte und ihn fast nie lieben wollte, wie es eine gute und gehorsame Ehefrau gemäß der Heiligen Schrift tun sollte.

Über all dies dachte Torfi nach, als er sich am Abend nach meiner Geburt in dem kleinen, ungesunden Kabuff im Laugavegur zur Ruhe bettete. Mein Bruder Ingvi schlief in seinem eigenen Zimmer, während Papa Jehova darum bat, ihm Kraft zu geben, die nächsten fünfzehn Monate durchzustehen. Dann würde der langersehnte Weltuntergang, das Harmagedon, uns alle mitreißen, und unsere Ängste und ständigen Sorgen würden in Windeseile verschwinden.

---

5 Matthäus 5,28

4. Kapitel

Harmagedon im Laugavegur 19b

Der Junge isst kaum etwas und hat keinen Stuhlgang. Auf der Entbindungsstation hatte er einmal Stuhlgang, das sogenannte Kindspech, ein lakritzartiger Brei, der bei allen Babys in der ersten Windel landet. Danach: nichts.

Der Junge weint nicht, sondern brüllt seine Mutter an, als wäre er besessen und mit einem qualvollen Fluch belegt. Zwischen den Brüllattacken starrt er vor sich hin, wie von aller Hoffnung verlassen. Wenn er endlich einnickt, schläft er nicht tief und fest, sondert schneidet Grimassen. Dieses finstere Mienenspiel wirkt sonderbar bei einem Neugeborenen, und die älteren Leute reden von einem schwierigen Charakter.

„Er hat eine starke Persönlichkeit, der Kleine", sagen sie.

Die 22-jährige, frischgebackene zweifache Mutter hört ihnen nicht zu. Sie weiß, dass sie früher oder später einem Arzt gegenübersitzen wird, der sie fragt, ob der Junge etwas isst. Ob er auch wirklich zunimmt. Mama kann den Arzt nicht anlügen. Er wird den kleinen Jungen messen und wiegen, und die ganze Welt wird erfahren, dass dieses große dicke Baby, das seinen Vater an Idi Amin, den letzten König von Schottland, erinnert hat, jetzt viel weniger wiegt als bei seiner Geburt.

So vergehen meine ersten Tage in dem kleinen Haus im Laugavegur 19b. Mama versucht, mir die Brust zu geben, die ich immer sofort wieder ausspucke, ohne dass sie versteht, warum. Ich bin nicht so robust wie Ingvi Reynir, als er von der Entbindungsstation nach Hause kam. Damals, als sie für ihre kleine Familie die obere Etage in diesem Hinterhaus mieteten, kamen sie und Papa sich noch so jung und unschuldig vor. Die Wohnung hat zwei Schlafzimmer, ein Wohnzimmer und eine Küche. Mein Bruder Ingvi schläft jetzt in dem einen

Zimmer und meine Eltern und ich in dem anderen. Das Wohnzimmer und die Küche füllen sich regelmäßig mit Zeugen Jehovas, die darauf warten, dass die Welt untergeht. Deshalb haben wir solches Glück mit der Mietwohnung, denn es lohnt sich nicht, eine Wohnung zu kaufen, wenn das Harmagedon so nah ist. Das Wichtigste für unsere kleine Familie ist, so viele Menschen wie möglich vor dem sicheren Tod zu retten. Und Papa gibt sein Bestes. Dabei kann er nicht die ganze Zeit die gute Botschaft verkünden, sondern muss auch im Friseursalon im Klapparstígur arbeiten. Papa hat zwei Monate vor meiner Geburt die Gesellenprüfung abgelegt und bekommt jetzt etwas mehr Gehalt. Der Friseursalon gehört seinem Schwager Sigurpáll und dessen Kompagnon. Sie werden sterben, genau wie Papas Schwester Inga. Ihre Seelen werden nicht mehr existieren, wenn die Welt untergeht, wahrscheinlich schon im nächsten Jahr. Sie haben Papa sehr geholfen, aber so ist es nun mal. Ziemlich viele Menschen werden sterben.

In diesem Friseursalon im Klapparstígur packten Örn Svavarsson und Ástríður Guðmundsdóttir Papa zum ersten Mal beim Wickel, als sie im Laden vorbeischauten, um die gute Botschaft zu verkünden. Papa war Kommunist, als die beiden den Friseursalon betraten und mit ihm über Glaubensfragen und die Weltpolitik diskutieren wollten. Sie beknieten ihn, zu einer Zusammenkunft ins Obergeschoss in Brautarholt zu kommen, und er war leichte Beute. Die Zeugen Jehovas waren seiner Ansicht nach genauso wütend und redlich wie die radikale Linke in Island, hatten aber eine klarere Vision. Und ihr internationaler Anstrich reizte Papa auch mehr als der verdammte Akademikerdünkel vieler Kommunisten.

Als ich auf die Welt kam, hatte Papa zusammen mit seinen Glaubensbrüdern und -schwestern bereits ein Versammlungshaus im Sogavegur errichtet. Unsere Wohnung fungierte als eine Art Treffpunkt für die Arbeiter des Herrn. Diese Arbeiter waren beiderlei Geschlechts, doch die Frauen sollten still sein, wenn die Männer redeten. Alle verzehrten Mamas Schokoladenkuchen und tunkten ihn in den Kaffee, den sie extra für sie aufgebrüht hatte. Anschließend wurde sie in den höchsten Tönen gelobt, und Papa natürlich auch, weil er eine so gute Frau hatte, die endlich einwilligte, den Wachtturm zu studieren, als sie mit mir schwanger war. Zwei Glaubensschwestern besuchten die Hochschwangere regelmäßig, lasen mit ihr, stellten ihr Fragen und vermittelten ihr die ganze Wahrheit über das Königreich Gottes im Himmel und Satan und das Paradies auf Erden.

Am Anfang interessierte sich Mama nicht sonderlich für die Berechnungen der Zeugen Jehovas über das genaue Ende der Welt, ebenso wenig wie für ihre Kritik an anderen Religionen. Stattdessen überzeugten die Frauen sie mit dem Versprechen, sie müsse nie mehr ängstlich oder besorgt sein, – Gefühle, von denen ihr bisheriges Leben bestimmt gewesen war. Jede Angst ist im Grunde genommen Angst vor dem Tod, und die Glaubensschwestern, die im Laugavegur in Mamas Wohnzimmer saßen, erklärten ihr, der Tod, so wie sie ihn verstehe, existiere gar nicht.

„Wenn du stirbst, fühlt es sich an, als würdest du einschlafen, und am jüngsten Tag wachst du von diesem Schlaf auf und lebst bis in alle Ewigkeit glücklich im Paradies."

Falls dieses Versprechen nicht den Ausschlag für Mamas Taufe im Herbst nach meiner Geburt gab, dann war es das vom baldigen Weltende im darauffolgenden Jahr. Die Glaubensschwestern erzählten ihr, in den USA, wo die Gemeinschaft vom allmächtigen Jehova persönlich geführt werde, würde man bei Zusammenkünften und Landeskongressen rufen:

„Stay alive to seventy five!"

Da Mama kein Wort Englisch verstand, übersetzten ihr die Frauen in unserem Wohnzimmer den Satz und erklärten ihr, dass schon im nächsten Jahr, 1975, das Paradies kommen werde. Nach den jüngsten Berechnungen der Leitenden Körperschaft in Brooklyn vermutlich am vierten oder siebten Oktober. Vor dem Paradies finde natürlich der Weltuntergang statt, den die Freundinnen Harmagedon nannten. Die Welt, wie Mama sie kenne, stehe vor dem spirituellen Bankrott, erläuterten sie, und gehe zugrunde. Sie müsse lediglich das Radio einschalten, um zu erfahren, dass die Welt dem Untergang geweiht sei, und nur wer sich zu Jehova bekenne, werde überleben und für tausend Millionen Jahre ewiges Leben im Paradies erlangen.

Mama strich über ihren Babybauch, in dem ich trat und mich drehte. Sie dachte an mich und meinen Bruder und Papa, der sich bereits auf dem Weg ins Paradies befand, und merkte, dass sie keine andere Wahl hatte. Sie fühlte sich schlecht und klein. Voller Angst vor dem Leben, das sie manchmal zu ersticken drohte.

Ihr fiel auf, dass ihr Mann viel umgänglicher war, seit er sich Jehova verschrieben hatte; er hatte sogar aufgehört zu trinken. Sie dachte daran, wie aufopferungsvoll er sich um Ingvi Reynir kümmerte. Er behandelte sie gut, und sie stritten sich viel weniger als in den ersten Jahren. Sie wusste immer, wo er sich aufhielt, selbst wenn er nicht zu Hause war: Er verkündete die gute Botschaft, las den Wachtturm, war bei einer Zusammenkunft oder half anderen in dieser netten, kleinen Gemeinde, die sich zu Jehova bekannte.

Papa sagte ihr auch viel öfter, wie schön und gut und klug sie sei und dass er sie liebe. Dabei wusste sie genau, dass sie nicht mehr schön war, sondern fett, mit Wassereinlagerungen und Herpesbläschen am Mund. Alles, was anschwellen konnte, schwoll an, und die Ärzte sagten ihr, sie sei viel zu schwer. Mama sah nie gut aus, wenn sie schwanger war, und diese zierliche Frau, die normalerweise um die fünfzig Kilo wog, hatte während der Schwangerschaft ein Höchstgewicht von fünfundneunzig Kilo. Eigentlich spielte es keine Rolle, für wie schön Torfi sie hielt. Sie spürte, wie sie auseinanderging, und fand, dass das Leben keinen Sinn mehr hatte, auch wenn sie heute sagt, dass sie gerne mit mir schwanger war und es kaum erwarten konnte, dass ich auf die Welt kam.

Auf Fotos wirkt sie als Schwangere so, als hätte das Kind in ihrem Bauch ihren gesamten Körper in Besitz genommen und sie gezwungen, ihm alles zu überlassen. Immer wenn sie schwanger war, konnte sie nichts mehr geben, weder sich selbst noch Papa oder sonst jemanden. Sämtliche Kraft und Energie ging für das Baby und dessen Wachstum drauf. Und dort auf dem Sofa mit den Glaubensschwestern (die Torfi garantiert auf sie angesetzt hatte, auch wenn er das nicht zugeben will) gab sie endgültig klein bei und akzeptierte die Wahrheit. Sie konnte nicht mehr. Die Vorbehalte der Glaubensschwestern bezüglich des Weltendes am vierten oder siebten Oktober 1975 waren ihr völlig egal. Sie erzählten ihr, der Zeitpunkt, an dem alle außer den Zeugen Jehovas von der Erde ausgelöscht würden, könne sich auch um ein oder zwei Jahre verzögern. Es sei zwar unwahrscheinlich, dass die Prophezeiung nicht eintreffen würde, aber „Vorsicht sei besser als Nachsicht". Die Schwestern gelobten den Weltuntergang für allerspätestens 1977.

5. Kapitel

Twiggy

„Selbstverständlich gibt es Personen, die Bekleidungsregeln aufstellen können. Wer sind sie? Ehemänner und Väter. Das Verhalten aller Familien- oder Haushaltsmitglieder des Mannes fällt auf ihn zurück. Er ist das von Gott bestimmte Oberhaupt der Familie und kann gewisse Kleidung mit Fug und Recht als anstößig verbieten.“

Der Wachtturm, 1. Oktober 1972

Vielleicht hatte Mama nie die Chance auf ein besseres Leben. Sie war schon immer sensibel, sagt sie selbst, genau wie ihr Vater; beiden fiel es stets schwer, ihr Schicksal in die Hand zu nehmen. Bereits in frühester Kindheit hatte Mama Schwierigkeiten, einen eigenen Namen zu bekommen, und wurde erst im Alter von drei Jahren getauft. Ihre Eltern konnten sich nicht einigen, wie sie heißen sollte. Oma Hulda wollte, dass ihre Tochter nach ihr benannt würde, doch die Großmutter meines Opas, die alte Hólmfríður, verlangte, dass das Mädchen ihren Namen bekommen sollte. Opa wagte es nicht, sich seiner Großmutter zu widersetzen, denn immerhin hatte sie ihn großgezogen, nachdem seine Mutter an Krebs gestorben war. Hólmfríður war mit ihm und Oma aus einer Wellblechhütte in eine Wohnung nach Selfoss und von dort in den Bústaðavegur 97 gezogen, im selben Jahr, als Mama auf die Welt kam.

Es existieren noch Fotos von dieser Hólmfríður, meiner Ururoma, aber kein Foto ihrer Tochter, der Mutter meines Großvaters und somit meine Uroma, die an Krebs starb. Sie kratzte ihr eigenes Gesicht aus allen Fotos, die es von ihr gab, weil sie so unglücklich war. Sie wollte nicht leben und nahm den Tod freudig in Empfang. Diese Frau hieß Herborg Björnsdóttir, aber heute findet man nicht mehr viele

Informationen über sie. Sie lebte lange mit einem Mann namens Fritz Berndsen zusammen, meinem Uropa. Er bekam mit ihr zwei Söhne, meinen Großvater und dessen Bruder, die beide Malermeister wurden. Fritz betrieb in der Innenstadt einen Kiosk, der sich in einem richtigen kleinen Turm befand und heute auf dem Lækjartorg steht. Als kleines Mädchen nahm Mama einmal allen Mut zusammen und ging zu ihm. Er öffnete die Luke des Kiosks und wunderte sich, als sie ihm sagte, sie heiße Hulda Fríða Berndsen und er sei ihr Großvater.

„Mein Papa heißt Ingvi Reynir Berndsen", erklärte sie ihm, und ihr Großvater Fritz schenkte ihr Süßigkeiten. Darüber hinaus wollte er nichts mit ihr und ihren Geschwistern zu tun haben, bis sein Sohn, Mamas Vater, starb. Da tauchte er im Bústaðavegur auf, schenkte Oma ein rotes Negligé und machte ihr den Hof.

Mama war neun Jahre lang die Jüngste von vier Geschwistern. Dann bekam sie eine kleine Schwester und schließlich noch einen kleinen Bruder, drei Jahre, bevor ihr Vater sich zu Tode soff. Mama wurde von ihren Eltern und Lehrern schnell als dumm abgestempelt und zusammen mit anderen Kindern, die als minderbemittelt galten, weil sie wie Mama aus armen Familien stammten, in eine Förderklasse gesteckt.

Als Mama älter wurde, protestierte sie gegen den Idiotenstempel des Schulsystems, indem sie sich schick kleidete. Sie kreierte ihren eigenen Stil mit Klamotten, die sie selbst nähte und sehr mutig kombinierte. Für ihr erstes Rendezvous mit Papa im Sommer 1969, als sie siebzehn war, nähte sie sich Dreiviertelhosen aus Tweedstoff mit Fischgrätmuster, den sie bei Jacobsen gekauft hatte. Dazu trug sie karierte Strümpfe und einen Pullover in dezenten Erdfarben. Vom Hals bis zum Bauchnabel zog sich ein breiter, schwarzer Streifen, der ihre – wie sie meinte – fehlenden Brüste kaschieren sollte. Damals stopfte sie ihre BHs mit Watte aus, weil sie sich für ihren kleinen Busen schämte.

Mama hatte sich sorgfältig auf das Rendezvous vorbereitet und mit der neuen Tweed-Hose unter dem Kopfkissen geschlafen, damit sie glatt gepresst war. Dazu trug sie die Lederjacke, die Oma ihr aus Mallorca mitgebracht hatte. (Sie war dort zu einer Mütterkur gewesen,

nachdem Opa Reynir auf dem Sofa kollabiert und nicht wieder aufgewacht war.) Die Jacke war maschinell nach der neuesten Mode angefertigt und aus Handschuhleder, das wie aus einer anderen Welt roch.
Sie war hellbraun mit einem Gürtel um die Taille, der Hulda Fríða
extrem cool aussehen ließ. Ihre Haare waren ganz kurz geschnitten,
schon seit ihrer Kindheit. Ihr Vater war immer mit ihr zum Friseur
gegangen und hatte ihr einen Kurzhaarschnitt verpassen lassen. „Das
ist praktischer", sagte er, und Mama traute sich nie zu widersprechen,
weil ihr Vater ihr so leid tat, - jedenfalls wenn sie nicht gerade Angst
vor ihm hatte.

Auf Fotos aus dieser Zeit sieht Mama aus wie Twiggy. So wurde
sie im Bústaðir-Viertel auch oft genannt, worüber sie sich freute.
Schon ein gutes Jahr nach dem ersten Rendezvous mit Papa brachte
sie auf der Entbindungsstation in Reykjavík meinen Bruder Ingvi zur
Welt, ausgerechnet am Geburtstag des Supermodels Twiggy. Nach
ihrer ersten Verabredung brauchte Torfi fast vier Monate, um Hulda
Fríða dazu zu bewegen, mit ihm ins Bett zu gehen, denn sie hatte vorher noch nie etwas mit einem Mann gehabt. Sie behauptet, sofort
beim ersten Mal, als sie in dem kleinen Zimmer ihrer Schwester in
Ljósheimar miteinander schliefen, schwanger geworden zu sein. Das
war in der Weihnachtszeit, und Papa, der damals zur See fuhr, hatte
an Heiligabend Landurlaub. Sie verlobten sich, aber Mama war beleidigt, als er wieder zur See fuhr. Deshalb nahm er den Verlobungsring
ab, als er an Silvester an Land war, ließ sich volllaufen und ging auf
Frauenfang.

Doch im Sommer 1969, als Papa sie mit dem Wagen seines Vaters
abholte, war das alles nicht absehbar. Die Geschichte meiner Eltern
war noch nicht geschrieben, und Mama war entschlossen, Papas
Drängen nicht nachzugeben, außer gegen das Versprechen, dass er sie
heiraten werde und sie bis an ihr Lebensende miteinander glücklich
sein würden. In den ersten Monaten legte sie sich vollbekleidet, manchmal sogar im Mantel, zu ihm. Als ich klein war, machten sich Papas
Brüder immer noch darüber lustig, wie prüde sie gewesen war. Doch

26

niemand wusste, dass Mama der Gedanke an Sex so zuwider war, dass sie sich einfach nicht vorstellen konnte, die paar Minuten über sich ergehen zu lassen, die ein Mann dafür braucht.

Alle im Bústaðavegur 97 waren tief beeindruckt von Papa, als er dort aufkreuzte, Kaffee trank und lächelnd mit Oma und deren Bruder Konversation betrieb. Und dann mit dem schärfsten Mädchen von ganz Reykjavík am Arm in den Sommerabend hinauszog. Sie konnte vielleicht nicht gut lesen und schreiben, aber sie hatte ihren eigenen Stil, auf dem ihr Selbstbewusstsein beruhte und von dem sie dachte, dass ihn ihr niemand wegnehmen könnte. Doch da irrte sie sich. Ehefrauen von Dienern Jehovas dürfen keinen eigenen Stil haben und Hosen tragen, schon gar keine Dreiviertelhosen aus Tweedstoff mit Fischgrätmuster. Das sollte sie noch herausfinden.

6. Kapitel

Die Tochter des Malers

Meinen Großvater, Ingvi Reynir Berndsen, lernte ich nie kennen; er starb sieben Jahre, bevor ich auf die Welt kam. Er wurde immer nur Reynir genannt und verfolgte Mama als 15-Jährige in ihren Träumen. Sie war damals viel alleine, und Einzelgänger sehnen sich oft nach Gesellschaft. Die Barmherzigkeit des protestantischen Gottes, den Mama vor dem Schlafengehen um Erlösung von der Einsamkeit bat, war jedoch begrenzt. Als ihr Vater noch gelebt hatte, hatte sie oft vor ihrem Bett gekniet und gebetet, ohne jemals erhört zu werden.

„Lieber Gott, bitte tu was", betete sie. „Lass Papa gesund werden und lass uns glücklich sein."

Am nächsten Abend kniete sie sich wieder hin und betete: „Lieber Gott, bitte lass es Papa morgen besser gehen. Bitte lass Papa nüchtern sein. Bitte mach, dass es mir gut geht."

So ging es immer weiter, aber Gott tat nie etwas. Nachdem ihr Vater gestorben war, sprach sie trotzdem weiter zu Gott und bat ihn, auf ihren Vater aufzupassen. Der erschien ihr immer wieder im Traum, sodass sie manchmal mitten in der Nacht hochschreckte. Sie war so niedergeschlagen, dass sie glaubte, alle glücklichen Stunden, nach denen sie sich sehnte, seien dahin und kämen nie wieder. Dabei hatte sie im Grunde nie welche erlebt. Doch wenn sie die Augen schloss und sich vorstellte, ihren Vater zu umarmen, erlebte sie einen Hauch von Glück. Er roch nicht nach Alkohol, nur intensiv nach Farbe, als wäre er endlich nüchtern geblieben, zur Arbeit gegangen und hätte ein ganzes Haus gestrichen. Jetzt war er zurück nach Hause gekommen und beugte sich über ihr Bett, und sie strich ihm über den Rücken.

„Papa?", sagt sie. Ach Papa, wiederholt sie im Geiste und küsst ihn auf die Wange. Endlich kann sie ihren Kopf noch einmal in seinen Schoß legen. Sie sind wieder zu Hause und schwelgen in vergangenen

Zeiten. Zeiten, die es eigentlich nie gab, weil er immer auf dem Sofa lag, betrunken und zugedröhnt.

Genau an dieser Stelle des Traums fährt Mama erschrocken hoch und befindet sich wieder in ihrem kleinen Zimmer, allein. Ihre kleineren Geschwister liegen schlafend in dem Bett neben ihr und rühren sich nicht. Sie rühren sich nie und schlafen immer noch tief und fest, als ihre Mutter aus dem Wohnzimmer ruft:

„Hulda? Hulda! Schläfst du?"

Oma bemüht sich zu flüstern, ist aber betrunken und redet ziemlich laut. Nachdem sie die Tür wieder zugezogen hat, bricht sie in Gelächter aus, denn Mama hat kein Auge aufgemacht. Sie hat sich schlafend gestellt, weil ihre Mutter einen Mann dabei hat.

Wieder ist sie alleine in dem Zimmer mit den schlafenden Kindern und der Vorstellung von ihrem Vater. Die Zeit steht still, und auch wenn der morgige Tag irgendwann kommt, wird sie immer noch genauso allein sein. Unabhängig davon, ob ihre kleinen Geschwister Aufmerksamkeit fordern und ihre Mutter und der Mann, den sie jetzt hören kann, so tun werden, als würden sie sich schämen.

Denn sie schämen sich nicht. Weder ihre Mutter noch dieser Mann, der bestimmt eigene Kinder in einem anderen Stadtteil von Reykjavík hat. Aber Mama schämt sich für sie und errötet, als sie den Mann herumkrakeelen und ihre Mutter über alles lachen hört, was er sagt. Sie wünscht sich, dass die beiden aufhören und dass die Stille sie in einen Schlaf hüllt, der alles erstickt.

Doch sie schläft nicht ein in jener kalten dunklen Nacht, und ihr Vater taucht wieder auf. Opa Reynir steht neben dem Schrank und wirkt jetzt betrunken, jenseits des dichten Nebels. Er lässt deprimiert den Kopf hängen und die Schultern sinken. Dann faltet er die Hände und lehnt sich schwerfällig an die Zimmertür. Dieser Wiedergänger ist Mamas Schattenprinz. Sie kann es nicht fassen, dass er sich immer solche Nächte aussucht, um herumzuspuken. Um mitanzusehen, wie seine Tochter sich quält, während sie ihre Mutter lustvoll schreien und stöhnen hört.

Vielleicht sollte sie etwas unternehmen. Die Leute sagen immer, man muss aktiv werden und einschreiten. Vielleicht ist ihr Vater gekommen, um ihr das zu sagen.

„Unternimm was!", könnte er ihr mit seinem besorgten Gesichtsausdruck sagen. Sie hört es nicht. Sie hat ihr Gesicht im Kissen vergraben, damit sie den Lärm ihrer Mutter nicht hören muss.

Ich kann nichts tun, Papa, denkt sie und versucht, ihm diese Worte telepathisch zu übermitteln. Sie starren einander an, und sie will ihm sagen, dass er sie nicht so anschauen soll. Davon bekommt sie Schuldgefühle. Sie hätte nichts sagen sollen. Sie setzt sich halb auf und blickt ihren Vater flehend an. Soll er sie doch ruhig anschauen.

„Bitte verzeih mir", wispert sie und möchte ihm sagen, dass er doch eigentlich wissen müsste, dass auf dieser Seite alles viel komplizierter ist. Unter dem kohlschwarzen Himmel.

Sie sitzen beide unter den Himmeln fest, denkt Mama.

„Wir sitzen alle fest", sagt sie, und daran lässt sich nichts ändern. Dies ist ein schrecklicher Ort, die Erde, unter dem Himmel. Hier findet man keinen Frieden, denkt sie, und es bringt nichts, zu Gott zu beten, denn die Gebete spenden keinen Trost mehr. Es ist, als würden sie alle durch die Luft schwirren, ohne ein Ziel zu haben.

„Und jetzt auch noch Mama", sagt sie, und Tränen laufen ihr über die Wangen und tropfen auf ihr Nachthemd. „Und jetzt auch noch Mama und diese Männer. Verzeih uns, Papa. Du darfst dir das nicht anhören."

Ihr Vater sagt nichts. Er steht einfach nur an der Tür, gefangen zwischen zwei Welten. Und sie ist selbst gefangen. In diesem Bett, mit ihren Geschwistern. Seinen kleinen Kindern, die sich kaum noch an ihn erinnern werden. Und ihn vergessen haben werden, wenn sie erwachsen sind und in der Gemeinschaft der Zeugen Jehovas untergehen und nicht mehr mit Papa oder Mama oder mir und schon gar nicht mit meiner Schwester reden werden, weil sie lesbisch sein wird, wenn sie groß ist.

In solchen Nächten hatte Mama immer das Gefühl zu ertrinken.

Sie trieb orientierungslos in ihrem Bett und versuchte, die Geräusche ihrer Mutter auszublenden, die sich doch nur ein bisschen besser fühlen wollte. Deshalb nahm sie Tabletten und trank Schnaps und küsste einen Mann, der nicht flüstern, sondern lachen und krakeelen und Spaß haben wollte.

„Hoffentlich geht sie gleich ins Bett", denkt Mama.

7. Kapitel

Die Angst vor dem Tod

Opa Reynir war nie ein so guter Mensch, wie Mama sich jahrzehntelang vorgaukelte. Im Gegenteil. Niemand ist von Grund auf böse, aber Opa kam ziemlich nah daran. Die besten Momente waren die, wenn er mit großem Trara nach Hause kam, die Tür der kleinen Wohnung im Bústaðavegur aufriss und durchs ganze Haus brüllte:

„Wer ist der Tollste?"

„Er war immer viel toller als wir", sagt Mama heute, und ich denke, sie glaubt das wirklich. Er redete Oma und den Kindern ein, er sei der Tollste, und war ein solcher Großkotz, dass er, wenn er nicht gerade betrunken war, in Khaki-Klamotten und Lackschuhen zur Arbeit ging und beim Nachhausekommen rief:

„Ich bin der Tollste von allen!"

Dann legte er sich aufs Sofa. Betäubte sich mit Tabletten und Brennivín und ließ sich von den Kleinen die Farbflecken von den Lackschuhen knibbeln.[6] Zwischendurch kotzte er in den Plastikeimer, den Oma gewissenhaft ausleerte.

Wenn er wieder zu sich kam und weitertrank, fragte er die Kinder, ob sie ihn nicht auch für den Tollsten hielten. Die Kinder bejahten, und er forderte sie auf, Jim Reeves aufs Grammophon zu legen.

Wenn er dann endlich wieder wegdämmerte, tauschten die Kleinen vielsagende Blicke und sagten:

„Er fühlt sich nicht gut."

Opa Reynir war ihrer Ansicht nach nie betrunken oder verkatert. Er fühlte sich nur nicht gut.

„Euer Vater fühlt sich nicht gut", sagte Oma.

---

6 Brennivín (isld. für Branntwein), auch „Schwarzer Tod" genannt, ist ein isländischer Kartoffelschnaps mit Kümmelaroma.

„Papa fühlt sich nicht gut", sagten die Kinder.

„Er fühlt sich nicht gut", sagte die ganze Familie neun oder zehn Tage hintereinander, bis er auf dem Sofa bewusstlos wurde und nie wieder aufwachte, im Alter von zweiundvierzig Jahren.

Oma, Mama und ihre Geschwister hatten sich während der letzten Tage so verhalten, als wäre er einfach nur krank. Wie üblich hatte er das Wohnzimmer in Beschlag genommen, und sie waren auf Zehenspitzen durch die Wohnung geschlichen. Oma huschte ab und zu ins Wohnzimmer und strich ihm übers Gesicht, sich vergewissernd, dass er genug Tabletten und Brennspiritus hatte und der Kotzeimer leer war. Sie kochte ihm Ochsenschwanzsuppe, weil er nichts anderes herunterbekam. Alles, was oben rein ging, kam unten wieder raus. Dann wusch Oma ihren Mann. Wenn er sich wieder besser fühlte, schickte er die Kinder zum Tante-Emma-Laden, um eine viereckige Flasche Portugal Rasierwasser zu kaufen.

Mama erledigte die ersten Botengänge zum Tante-Emma-Laden mit sechs oder sieben Jahren und durfte schon bald Abstecher zur Apotheke machen, um Brennspiritus zu kaufen. Heute, bald sechzig Jahre später, erinnert sie sich immer noch daran, wie der gutaussehende, adrette Apotheker den Brennspiritus in blitzweißes Papier einschlug. Sie steckte die Flasche unter ihre Jacke und rannte nach Hause, um ihrem Vater die Medizin zu bringen, weil er sich nicht gut fühlte. Am selben Tag, als man ihn abends tot im Wohnzimmer fand, war noch ein Arzt vorbeigekommen, hatte ihm eine Spritze gegeben und gesagt, so gehe es nicht weiter. Das sagten die Ärzte immer: dass er aufhören müsse, zu trinken.

„Sie stehen mit einem Bein im Grab, Reynir", erklärten sie. Wenn Oma da war, schauten sie die kaum vierzigjährige Frau an und sagten: „Wenn er nicht aufhört zu trinken, stirbt er wirklich."

Trotz der Warnungen trank Opa Reynir weiter. Mama weiß nicht mehr, wer ins Wohnzimmer spähte und sah, dass er tot war. Opa belagerte immer das Wohnzimmer, wenn er besoffen war, nahm Amphetamine, um wach zu werden, und schluckte Valium und Beruhigungspillen, um einzuschlafen. Er betäubte sich nicht zum Vergnügen mit Alkohol und Drogen, sondern um die Angst zu bekämpfen, die ihn seit seiner Kindheit begleitete. Doch die Schicksalsgöttinnen sorgten dafür, dass die Angst vor dem Tod ihn am Ende umbrachte.

Mama war fünfzehn, als ihr Vater starb. Sie erinnert sich, wie sie eines Morgens im Nachthemd im Wohnzimmer stand und ihren Vater reglos auf dem Sofa liegen sah. Sofort wusste sie, dass das kein normaler Alkoholrausch war. Sie weinte, alle Schwestern weinten und steckten die jüngeren Geschwister an, nur Oma weinte nicht, denn sie musste sich zusammenreißen, die Polizisten reinlassen und mit ihnen auf den Leichenwagen warten. Pastor Ólafur Skúlason, der spätere Bischof von Island, kam auch, und Mama weiß noch, dass Oma ihn anschrie:

„Raus, raus, raus! Und kommen Sie bloß nie wieder!"

Er wollte sie trösten und umarmen und aus ihrer Trauer Kapital schlagen, erzählte mir Mama. Aber Oma wollte das in diesem Moment nicht. Sie hatte zwar ihren Mann verloren, dennoch hatten ihre Kinder sie nie so stark gesehen. Er hatte sie alle mit seiner Angst beherrscht. Auch wenn Oma nach dem Tod ihres Mannes weiterhin eine Schwäche für miese Kerle hatte, war sie in den ersten Tagen wie von einem Bann befreit. Noch am Tag zuvor war sie verängstigt gewesen und hatte Reynir wie einen Adligen behandelt. Doch an dem Tag, als er das letzte Mal wegdämmerte, wurde ihr klar, dass er in erster Linie ein Feigling gewesen war.

„Er hatte schreckliche Angst", sagt Mama, die ihren Vater immer noch verteidigt und zu ihm hält. Ihrer Aussage nach hatte er schwache Nerven. Deswegen war er so ein Riesenarschloch und beraubte sie und ihre Geschwister ihrer Kindheit.

Vielleicht muss man ja Mitleid haben mit einem Mann wie Opa Reynir. Mama sagt, er habe sich so vor dem Tod gefürchtet, dass er sich manchmal nicht getraut habe, sein Essen herunterzuschlucken, vor lauter Angst, er könne daran ersticken. Mehr als einmal schickte er Oma in die Stadt, um bekannte spiritistische Medien dafür zu bezahlen, für ihn zu beten. Wenn er nüchtern war, schleppte er Mama mit nach Hafnarfjörður zu Guðrún Sigurðardóttir, die alle möglichen Fürsprachen abhielt und behauptete, sie werde von Pastor Haraldur Níelsson angeleitet. Er spreche durch sie und übermittle Grüße aus dem Jenseits. Der Mann war vor seinem Tod 1928 der berühmteste spiritistische Pastor Islands.

Wenn es Opa so schlecht ging, dass er nicht mehr vom Sofa aufstehen konnte, schrie er Oma an, sie solle sofort bei Guðrún in Hafnarfjörður anrufen.

„Sie muss für mich beten. Damit ich aufhöre zu trinken", jammerte er. Mama sagt, in diesem Zustand habe er immer den kleinen hilflosen Jungen gespielt.

„Tief im Inneren war er ein guter Mensch", meint Mama und beteuert, er sei alleine nicht zurechtgekommen. Er sei so krank gewesen.

Mama war immer das Lieblingskind ihres Vaters. Sie war lange Zeit die Jüngste und ständig mit ihm auf Achse, bevor er sich dauerhaft auf dem Sofa niederließ. Manchmal nahm er sie mit auf seine Sauftouren, dann saß sie hinten auf der Rückbank, eingequetscht zwischen lauter besoffenen Männern, die zu einer Party nach Keflavík fuhren. Wenn er nüchtern war, strich er Häuser an, bezahlte seine Schulden und Rechnungen und machte anschließend mit Mama einen Ausflug nach Hafnarfjörður. Sie erinnert sich noch an den Geruch bei Guðrún Sigurðardóttir, die sie ins Wohnzimmer schickte, während Opa sich in eine kleine Kabine zwängte und Mama und Guðrún und ein paar andere für ihn beteten. Weil er solche Angst hatte zu sterben.

8. Kapitel

Mama und Papa

Die Wahrscheinlichkeit, dass man entsteht, geht gegen Null. Unser Leben erwächst aus unzähligen Zufällen, und am Anfang deutet nichts darauf hin, dass man einmal geboren wird. So war es jedenfalls bei mir und meinen Geschwistern. Tatsächlich wies nichts darauf hin, dass wir einmal Wirklichkeit würden. Im Gegenteil: Alles sah so aus, als würden meine Geschwister und ich nie auf die Welt kommen, aber wir taten es doch.

Meine Eltern können sich nicht mehr erinnern, wo sie sich zum ersten Mal begegneten, wissen aber noch ungefähr, wie es zu ihrer Bekanntschaft kam. Mamas Bruder Þór und ihr Cousin Þóroddur arbeiteten auf demselben Küstenwachschiff wie Papa. Letzterer schärfte Mama ein, Papa sei ein Weiberheld und sie solle ihm bloß nicht zu nahe kommen. Auf See nannten sie ihn Kleiner Hengst, aber Mama scherte sich nicht um das, was die Jungs sagten, zumal sie sich überhaupt nicht für Papa interessierte. Sie fand ihn lächerlich, als sie ihn das erste Mal sah, auch wenn sie nicht mehr weiß, wo genau das war. Vielleicht in der Bankastræti, wo Mama und ein paar Freundinnen in der Druckerei Ísafold arbeiteten und Bücher einbanden. Papa und seine Kumpel bummelten oft die Bankastræti und den Laugavegur rauf und runter, wenn sie an Land kamen.

Papa sagt, das Erste, was ihn zu Mama hingezogen habe, sei, dass sie in einer Buchbinderei arbeitete. Im Sommer 1969 interessierte er sich für nichts anderes als für Bücher, Brennivín und Mädchen. Seine Hobbys änderten sich erst vierzig Jahre später, als er alles, bis auf die Bücher, drangab und ich ihn im Sommer zur Entzugsklinik Vogur fuhr. Zu diesem Zeitpunkt war er seit ein oder zwei Jahren nicht mehr nüchtern gewesen.

Mama erinnert sich noch, dass sie bei ihrer ersten Begegnung mit

Papa und seinen Freunden, ihrem Cousin und ihrem Bruder, viel kicherte und sogar Tränen lachte. Sie hat schon immer derart viel gelacht, dass es schon ans Neurotische grenzt. Übertriebenes Gelächter war ihr Schutz gegen Unsicherheit, und sie konnte sich problemlos in einen Rausch lachen und dadurch unangenehmen Situationen entfliehen. Mama weiß nicht, woher diese krankhaften Lachanfälle kommen. Oma lachte nie viel, und Mamas Vater auch nicht, aber sie und ihre Schwestern können sich ohne Weiteres vor Lachen in die Hose machen.

Mama und ihre Freundinnen veralberten Papa, weil sie ihn „total verkrampft" fanden. Er trug stets einen schicken Anzug, den er sich in der Herrenboutique Faco von seinem ersten Küstenwachschiff-Lohn gekauft hatte. Vorher mussten sich sein Bruder Númi und er ihre Ausgehklamotten teilen, was Papa furchtbar fand.

Außerdem war er verschrien, weil er sich nicht die Haare wachsen ließ und sich weigerte, ein Hippie oder „Gammler" zu sein. Torfi wollte gepflegt aussehen und schmierte sich Pomade ins Haar wie Elvis Presley, was bei Jungs in seinem Alter nie angesagt war. Wenn es keine Pomade gab, benutzte er Eutersalbe, die Oma in einem Regal im Bad aufbewahrte.

Auch wenn Mama nicht mehr weiß, wo sie Papa zum ersten Mal gesehen hat, so erinnert sie sich doch noch an das Gefühl. Als wäre es gestern gewesen, sagt sie. Mama weiß noch, dass sie ihn süß fand, trotz seiner fehlenden Lässigkeit, verbot sich aber, an ihn zu denken. Sie wollte nicht verliebt sein. Sie hatte sich vorgenommen, nie einen anderen Mann zu lieben als den, den sie einmal heiraten und mit dem sie viele Kinder bekommen würde. Diese Jungs hingegen, Papa und seine Freunde, waren schon unter der Woche betrunken, wenn sie an Land kamen. In der Regel dienstags, wenn die Küstenwachschiffe nach zweiwöchiger Patrouille am Kai anlegten. Mama kicherte nur, als Papa ihr schöne Augen machte. Papa weiß noch, dass sie und ihre gickelnden Freundinnen plötzlich an Bord des Küstenwachschiffs Óðinn waren. Man alberte herum und hatte Spaß, und am Ende schaffte er es, Mama in seine Kajüte zu locken und zu küssen.

Mama fühlte sich unwohl, als Papa sie das erste Mal küsste und berührte. Ihre Annäherung in den darauffolgenden Monaten bestand in erster Linie aus Papas Grabbelei und Mamas Angst, ihm nachzugeben. Das war ihr Liebeskrieg. Papa bestürmte sie, und Mama wehrte sich heldenhaft. Die Vorstellung, sich von diesem aufdringlichen Kerl anfassen zu lassen, war ihr zuwider. Doch manchmal mochte sie es, vollständig bekleidet neben ihm zu liegen und sich auszumalen, dass sie ein altes Ehepaar seien und Händchen hielten. Dass sie nicht gezwungen sei, zu kapitulieren und sich seinen Bedürfnissen zu fügen.

Papa konnte mir nie erklären, warum er sich in Mama verliebte. Vielleicht weil sie seinen blumigen Versprechungen so oft widerstand. Er weiß es heute selbst nicht mehr und sagt, sie hätten keine Gemeinsamkeiten gehabt. Dennoch liebte er sie und hätte manchmal alles für sie getan. Ein paar Monate später, als sie schwanger war und er auf See, webte er ihr in seiner Kajüte einen flammend roten Teppich. Er wollte ihr etwas schenken, um ihr zu zeigen, wie sehr er sich wünschte, ihr ein guter Ehemann zu sein.

Während des gesamten Sommers 1969 machte Papa ihr den Hof und lud sie am langen Kaufmannswochenende zum Volksfest nach Húnaver ein. [7] Doch noch bevor der Bus seinen Zielort in Nordisland erreicht hatte, machte sie mit ihm Schluss. Mama sagt, sie habe ihm den Laufpass gegeben, weil er betrunken und ekelhaft gewesen sei und nur gesengte Schafsköpfe und Genever dabei gehabt habe. Noch nicht einmal einen Schlafsack, geschweige denn ein Zelt. Er hatte vorgehabt, einfach mit in ihren Schlafsack zu kriechen, was sie nicht zulassen konnte, da sie bisher immer nur angezogen neben ihm gelegen hatte.

Der Kleine Hengst brauchte nicht lange, um sich in Húnaver einen neuen Schlafplatz zu besorgen, und Mama weiß noch, wie verletzt sie war, dass er sich sofort eine Neue suchte, die ihm versprach, ihren

---

7 Der erste Montag im August ist ein Feiertag für die Angestellten im Handel, die Geschäfte haben geschlossen, und ganz Island fährt über das lange Wochenende, das Verslunarmannahelgi, zum Campen aufs Land. An vielen Orten finden Musikfestivals statt, es wird wild gefeiert und viel getrunken.

Schlafsack mit ihm zu teilen. Sie heulte einsam in ihrem Zelt, doch schon am Samstag warf Papa sich ihr stockbesoffen vor die Füße und rief, er liebe sie und wolle mit ihr schlafen, nur mit ihr! Sie hatte solche Angst vor betrunkenen Männern, dass sie ihm fast nachgegeben hätte.

Trotzdem ließ sie sich erst wieder erweichen, als sie von Húnaver nach Hause zurückgekehrt waren. Daraufhin setzten sie ihre Annäherung auf die gleiche Weise fort. Er bekniete sie, wenigstens ihren Mantel auszuziehen und mit ihm zu knutschen, aber sie protestierte, sagte „igitt" und kicherte wie ein kleines Mädchen. Manchmal blieben sie nächtelang wach und redeten darüber, wie promisk ihre Mutter gewesen war. Hulda wollte mit niemandem schlafen, außer mit ihrem Ehemann, der sie liebte. Sie würden heiraten, Kinder bekommen und glücklich sein.

An solchen Abenden war Papa ein guter und verständnisvoller Zuhörer. Er versprach ihr, so lange zu warten, wie sie wolle, denn das zwischen ihnen, das sei wahre Liebe. Dann fuhr er zwei Wochen zur See, kam besoffen an Land, stapfte die Bankastræti hinauf und lud Mama und ihre Freundinnen ins Þórskaffi ein, wo sie alle ins Klo kotzten und sangen und kreischten. Manchmal feierten sie auch im Bústaðavegur, wo Oma und Papa nächtelang sitzen und trinken und Geschichten erzählen konnten. Papa rezitierte Verse von Káinn [8] und Örn Arnarson [9], und Oma liebte die Anekdoten und Gedichte, die er im Suff zum Besten gab:

„Weder möcht ich trinken Wein …", intonierte Papa, und Oma fing schon an zu lachen, bevor er weiter sprach:

… noch mag ich Verse sprechen.

Es nennt sich auch kein Weibsbild mein,

das gern würd' mit mir zechen.

---

[8] Kristján Níels Jónsson, K.N. oder Káinn (1860-1936) war ein isländischer Dichter, der mit 18 Jahren nach Amerika auswanderte und in North Dakota lebte. Er schrieb hauptsächlich humoristische Verse.
[9] Örn Arnarson (eigentlich Magnús Stefánsson, 1884-1942) war ein isländischer Dichter, der unter Pseudonym schrieb.

Mama wusste weder Káinn noch ein gutes Besäufnis zu schätzen und schwor sich in jenen Nächten, es ihm heimzuzahlen. Plötzlich war er nicht mehr so nett und warmherzig, wie er war, wenn sie alleine waren; da war er stocknüchtern und erzählte ihr von seinen Träumen, und sie vertraute ihm ihre Ängste an.

9. Kapitel

Oma und Opa

Mama war lieber Mutter als Ehefrau, und lieber Ehefrau als Geliebte.
Sie fand es besser, zu lieben als Liebe zu machen, und wenn Papa mit
ihr schlief, wollte sie es schnell hinter sich bringen. Das war so, sagt
sie, weil sie vor allem Angst hatte. Selbst vor Papas Furchtlosigkeit,
denn Torfi Geirmundsson schien sich vor nichts zu fürchten. Er marschierte einfach drauf los, so draufgängerisch, wie junge Männer wohl
schon seit Jahrhunderten waren. Bereit, für alles und nichts zu sterben
und ohne zu zögern, alles aufs Spiel zu setzen.

Mama war nach eigener Aussage weder mutig noch draufgängerisch. Sie war die verängstigte Tochter eines alkoholsüchtigen Anstrei-
chers und einer wunderschönen Frau von den Westmännerinseln,
die in ihrem ganzen Leben nur schlechte Männer geliebt hat. Papa
hingegen war der Sohn eines Almosenempfängers aus Grafarnes und
einer pummeligen Magd, die nur eine richtige Gemeinsamkeit hatten:
dass sie immer zuerst ans Essen dachten. Alles im Leben meiner Großeltern väterlicherseits, Geirmundur und Lilja, drehte sich darum,
genug zu essen zu haben, denn für sie gab es nichts Wichtigeres, als
dass die Kinder nicht hungrig ins Bett kamen. Dann würde schon
alles gutgehen.

Die Geschichte der Eltern meines Vaters ist die typische, von isländischen Autoren vielbeschriebene Geschichte einer Generation, die kurz
nach der Jahrhundertwende 1900 geboren wurde. Opa Geirmundur
hatte insofern mehr Pech als Oma Lilja, als dass er seiner Mutter kurz
nach dem kältesten Winter des zwanzigsten Jahrhunderts weggenom-
men wurde. Sein Vater war an einem eisigen Januartag 1919 im
Breiðafjörður ertrunken. Die Männer schafften es nicht mehr an Land,
und meine Urgroßmutter, die Kinder und die anderen Ehefrauen
mussten mit ansehen, wie sie im Meer untergingen. Mein Urgroßvater

41

Guðmundur war einer jener bedauernswerten bettelarmen isländischen Pachtbauern um 1900. Sie fuhren zur See, beackerten das Land und mussten mitansehen, wie ihre Kinder vor Hunger und ihre Frauen im Kindbett starben. Seine männlichen Vorfahren tragen Spitznamen wie „der Starke" und „der Böse", während seine Mutter noch nicht einmal namentlich bekannt ist.

Meine Uroma Sesselja, die Frau des Pachtbauern Guðmundur, schien lange zu zäh zum Sterben zu sein, verschied dann jedoch zum Jahresende 1948 mit achtundsechzig Jahren. Die Armut hielt sie davon ab, sich allzu viele Gedanken über christliche Moral zu machen, wie es im südlichen Europa üblich war, deshalb gab sie nichts auf Hochzeitsfirlefanz und ging die Ehe kategorisch nur mit Gott ein. Uropa Guðmundur und sie hatten beide bereits Kinder aus früheren Beziehungen, als sie – vermutlich aus der Not heraus – zusammenkamen. Die Natur schenkte ihnen drei kleine Jungen, die in einer winzigen Kate geboren wurden, die heute längst vergessen und im Brachland von Snæfellsnes verwittert ist.

Nachdem mein Urgroßvater im Meer ertrunken war, kamen Vertreter des Bezirksamtmanns und lösten die Familie auf. Sesselja konnte ihren Ehemann nicht lange betrauern und bekam schon bald den fünften Sohn mit dem dritten Mann, den sie in ihr Bett ließ. Opa Geirmundur war fünf Jahre alt, als sein Vater in Küstennähe ertrank, und wuchs auf Gemeindekosten bei Verwandten auf, nachdem man die Familie aufgelöst hatte. Später arbeitete er als Knecht auf verschiedenen Höfen in Snæfellsnes. Papa und mir erzählte er – unabhängig voneinander –, seine Mutter Sesselja sei temperamentvoll und aufbrausend gewesen und Papa habe ihren Charakter geerbt. Uroma Sesselja regte sich beim kleinsten Anlass auf und bekam Wutanfälle ohne triftigen Grund. Ihre gesamte Verwandtschaft gehörte zu den Ärmsten der Armen, Menschen, die auf ertraglosen kleinen Bauernhöfen lebten, auf Fischgräten herumkauten und unterernährte Kinder in die Welt setzten. Sesseljas Großmutter väterlicherseits hatte beispielsweise siebzehn Geschwister, von denen einige kaum den Tag ihrer Geburt überlebten. Uroma Sesselja, die mit vollem Namen Sesselja Sigurrós hieß, musste mehr als einmal ihren Stolz hinunterschlucken und sich bei Leuten, an denen sie ihre Wut ausgelassen hatte, demütig entschuldigen. Deshalb war sie stets von Hass und Bitterkeit und Wut auf andere Menschen erfüllt.

Meine Vorfahren kamen Anfang des letzten Jahrhunderts aus ihren Löchern gekrochen – aus Löchern, die man Torfhäuser nannte. Im Grunde grenzt es an ein Wunder, dass in diesen Erdhügeln Kinder geboren und großgezogen wurden. Uns wurde immer eingetrichtert, dass wir vor elfhundert Jahren Könige und tapfere Frauen waren, die andere Völker überfielen, raubten und plünderten und in diesem unbewohnten Land, wo die Butter von den Bäumen troff, große Höfe errichteten. Dann vergingen die Jahrhunderte, und diese frostige Insel Island unterjochte meine gesamte Familie, knechtete und versklavte sie. Meine Urgroßeltern hatten keinen Einfluss auf ihr Schicksal, sie besaßen noch nicht einmal das Wahlrecht, bis Uropa Guðmundur dieses Privileg schließlich am 19. Juni 1915 zugesprochen bekam. Sesselja Sigurrós war noch nicht alt genug, um zu wählen, da nur Männer über fünfundzwanzig und Frauen über vierzig das Wahlrecht erhielten, und meine Uroma war gerade erst fünfunddreißig geworden. Ihre Mutter, Katrín von Vatnabúðir, durfte zwar wählen, aber ich weiß nicht, ob sie jemals von diesem Recht Gebrauch machte.

Oma Lilja, Papas Mutter, war fast genauso arm wie Opa Geiri. Die beiden lernten sich kennen, nachdem sie von einem Mann, dem sie aus Liebe in die Westfjorde gefolgt war, betrogen worden war. Zurück in Snæfellsnes bekam sie eine Anstellung als Magd bei Bæring und Árþóra in Bjarnarhöfn. Zu diesem Zeitpunkt war sie achtzehn, mit geröteten Wangen und einem runden Gesicht, das meinem Großvater gefiel. Er, damals fünfundzwanzig und Knecht auf demselben Hof, versuchte, mit Gedichten bei ihr Eindruck zu schinden, aber dafür interessierte sie sich nicht. Als er ihr jedoch Geschichten aus seiner Kindheit erzählte, wie sein Vater ertrunken war und dass er als Kind auf Gemeindekosten gelebt hatte, beschloss sie, ihn zu lieben.

Und sie liebten einander, bis Lilja über fünfzig Jahre später starb. Danach trauerte Großvater zwanzig Jahre lang um sie und starb dann selbst, nachdem er mir gesagt hatte, nun würde er sie im Jenseits wiedertreffen. Zudem hoffte er, ein Pferd wiederzusehen, das er als Knecht besessen hatte.

Opa Geiri war sechs Jahre älter als Oma Lilja und hatte bereits eine Tochter, als dieses hübsche junge Mädchen mit den Zöpfen in seinem Leben auftauchte und sich von ihm küssen ließ. Oma wuchs mit elf Brüdern und Schwestern auf und hatte die Aufgabe, sich um alle jüngeren Geschwister zu kümmern, sieben oder acht an der Zahl. Die älteren Geschwister wurden von den Behörden aus der Torfhütte gezerrt und als Almosenempfänger auf bessere Höfe verteilt. Einer von Omas älteren Brüdern hasste seine Mutter noch siebzig Jahre später, als er Papa und mir seine Geschichte erzählte. Seine Mutter stieß ihn durch die Hoftür, als er vier Jahre alt war, und wandte sich mit versteinertem Gesicht von ihm ab, während er laut heulend auf dem Arm des Bezirksvertreters saß, der ihn abholen kam. Sie hieß Ingibjörg Kristín Finnsdóttir und war selbst als Pflegekind aufgewachsen, nachdem ihre Eltern sich 1901 nach Amerika aufgemacht hatten, als sie acht Jahre alt war.

Oma Lilja konnte für ihren weinenden Bruder nichts tun. Er war älter als sie, und ihre Aufgabe sollte sein, die jüngeren Geschwister großzuziehen, als wären es ihre eigenen Kinder. Das tat sie auch gewissenhaft, bis ihre jüngste Schwester trotz ihrer Pflege starb; sie war noch nicht einmal getauft. Danach dachte Oma, dass sie nie wieder etwas geben könnte. Dabei sollte sie uns allen noch so viel geben, denn sie war ein unerschöpflicher Quell an Weisheit und Liebe. Oma Lilja wusste genau, wie die Welt funktionierte, und regte sich nur selten über Kleinigkeiten auf. Wen sie liebte, den liebte sie bedingungslos. So liebte sie auch Opa, und sie liebte ihn selbst dann noch, als dieser poetisch angehauchte Knecht ihr von seiner Tochter erzählte, die er bei Pflegeeltern im Kolgrafafjörður untergebracht hatte.

Drei Jahre, bevor meine Großeltern sich kennenlernten, war ihm seine kleine Tochter in den Arm gelegt worden. Da war sie noch ein Baby, und ihre Mutter ließ sie aus Armut und Hoffnungslosigkeit bei ihm zurück. Opa war nur kurz an Land und musste wieder in See stechen, als er plötzlich für ein kleines Mädchen verantwortlich war. Das war in Grafarnes, das heute Grundarfjörður heißt und wo Opa in einfachen Verhältnissen lebte. Auf einmal hatte er eine Tochter und musste in der Nachbarschaft von Haus zu Haus gehen und fragen, ob jemand das Kind für ihn großziehen könne.

Doch Opa stand überall vor verschlossenen Türen, nur ein Pfarrer ließ sich dazu herab, das Mädchen Guðrún zu taufen und nach ihrem Vater mit dem Namen Geirmundsdóttir in die Kirchenbücher einzutragen. Vielleicht war es ja dieser Pfarrer, der Opa anvertraute, dass es im Kolgrafafjörður ein Ehepaar gab, das kürzlich ein Kind verloren hatte und vielleicht bereit wäre, die Kleine bei sich aufzunehmen. Opa zögerte nicht lange, wickelte das Baby in die dicksten Lumpen, die er besaß, und marschierte los. Er watete durch zwei Flüsse und machte auf gut Glück einen Tagesmarsch nach Berseyri. Dem Ehepaar auf dem kleinen Hof sagte er, er habe gehört, sie hätten ein Kind verloren, und er habe hier ein neugeborenes Mädchen. Ob sie sich vorstellen könnten, sich um es zu kümmern wie um ihr eigenes Kind, es nur nicht zum Arbeiten zu zwingen, so wie man es mit ihm gemacht hatte, als er bei seiner Tante untergekommen war.

So erzählte mir Oma die Geschichte von sich und Opa. Sie hatten die Gemeinsamkeit, mehr als genug Plackerei, Hunger und Elend im Leben erduldet zu haben. Deswegen standen sie politisch immer weit links von der Mitte und fühlten sich mit den Arbeitern auf der ganzen Welt solidarisch. Opa war eingefleischter Sozialist oder sogar Kommunist, während Oma ein bisschen gemäßigter war, daran zweifelte, ob die Revolution unbedingt immer blutig verlaufen müsse, und sich deshalb zu den Sozialdemokraten bekannte. Damals waren die Sozis allerdings noch wesentlich radikaler als später, wenn man sich auf die politischen Theorien Þórbergur Þórðarsons beruft.[10] Was natürlich passend ist, denn Þórbergurs Ansichten über nationale Themen, Christlichkeit und andere geistige Belange kamen bei meinen Großeltern gut an. Diese einfachen Leute wünschten sich Gerechtigkeit und hielten den Hunger für den schlimmsten Feind der Menschheit – für einen wesentlich übleren Teufel als Satan und das ganze Gesocks, mit dem ihr Sohn, mein Vater, sich später einließ.

---

10 Þórbergur Þórðarson (1888-1974) gilt als einer der bedeutendsten isländischen Autoren des 20. Jahrhunderts und ist bekannt für seinen experimentellen Stil und seine kritische Haltung.

10. Kapitel

Blaues Blut

In Island halten sich alle Männer für Könige. Auf diese Weise manifestiert sich das Minderwertigkeitsgefühl des Pachtbauern und Sklaven im modernen Mann. Er macht ein Riesentheater um seine vermeintliche Unabhängigkeit und wird dann oft selbst zu einem kleinen König oder Diktator, der seine Untertanen tyrannisiert. Die Geschichtsdeutung, die er seinen Kindern vermittelt, ist die, dass Anführer und Großbauern – die freien Wikinger – nach Island flohen, weil sie dem norwegischen König keine Steuern zahlen wollten.

Wahrscheinlich ist das ziemlich weit von der Wahrheit entfernt, aber trotzdem glauben wir isländischen Männer, wir seien tatsächlich Könige und keine Arbeitstiere. Mein Vater, König Torfi Geirmundsson, las mir Geschichten über den ersten König von Schottland, Þorsteinn den Roten, und seine Mutter Auður die Tiefsinnige vor, die in Island siedelte, nachdem Þorsteinn von den Schotten getötet worden war. Auður kam mit Þorsteinns Witwe nach Island und impfte ihren Nachkommen diese königlichen Irrlehren ein, die Papa und ich aus der tiefsten Wikingerzeit übernahmen. Manchmal glaube ich, hinter Papas Ahnenforschungstick steckte die Sehnsucht, unsere Vorfahren womöglich bis zum Schoß der Jungfrau Maria zurückverfolgen zu können. Damit hätten wir aus demselben Uterus stammen können wie unser König im Himmel, doch leider kam Papa nie viel weiter als bis zum Schoß von Auður der Tiefsinnigen.

Für Papa spielte es keine Rolle, dass zwischen unserem ärmlichen Leben im Laugavegur (und später in einer Arbeiterwohnung in Strandasel) und dem echten königlichen Leben Welten lagen. Er beurteilte sein Reich nicht nach den üblichen Maßstäben und musste nicht in einem Schloss leben, denn die Könige der Bibel konnten genauso gut in einem Zelt wohnen. Sie waren Heerkönige und geistige Anführer, die ihr Volk wachrüttelten und ihre Feinde im Auftrag von Gott dem Allmächtigen niedermetzelten. Geld und Äußerlichkeiten waren ihnen nicht wichtig. Die Bürger im Reich Gottes waren Vertriebene, die darauf warteten, das Paradies auf Erden zurückzuerlangen oder in den Himmel zu kommen und dort beim himmlischen König zu weilen. Papa besaß dieselbe Ermächtigung von Gott wie die Könige in der Bibel und herrschte kraft dessen über meine Mutter und uns Geschwister. Sein Interesse an Genealogie harmonierte gut mit seinen Bibelforschungen, und ihm gefielen die Männlichkeitsvorstellungen, die in der Bibel vermittelt wurden. Die Idee, einer der Auserwählten zu sein, mochte er sehr. Wobei er sich stets als Arbeiter Gottes bezeichnete, aber das ist eine Lüge, genau wie die geheuchelte Bescheidenheit der sogenannten Ältesten der Zeugen Jehovas, die alles in der Gemeinschaft bestimmen. Papa und diese Männer, die Ältesten, seine Glaubensbrüder, waren nie demütige Diener, sondern Könige. Ihre Söhne waren Prinzen, die die Welt erben sollten, sobald Jehova alle Ungläubigen ausgemerzt hatte.

Vermutlich gab es in Papas Leben kaum einen glücklicheren Moment als den, als er mit knapp zwanzig die Eingebung hatte, dass er ein Heiliger war, ein Teil von Gottes auserwähltem Volk. An dem Tag, bevor er die Zeugen Jehovas kennenlernte, war er noch ein mittelloser Friseurlehrling, der in einer winzigen Wohnung im Laugavegur wohnte, mit einer nervigen Frau und einem schielenden Kind, das nicht anfangen wollte zu sprechen. Meine Eltern stritten sich über alles, was meinen Bruder Ingvi betraf, und oft endeten diese Streits damit, dass Mama und Ingvi in ihren Zimmern hockten und Rotz und Wasser heulten, weil Papa sie bevormunden wollte. Mama erlaubte Ingvi Reynir immer, zu ihr ins Bett zu kriechen, um zu kuscheln und in ihren Armen einzuschlafen, doch Papa war dagegen, dass sein einjähriger Erstgeborener verhätschelt wurde, und schickte ihn in sein eigenes Zimmer.

Bestimmt war Papa oft ängstlicher als Mama, aber er gab nie auch nur die geringste Schwäche zu. Er trank, amüsierte sich, arbeitete für die Allianz der Radikalen Sozialisten und dachte unablässig darüber nach, Mama zu verlassen. Bis er alles auf den Kopf stellte und ein Heiliger wurde, ein König in seinem Reich, ein Zeuge des Herrn Jehova auf Erden. Urplötzlich, von einer Sekunde auf die andere, überkam ihn jene Heiligkeit, die nur Könige mit blauem Blut in den Adern verstehen können. Es ist etwas ganz anderes, zu den Auserwählten zu gehören, als ein stinknormaler Mensch zu sein.

Wir, die wir nie mit der Wahrheit in Berührung kamen, können uns nur schwer in jemanden hineinversetzen, der alles weiß. Aber ich kann versuchen, mir diesen jungen Mann vorzustellen, Torfi Geirmundsson, der eines Tages die Wohnungstür aufmacht und kerzengerade und stolz zu Diensten des Königs der Könige in der Küche steht. Zu Diensten des einen wahren Gottes der Menschen, der nichts mehr und nichts weniger erschuf als die Welt und die Sonne und die Sterne und die Frau und den Mann.

Von da an verachtete Papa Mama nicht mehr, sondern lächelte über ihre Hysterie und Dummheit, nahm sie in den Arm und sagte, jetzt würde alles gut werden.

Mama hatte noch nie erlebt, dass Papa so viel Sicherheit ausstrahlte, bekam aber natürlich sofort Angst vor ihm. Sie wollte nicht von ihm vereinnahmt werden. Aus Erfahrung wusste sie, dass so etwas nicht lange gut gehen konnte. Deshalb wollte sie sich nicht allzu sehr auf diesen jungen König verlassen, der plötzlich in der Küche im Laugavegur 19b stand und alles begriffen hatte. Sie wollte lieber abwarten, ob der Schöpfer höchstselbst tatsächlich in ihrem Mann wirkte. Nichtsdestotrotz war sie anwesend, als die Ältesten ihn in dem kleinen Reykjavíker Hallenschwimmbad durch Eintauchen als Zeugen Jehovas tauften.

Und vielleicht hatte Mama wirklich in ihrem ganzen Leben nie so große Angst wie 1972. Sie hatte einen zweijährigen Sohn mit einem Mann, der einer Gemeinschaft beitrat, die alle vernünftigen Menschen in Island verachteten. Torfi war aber auch wirklich unbelehrbar; Toleranz war nicht gerade seine Stärke, er wusste immer alles besser, zettelte ständig Diskussionen an und beschimpfte andere Leute. Dann bekam

Mama noch mehr Angst vor ihm, und ihre einzige Waffe war, die beleidigte Leberwurst zu spielen, sich abends im Bett von ihm wegzudrehen und nicht mit ihm zu reden. Aber das war nicht weiter schlimm, weil sich Papa in Gesellschaft Jehovas befand und alles, was ihm auferlegt wurde, stoisch ertrug. Manchmal streichelte er ihren Rücken, bis sie einschlief, obwohl sie beleidigt war. Wenn sie aufwachte, immer noch sauer, kümmerte er sich um Ingvi Reynir und redete mit Gott, der ihm Trost und Beistand spendete.

1972 wurde Papa innerhalb weniger Monate zum Fachmann in allen biblischen Angelegenheiten und war der Meinung, dass er durch die Taufe quasi einen Doktortitel in Religionswissenschaften erlangt habe. Denn im Gegenteil zu diesem Gesocks von der Uni war Papa jener Gemeinschaft beigetreten, die Gott persönlich mit eigener Hand führte. Es stand überhaupt nicht zur Debatte, wer sich besser auskannte, Papa oder die Pfarrer und Religionswissenschaftler. Letztere verstanden weder die hebräischen Schriften, das Alte Testament, noch die griechischen Schriften, die von ungläubigen Intellektuellen Neues Testament genannt wurden und nach Ansicht Papas und der Ältesten in Brooklyn in einer falschen isländischen Übersetzung erschienen waren.

„Als ob es überhaupt so etwas wie das Neue Testament gebe!", sagte Papa und fragte ironisch, was denn daran so neu sei. Woraufhin alle Zeugen Jehovas in unserem Wohnzimmer im Laugavegur 19b in Gelächter ausbrachen.

Trotz des tiefen Verständnisses, das Papa meinte, sich angeeignet zu haben, regte er sich immer schnell auf. Nicht zuletzt über die Dummheit und das Unverständnis von Pfarrern und Gelehrten, die das Christentum seiner Meinung nach verfälscht hatten. Diese ignoranten alten Kerle wussten nicht, dass Jehova seinen jungfräulich geborenen Sohn vor sechzig Jahren für das Königreich Gottes im Himmel gekrönt hatte. Es geschah so Vieles, das man mit den Augen nicht sehen, aber zwischen den Zeilen der Bibel und natürlich im Wachtturm lesen konnte.

Revolutionäre haben meist eine einfache Weltsicht; das Einzige, was sie brauchen, ist ihr Glaube, der Berge versetzen und die Welt verändern kann. Papa war schon als Kind ein Revoluzzer. Sein Bruder Númi, der nur ein Jahr jünger ist, sagt, Papa habe schon mit dreizehn versucht, im Árbær-Viertel seine erste Revolution anzuzetteln. Damals stibitzte er seiner Schwester Inga einen feuerroten Rock, stellte sich in den sogenannten alten Hangar, eine Art Schuppen, in dem die Kinder spielten, und appellierte an seine Brüder und Freunde. Von nun an sollten alle Röcke tragen! Laut Númi führte Papa keine besonderen Argumente für diese Revolution an, aber so sei es gewesen. In Papas Kopf spukten immer irgendwelche Ideen herum, für die er bis ans Ende der Welt gelaufen wäre. Ein paar Tage später trug Papa wieder Hosen und besorgte sich eine Bolzenpistole. Damit schoss er im alten Hangar herum und forderte die Jungen auf, sich zu bewaffnen wie Bolschewiken, denn das isländische Proletariat müsse von der kapitalistischen Tyrannei befreit werden.

Papas Geschwister erzählen, er habe immer Spaß daran gehabt, die Leute aufzuwiegeln, und sich nicht darum geschert, wenn alles drunter und drüber ging. In seiner Zeit als Zeuge Jehovas bereitete es ihm eine diebische Freude, die Bibelkenntnisse eines jeden niederzumachen, der es wagte, die Botschaft der Zeugen Jehovas anzuzweifeln. Er lernte schnell die wichtigsten Rechtfertigungen und Argumente der Zeugen Jehovas auswendig und war stets bereit, die Wahrheit zu verteidigen.

Nahezu über Nacht war Papa so fest davon überzeugt, dass das Ende der Welt nahte, dass er schon den damit einhergehenden Schwefelgeruch in der Nase hatte. Er stritt und diskutierte nur deshalb, weil er so viele Menschen wie möglich retten wollte, redete er sich ein. Am liebsten hätte Papa alle niedergebrüllt, die nicht begriffen, wie wichtig es für die gesamte Menschheit war, den Predigten der Zeugen Jehovas Glauben zu schenken. Die Welt ging unter, und noch immer wollte es niemand wahrhaben. Die Leute ignorierten einfach alle Zeichen, die Papa und seine Glaubensbrüder sahen. Das würden sie bereits im nächsten oder übernächsten Jahr bitter bereuen. Das Harmagedon war nah.

11. Kapitel

Der Engel Mikael

Ich wurde nach dem Erzengel Michael benannt, der in der isländischen Bibelübersetzung, im ersten Brief des Paulus an die Thessalonicher, sogar als „Hauptengel" betitelt wird. Dort steht, „der Herr selbst wird vom Himmel herabkommen mit gebietendem Zuruf, mit der Stimme eines Erzengels und mit der Posaune Gottes, und die in Gemeinschaft mit Christus Verstorbenen werden zuerst auferstehen". [11]

Darauf warteten die Zeugen Jehovas und meine Eltern, als sie mich Mikael nannten. Dem Glauben der Zeugen Jehovas entsprechend ist Michael allerdings mehr als nur der „Hauptengel" des Apostels Paulus, er ist auch identisch mit Jesus Christus, weil er uns Menschen dergestalt vor etwa zweitausend Jahren erschienen ist.

Bibelauslegungen sind häufig kontrovers, sogar in der Bibel selbst gibt es an vielen Stellen zum Himmel schreiende Widersprüche, gegen die die Zeugen Jehovas immun sind. Sie drehen alles so, wie es ihnen am besten passt, und stützen sich auf die Interpretationen der Ältesten in Brooklyn, die im Wachtturm erscheinen.

Heutzutage glauben Millionen Zeugen Jehovas, dass Gott Michael erschaffen und als Erzengel an seiner Seite hatte, dann jedoch verfügte, dass er als Jesus Christus der Erlöser auf der Erde wiedergeboren wird. Michael ist somit der erste König, und in der Offenbarung des Johannes steht, dass er den Teufel in Gestalt eines Drachen besiegte. In derselben Offenbarung ist es an anderer Stelle Jesus Christus, der den Drachen besiegte. Das führt die Ältesten in Brooklyn zu der Annahme, dass Jesus und Michael ein und derselbe Erzengel sind.

All das wurde mir als Kind erzählt, wieder und wieder, und natürlich fiel ich voll darauf herein.

---

11 1. Thessalonicher 4,16

Papa hatte immer eine besondere Schwäche für den Tod in der Bibel und für all die bedeutenden Kriegsherren, die sehr bald zurückkehren und die Ungläubigen töten und der Welt Frieden bringen sollten. Der Revoluzzer Torfi Geirmundsson verinnerlichte bereitwillig die Überzeugung der Ältesten, die Vereinten Nationen seien der teuflische Drache und die Welt gehe zugrunde. Wir lasen viele Artikel im Wachtturm über die marode Weltordnung. Christen in dieser ungerechten Welt seien „wie Schiffe auf dem offenen Meer – sie werden von überall her bedroht. Heftige Stürme, die große Wellen schlagen, können Schiffe entzweibrechen. Schären und Eisberge können Löcher hineinreißen und sie in kürzester Zeit zum Sinken bringen. Schlechte Sicht und defekte Motoren und Steuerräder können sie auflaufen lassen und Kollisionen mit anderen Schiffen verursachen. Auf dieselbe Weise kann der Glaube der Christen Schiffbruch erleiden, wenn sie nicht unablässig wachsam sind gegenüber den Gefahren dieser Welt".

Wenn der Wachtturm im Jahr 1976 von Christen sprach, meinte er uns, die Zeugen Jehovas. Andere Menschen waren keine Christen, auch wenn sie sich dafür hielten. Wir waren Gottes auserwähltes Volk, und die Stunde nahte, in der alle Bewohner der Erde dem Ende der Welt entgegensehen mussten. Das bedeutete für die gesamte Menschheit Leben oder Tod. Diese Behauptungen wurden mit Zitaten aus der New York Times und mit Meldungen über nukleare Bedrohung, neue Krankheiten und den allgemeinen Sittenverfall untermauert, wo nur Satan dahinter stecken konnte, nicht der liebende Jehova.

Für Papa hatte das letzte Gefecht längst begonnen, und der Untergang rückte näher. Deshalb war mein Name passend, denn in der Bibel war von Michael immer nur im Zusammenhang mit Schlachten und Kriegen die Rede. Der Erzengel hat nichts mit den niedlichen, guten, pausbäckigen Engeln mit den nackten Popos und den süßen Flügelchen gemein, die über Kinderwiegen schweben. Michael ist kein solcher Engel. Er ist ein Heerkönig, der auf die Erde zurückkehren und diejenigen von uns, die keine Zeugen Jehovas sind, vernichten wird. Das glauben die Zeugen Jehovas noch heute.

Mama nannte mich immer Míkael mit langem „i", so wie der Name in einigen isländischen Übersetzungen der Bibel auftaucht. Meine Großeltern sagten meistens Migael, um den Namen ein bisschen weicher klingen zu lassen. Doch nachdem Mama verschwunden war und wir Kinder von einem zum anderen gereicht wurden, bestand ich darauf, Mikki genannt zu werden, und wollte für die nächsten zwanzig Jahre nichts davon hören, dass ich Migael oder Míkael hieß. Der Name war mit Schmerz behaftet und mit einer Lüge verbunden, an die meine Familie in meiner Kindheit glaubte und für die sie bereit war zu sterben.

Der Name Mikael bedeutet „der wie Gott ist", und heute finde ich es seltsam, einen Namen mit dieser Bedeutung zu haben. Als würde man mich ständig daran erinnern, dass ich den Glauben verlor, bevor ich fünf Jahre alt wurde und feststellte, dass die Welt nicht unterging. Später lernte ich, dass die Bibel, wenn man sie wörtlich nimmt, genau genommen weder ein schönes noch ein barmherziges Buch ist. Natürlich kann man Schönheit in fast allem sehen, aber in der Bibel regiert auf jeder Seite die Macht des Vaters. Es ist unmöglich, dieser Macht zu entkommen, egal wie gut und schön die Verheißungen und Versprechungen auch sein mögen. Sie sind immer daran gebunden, dass man gehorcht und dem Vater bis in den Tod folgt.

Heute bevorzugen die meisten Pfarrer unserer evangelischen Staatskirche das Neue Testament und lehnen das Alte ab, halten es für altmodisch, während das Neue eine barmherzige Friedensbotschaft verkündet, zwar auch inspiriert von Gott, aber in erster Linie von Jesus Christus dem Erlöser. Das entspricht allerdings nicht ganz der Wahrheit, sondern ist vielmehr ein netter Versuch, das Christentum neu zu vermarkten und in eine kundenfreundliche Verpackung zu stecken, die mehr der Realität des einundzwanzigsten Jahrhunderts entspricht. Da ist es naheliegend, das Christentum mit der Liebe zu verknüpfen, weil wir heutzutage sofort glücklich sein und nicht erst langwierige Höllenqualen durchleiden wollen wie Job und Jesus und andere Figuren in der Bibel.

Ich persönlich komme gut mit der neuen Staatskirche der Isländer klar, die sich zur Moderne bekennt, anstatt gegen sie anzukämpfen. Neuerdings lässt die Kirche sogar größtenteils von der Unsitte ab, Schwule und Lesben zu unterdrücken und auszugrenzen. Natürlich ist es begrüßenswert, wenn sich Glaubensgemeinschaften von Diskriminierung und seelischer Gewalt distanzieren. Dabei sollten wir jedoch nicht vergessen, dass die Staatskirche sich mit Hilfe der Moderne endlich reformiert hat, nicht durch Jesus Christus, der meinte, bereits die geringste Beleidigung seiner Anhänger sei ein Grund für die Todesstrafe.

Vielleicht bin ich wegen meiner Erfahrungen bei den Zeugen Jehovas zu streng mit der Kirche. Vielleicht. Aber seit ich klar denken kann, erinnert mich die Verharmlosung der verhängnisvollen Botschaft der Bibel seitens der Kirche immer an ein Lied von den Crystals:

„He hit me and it felt like a kiss."

So sollen sich Schwule und Lesben fühlen, die sich konfirmieren lassen und die Heilige Schrift küssen. Sie sollen sich zu einer Religion und einer Schrift bekennen, die sie ablehnt. Mit einem solchen Glauben kann ich nicht viel anfangen.

Ich bin zwar nach diesem Michael benannt, aber er ist nicht mehr meine Wahrheit. Wenn man Höllenqualen durchlitten hat, körperlich wie seelisch, fürchtet man sich nicht mehr vor dem Tod. Sehnt sich nicht nach dem ewigen Leben mit einem fiktiven Gott und längst gestorbenen Königen, sondern begrüßt die Vorstellung, wieder Teil der Erde zu werden, dass die Atome, aus denen der Körper entstanden ist, weiterhin Teil des Universums sein werden. Das ist die Wiedergeburt, die mich und uns alle erwartet, das ist der ewige Kreislauf.

Ich habe lange gebraucht, um zu diesem Fazit zu kommen. Das Dickicht der Bibelverse, an die ich glauben sollte, und meine spätere Wut auf die scheinheiligen Theorien dieser Irren haben mich blind gemacht. Ich war ja noch ein Teenager. Mama überredete mich oft, sie zu Zusammenkünften der Zeugen Jehovas zu begleiten, denen sie treu blieb, selbst nachdem Papa sich längst von ihnen losgesagt hatte.

Sie erzählte mir von ihrer Hoffnung, dass ich am Jüngsten Tag von den Toten erwachen und mit ihr im Paradies sein würde. Ich entgegnete, lieber würde ich tot sein oder in der Hölle aufwachen, als tausend Millionen Jahre mit ihr und den Zeugen Jehovas zu verbringen und mit Löwen und Krokodilen Gemüse zu essen.

Ich war so lange wütend auf Mama und ihren Jehova, dass ich mir keine schlimmere Hölle vorstellen konnte als das ewige Leben mit ihr.

12. Kapitel

Schock

Ja, die Wut. In mir kochte lange Zeit eine Riesenwut. Diese Wut machte mich radikal, und wahrscheinlich übernahm ich, was das betrifft, Papas Traum von einer besseren Gesellschaft, auch wenn wir uns über den Weg zur Gerechtigkeit meist uneinig waren.

Vielleicht kann man sagen, dass es eine gerechte Wut war. Sie beruhte auf einer Überzeugung, für die ich glaubte, starke Argumente zu haben: Die Überzeugung, dass man Ungerechtigkeit ausmerzen und deshalb selbstverständlich seine Wut kultivieren muss. Diese Art von Wut wird man nur schwer wieder los, doch als ich erwachsen wurde, merkte ich, dass sie keine gute Gesellschaft bietet. Wut ist destruktiv. Sie ist die simpelste aller Emotionen; man versteht sie, und deshalb kann es gut sein, an ihr festzuhalten. Und sie kann einen vor Dingen schützen, mit denen man sich nicht auseinandersetzen will oder kann. Das war meine Art von Wut, als ich noch ein „angry young man" war. Ich weiß, dass meine Wut während meiner Krankheit als Kind eine natürliche Reaktion auf die außergewöhnliche Situation war. Ich musste mich wehren und entwickelte einen der Situation angemessenen Charakter. Aber man kann auch in den Teufelskreis der Wut geraten. Dann ist sie keine natürliche Reaktion auf eine außergewöhnliche Situation mehr, sondern eine völlig unnatürliche Reaktion auf eine ganz normale Situation. Das Leben ist hart und setzt einem zu, aber man darf sich nicht von der Wut kontrollieren lassen. Sonst frisst sie einen am Ende von innen auf.

Natürlich ist Wut auch ein Weg, um seine Gefühle zu verbergen. Lange traute ich mich nicht, mich mit meiner Vergangenheit auseinanderzusetzen. Jetzt möchte ich mir von der Wut nicht länger die Sicht versperren lassen. Ich bin über vierzig, habe sowohl kleine als auch erwachsene Kinder, die aus dem Haus gehen. Es ist an der Zeit, mich mit meiner Kindheit bei den Zeugen Jehovas und meinem Aufenthalt auf der Kinderstation des Landeskrankenhauses auseinanderzusetzen.

Ich habe nichts von dem vergessen, was im Vorfeld von Weihnachten 1978 geschah, als Mama verschwand. Ich erinnere mich sogar an viel mehr, als mir lieb ist. Es war ein schwieriger Herbst, und manchmal wünschte ich mir, einzuschlafen und erst im Paradies mit Mama und Papa und meinen Geschwistern wieder aufzuwachen.

In den Berichten des Landeskrankenhauses steht, ich hätte die Spritzen und Medikamente und großen klobigen Klistiere immer heldenhaft ertragen. Oft wurde ich aber auch einfach festgehalten oder ans Bett gebunden, damit man mich behandeln konnte. Als Säugling, während meiner ersten Monate im Krankenhaus, war ich natürlich leicht zu bändigen, und man konnte mich einfach an Händen und Füßen fixieren und alles Notwendige machen, um mich am Leben zu halten.

Daran erinnere ich mich nicht, aber man hat mir erzählt, ich hätte immer tapfer die Tränen zurückgehalten. Ich weiß nicht, was das für eine Leistung sein soll, nicht zu weinen, aber es gab auch Zeiten, da habe ich getobt und geschrien, bis der Schmerz mich übermannte und mir schwarz vor Augen wurde. In den Krankenberichten wird das als „Schock" bezeichnet. Man hatte dem kleinen Mikael so viel zugemutet, dass sein Körper kapitulierte, und gewährte ihm einen oder zwei Tage Pause, um sich zu erholen.

Dann erbrach er sich wieder, weil sein Körper sich weigerte, sich dem Lauf der Natur anzupassen, und eine ganz eigene Meinung vom Gang des Lebens hatte. Was hoch sollte, ging runter, was runter sollte, ging hoch, alles war auf den Kopf gestellt. Wenn ich das Polaroid-Foto betrachte, das an meine Krankenakte geheftet ist, sehe ich einen kleinen entkräfteten blutleeren Jungen, der sein Lächeln längst verloren hat. Zumal seine Mundwinkel zum Lächeln viel zu trocken sind.

Auf diesem Foto wirke ich so, als würde ich den Betrachter anflehen, mein Leiden zu lindern, mich wenigstens zu besuchen und in den Arm zu nehmen. Dabei schwebte ich, als ich kleiner war, oft in größerer Lebensgefahr als in jenem schrecklichen Herbst. Wahrscheinlich hatte ich einfach begriffen, dass das kein normaler Zustand war. Das konnte ich doch nicht verdient haben. Ich weiß noch, dass ich von da an viele Jahre lang dachte, dass ich in Zukunft selbst für mich kämpfen würde. Ich würde im Angesicht des Todes nicht auf die Unterstützung meiner Eltern bauen. Nein, ich würde erwachsen sein und über mein eigenes Schicksal bestimmen und nie jemand anderem vertrauen als mir selbst.

Ich war wütend. Und ich bin der Wut dankbar, dass sie mich durch diese Zeit gebracht hat. Doch sie war nicht meine einzige Gesellschaft auf der Kinderstation – trotz allem gab es auch Hoffnung. Auf gewisse Weise ist es paradox, gleichzeitig wütend und hoffnungsvoll zu sein. Aber so war es. Ich bekämpfte den Schmerz mit geballter Faust, rasend vor Wut, erholte mich rasch wieder und war voller Optimismus und Vorfreude, dass bald bessere Zeiten anbrächen, dass ich wieder gesund würde.

Während ich in meinem Krankenhausbett lag, träumte ich davon, durch die Welt zu springen. In meinen Fantasien war Hüpfen das Größte; ich war schon immer ein großer Fan dieser Gangart. Hüpfen ist für mich eine Ode an das Leben und an einen gesunden Körper. Dem Hüpfen wohnt eine Dankbarkeit inne, die für ein Kind ganz natürlich und mühelos ist.

Ich hüpfe immer noch, wenn ich alleine spazieren gehe. Dann denke ich an diesen Jungen, der bewegungslos, manchmal festgebunden, hungrig und einsam auf der Kinderstation lag. Ich spüre, wie lange wir einander schon begleiten, ich und dieser Junge, der an Weihnachten 1978 seine Mutter verlor. Die so gut zu mir war, wenn sie mich im Krankenhaus besuchte. Wenn sie nicht kam, drückte ich aus Langeweile auf die Klingel neben dem Krankenbett, um zu testen, ob jemand Zeit hätte, sich eine Weile zu mir setzen und mich zu streicheln wie Mama. Manchmal übernahmen das die Krankenschwestern auf meiner Station, aber wenn ich zu oft klingelte oder Gegenstände auf den Boden schmiss, um Aufmerksamkeit zu erlangen, wurden sie sauer.

„Hör auf, Mikael", sagten sie und befahlen mir zu schlafen.

Ich weiß noch, wie oft ich in mein Kissen weinte und das beleuchtete Kreuz auf der Hallgrímskirkja anschaute und an Gott dachte. Papa hatte dieses Kreuz immer verflucht und uns gesagt, es sei dummes Gewäsch, dass Jesus gekreuzigt wurde.

„Er wurde gepfählt", sagte er zu einer Krankenschwester, die nur den Kopf schüttelte. Papa wollte ihr erklären, dass die Römer Verbrecher gekreuzigt, die Juden sie aber gepfählt hätten. „Sehen Sie mal, Jesus wurde von Juden getötet", belehrte Papa die Krankenschwester, die wirklich schwer von Begriff war. Die sich nicht für die Bibel oder Religion im Allgemeinen interessierte, obwohl sie behauptete, sie gehe in die Kirche und habe ihren kindlichen Glauben behalten.

„Kindlicher Glaube!", schnaubte Papa aufgebracht. Wenn er hätte fluchen dürfen, hätte er bestimmt geflucht, denn für ihn gab es nichts Verwerflicheres als kindlichen Glauben. „Man lügt den Kindern irgendeinen Schwachsinn vor", sagte er und fragte die Krankenschwester dann, ob sie etwa auch eine Pistole um den Hals tragen würde, falls sich herausstellen sollte, dass Jesus erschossen worden war.

Sie griff nach ihrer Halskette, ihrem Kreuz, und entgegnete, Jesus sei vor circa 1.940 Jahren gekreuzigt worden. Da habe es noch keine Pistolen gegeben. Dann blinzelte sie mir lächelnd zu und ging aus dem Raum.

Ich war nie wieder so einsam wie in jenem Herbst. Und als ich aus dem Krankenhaus nach Hause kam, hatte ich mir ein dickes Fell zugelegt und konnte nicht mehr weinen. Es störte mich nicht, dass Mama am Rande des Nervenzusammenbruchs war. Sie hatte die fixe Idee, Papa würde sie betrügen, was er natürlich auch tat. Er hatte die Schnauze voll von Mama, den Zeugen Jehovas, sich selbst und dem Leben. Er wollte etwas Neues, etwas, das nicht so miserabel war wie das Leben mit Mama und uns. Ich weiß noch, dass er seine Freundin sogar mit ins Krankenhaus brachte, als wir noch Zeugen Jehovas waren. Wir waren noch mit Mama verheiratet und sollten sie lieben und ihr treu sein, waren es aber nicht. Er bekam Küsse, Liebe und Sex, und ich bekam Donald-Duck-Hefte und einen überraschenden Besuch von dieser schönen Frau. Sie war nicht annähernd so dumm wie Mama und kicherte und flirtete mit Papa, während ich im Flur in meinem Krankenbett einschlief.

Als ich wieder aufwachte, waren sie fort, die Turteltauben, Papa und die Frau. Die Donald-Duck-Hefte lagen noch auf meinem Bett, es konnte also kein Traum gewesen sein. Trotzdem waren alle fort, und ich war wieder alleine und verwirrt.

13. Kapitel

Die große Pyramide von Gizeh

Bevor es weitergeht, möchte ich in groben Zügen erklären, um wen es sich bei den Zeugen Jehovas handelt und warum sie so sind, wie sie sind.

Der erste namentlich bekannte isländische Zeuge Jehovas war Georg Fjölnir Líndal. Er war kanadischer Missionar isländischer Abstammung und wurde in sein Heimatland geschickt, um die gute Botschaft zu verkünden und den Isländern die Wahrheit nahezubringen. Georg Fjölnir brauchte allerdings geschlagene siebenundzwanzig Jahre, um einen einzigen Isländer zu finden, der Zeuge Jehova werden und sich taufen lassen wollte. Es gibt bestimmt nicht viele Isländer, die solche Ausdauer an den Tag legten wie Georg Fjölnir, um ihre Landsleute vor Vertreibung und Tod zu retten. Der Mann gab einfach nicht auf.

Als Georg Fjölnir 1929 nach Island geschickt wurde, nannten die Zeugen Jehovas sich noch Ernste Bibelforscher und wurden von Charles Taze Russell geleitet, der allerdings längst verstorben war. Er hatte es aber so eingerichtet, dass er die Gemeinschaft vom Himmel aus leiten konnte. Dort lebte er im neu gegründeten Königreich Jesu Christi, das sich nach Berechnungen auf den Plejaden befand, auch Siebengestirn genannt, einem Sternhaufen im Sternbild des Stiers. Jesus und der Schöpfer lebten auf Alkione, dem hellsten Stern des Sternhaufens. Diese Theorien der Zeugen Jehovas über das Siebengestirn sollten sich jedoch nicht lange halten.

Zwei Jahre, nachdem Georg Fjölnir nach Island gesegelt war, erreichte ihn aus dem Hauptquartier in Brooklyn die Nachricht, dass seine Gemeinschaft, die Ernsten Bibelforscher, ihren Namen geändert hätte. Von nun an sollte sie Zeugen Jehovas heißen. Georg akzeptierte das und erfuhr aus dem Wachtturm, dass Russells Geist die Gemeinschaft nicht mehr anführe. Seine Nachfolger seien die Vertreter Gottes auf Erden, und ihr Wort sei Gottes Wort. Georg scheint diese Neuigkeit mit stoischer Gelassenheit hingenommen zu haben; er suchte weiter nach isländischen Seelen, die das ewige Leben anstrebten.

Besagter Charles Taze Russell wurde 1852 geboren und war in vielerlei Hinsicht ein bemerkenswerter Mann. Er sagte sich in jungen Jahren von den Adventisten los und gründete 1879 die Zeitschrift Zion's Watch Tower. Noch heute ist sie das wichtigste Organ der Zeugen Jehovas und erscheint in fünfzig Millionen Exemplaren in fast allen Sprachen der Welt. Anfangs waren die Artikel noch namentlich gekennzeichnet, doch heute sind alle Beiträge im Wachtturm anonym und kommen direkt von Gott.

Russell wuchs in Pittsburgh, Pennsylvania, auf und verlor mit neun Jahren seine Mutter. Es lässt sich nur darüber spekulieren, ob dies der Grund gewesen sein mag; Fakt ist, dass Russell Frauen für das unterlegene Geschlecht hielt, und die meisten Anführer der Zeugen Jehovas übernahmen diese Einstellung von ihm. Die Autoren der Artikel im Wachtturm halten daran fest, indem sie auf allem Negativen, was über Frauen in der Bibel steht, herumreiten.

Die Adventbewegung, von der sich die Zeugen Jehovas abspalteten, gründete sich auf den Exzentriker William Miller, der vorhersagte, dass Jesus 1843 oder 1844 auf die Erde zurückkehren werde. Diese Prophezeiungen waren eng mit der großen religiösen Erweckungsbewegung in den USA Mitte des 19. Jahrhunderts verbunden. Überall gärte es, und als Miller 1849 starb, waren aus seiner Adventbewegung und ähnlichen Gruppierungen diverse Glaubensgemeinschaften entstanden. Auf diesem Humus erwuchs der Wachtturm. Die Bewegung im religiösen Leben der Amerikaner setzte sich fort und brachte allerlei Ungeheuerliches hervor, beispielsweise die Sekte von David Koresh in Waco, Texas. Beim Sturm des Sektenhauptquartiers durch das FBI im Jahr 1993 starben 86 Menschen. Es gibt viele Ähnlichkeiten zwischen Koreshs Gruppe und den Zeugen Jehovas, die allerdings noch wesentlich mehr Menschenleben auf dem Gewissen haben. Ihr striktes

63

Verbot von Blut- und Organspenden hat viele Menschen das Leben gekostet. Wobei den Zeugen Jehovas 1980 im Wachtturm erlaubt wurde, Organspenden von ihren Mitbrüdern und -schwestern anzunehmen. Als ich mit meinen Eltern in der Gemeinschaft war, galt das noch als Blasphemie.

Charles Russell war, genau wie der Gründer der Adventisten William Miller, ein eingefleischter Weltuntergangsprophet. Hundert Jahre vor meiner Geburt rechnete er mit der ersten Apokalypse. Im Jahr 1874 sollte die Welt untergehen, doch damals gehörte Russell noch zu den Siebenten-Tags-Adventisten, so wie der zuvor erwähnte David Koresh. Als die Welt 1874 nicht unterging, erlitt er eine herbe Enttäuschung. Also rechnete er noch einmal nach und verbreitete bis zu seinem Tod im Jahr 1916 neue Weltuntergangsprophezeiungen und andere Skurrilitäten, die sich aus seinen Berechnungen ergaben.

Fast alles, was Russell in seinen Zeitschriften und Büchern veröffentlichte, gehört mit zu dem Dümmsten, was je gedruckt wurde. Beispielsweise behauptete er, die große Pyramide von Gizeh vermessen und herausgefunden zu haben, dass es an einer bestimmten Stelle einen Abstand von 1.542 Zoll gebe – was nach Russells Auffassung selbstverständlich für das Jahr 1542 v. Chr. stehen musste. An einer anderen Stelle maß er 3.416 Zoll und erkannte sofort, dass 3.416 Jahre nach dem Jahr 1542 v. Chr. das Jahr 1874 angebrochen wäre. Deshalb lag es für ihn auf der Hand, dass in diesem Jahr der Countdown für das Harmagedon beginnen würde. Das alles steht in Russells aufschlussreichem 1903 erschienenem Buch Studies in the Scripture.

Wobei man ihm zugute halten muss, dass 1908 eine redigierte Ausgabe von Studies in the Scripture herauskam, in der die ursprünglichen Berechnungen als ungenau bezeichnet werden. Bei den Berechnungen der großen Pyramide von Gizeh fehlten ein paar Zoll, deshalb lautete die korrekte Jahreszahl nicht 1874, sondern 1914. Exakt in diesem Jahr sollte Jesus sein Königreich im Himmel gründen, wahrscheinlich auf Alkione im Siebengestirn. Und dann würde er auch beginnen, jene 144.000 Menschen auszuwählen, die in der

Offenbarung des Johannes genannt werden und nach Ansicht der Zeugen Jehovas die Obersten sind. Sie sind es, die mit Jesus im Himmel leben werden, während sich die anderen mit dem Paradies auf Erden oder einem stinknormalen Tod zufrieden geben müssen.

14. Kapitel

Jugendliche, die Gott gehorchen

Kommen wir zu Charles Taze Russells Privatleben, das dem Privatleben anderer geistlicher Führer der Gemeinschaft stark ähnelte. Der junge Textilhändler heiratete Maria Frances Ackley, doch achtzehn Jahre nach dem Erscheinen des ersten Wachtturms ließen sie sich wieder scheiden. Ganz im Sinne der Frauenemanzipation zu Beginn des 19. Jahrhunderts wollte Maria nämlich Einfluss auf die Redaktion der Zeitschrift nehmen. Das erzählte Russell jedenfalls vor Gericht, wohingegen Maria erklärte, sie sei von ihrem Ehemann seelisch missbraucht worden, sie seien nie miteinander intim gewesen, und er habe kein Interesse an Sexualität. Sie behauptete, er interessiere sich nur für kleine Mädchen, die er auf den Schoß nehmen könne, und tue das auch ziemlich häufig, mehr wolle er nicht. Er selbst habe sich in Liebesdingen als „Qualle" bezeichnet. All dies kam vor Gericht heraus, als Maria ihren Mann verklagte und die Scheidung und eine Entschädigung verlangte, die man ihr auch zusprach.

Der Wachtturm, von dem Russell Maria unbedingt fernhalten wollte, ist die Lebensader der Gemeinschaft. Um die Organisation zu verstehen, muss man sich vergegenwärtigen, dass die Zeitschrift für Zeugen Jehovas genauso bedeutend ist wie die Bibel. Heute wird sie vom sogenannten „Überrest" in Brooklyn herausgegeben. Dabei handelt es sich um die Ältesten, die noch auf der Erde sind und die Gemeinschaft für Jehova den Allmächtigen lenken. Der Überrest sind all diejenigen, die von den 144.000 heute noch leben und mit Christus im Himmel regieren werden. Ihre Worte, so wie sie in der Zeitschrift stehen, sind die Worte Gottes, buchstäblich die heilige Wahrheit. Somit regiert ein Häuflein Greise in Brooklyn über Millionen Zeugen Jehovas auf der ganzen Welt. Die Leute gehorchen ihnen blind und sind bereit, für ihren Gott, Jehova, jedes Opfer zu bringen. Woche für Woche treffen sich Millionen Menschen bei Zusammenkünften, studieren eifrig den Wachtturm und klopfen an unsere Haustüren, um die gute Botschaft des Überrests zu verkünden.

In Brooklyn gibt der Überrest unzählige Bücher sowie die Zeitschrift Erwachet! heraus, eine Art Lifestyle-Magazin für Zeugen Jehovas. Im Jahr 1994 waren Adrian, Lenae und Lisa auf dem Cover von Erwachet! zu sehen, gemeinsam mit anderen Kindern, die ihr Leben für Gott opferten, indem sie keine Blutspenden annahmen. In der isländischen Ausgabe vom Oktober 1994 lautete die Überschrift: JUGENDLICHE, DIE GOTT BEDINGUNGSLOS GEHORCHEN

Adrian war ein 15-jähriger Kanadier, Lenae ein 12-jähriges Mädchen aus Kalifornien und Lisa ebenfalls zwölf Jahre alt und wie Adrian aus Kanada. Sie stehen in der Mitte des Covers, und hinter ihnen sind dreiundzwanzig Kinder verschiedenen Alters abgelichtet, deren Märtyrertode nicht genauer beschrieben werden. Ich war schon zwanzig, als die Zeitschrift herauskam, und verfolgte diese Publikationen längst nicht mehr. Aber ich nehme an, dass meine Mutter, ihr Mann und meine Schwester die Ausgabe aufmerksam lasen, denn zu dieser Zeit steckten sie tief in den Fängen der Gemeinschaft. Wenn ich nicht davongekommen wäre, wäre ich bestimmt auch auf diesem Cover gelandet. Es hätte nicht viel gefehlt.

Die Glaubensgemeinschaft der Zeugen Jehovas wird also nicht von der Bibel geleitet, sondern von dem Überrest in Brooklyn. Wenn der sagt, Jesus wurde gepfählt und nicht gekreuzigt, nicken alle zustimmend. Und wenn der Wachtturm ihnen verbietet, Blutspenden anzunehmen, gehorchen die Zeugen Jehovas blind. Den Anfang und das Ende jeglicher Wahrheit der Gemeinschaft findet man im Wachtturm, der sich zwar auf die Bibel stützt, sie aber im Namen Jehovas interpretiert.

Der Überrest in Brooklyn hat die Bibel neu übersetzt, und es wird niemanden überraschen, dass der Name Jehova in dieser Übersetzung im Alten Testament, das Hebräisch-Aramäische Schriften genannt wird, 6.979 mal vorkommt. Im Neuen Testament kommt er 237 mal vor. Das Neue Testament nennen die Zeugen Jehovas Christliche

Griechische Schriften, und es ist schier unglaublich, dass der Name Jehova darin so oft auftaucht, denn im Original findet man ihn kein einziges Mal. Die ältesten griechischen Texte verwenden die Worte kyrios und theos für den Herrn und Gott und nie den hebräischen Begriff Jahve.

Tatsächlich ist der Name Jehova oder Jahve an sich schon ein gewisses Missverständnis. Es handelt sich nämlich um die westliche Schreibweise des hebräischen Worts JHWH, die man benutzte, weil der Name des Herrn in den Schriften des Judentums nicht genannt werden durfte. Jahve bedeutet „der Herr" und hat keine darüber hinausgehende Bedeutung, auch wenn es sich im 16. Jahrhundert in Europa etablierte, diesen Begriff zum Namen Gottes im Alten Testament zu machen.

15. Kapitel

Millionen jetzt lebender Menschen werden nie sterben

„Betrachte die Verstoßenen mit unvoreingenommenen Augen. Ein kleiner Sauerteig kann eine große Menge Teig gären. Genauso kann unmoralischer Einfluss eine ganze Gemeinschaft durchdringen und verderben. Mit Recht sollte sich jede Gemeinschaft gegen solche Einflüsse schützen, und die Ältesten sollten sich besonders damit befassen. "

Der Wachtturm, 1. März 1976

Der Mann, der die Gemeinschaft der Zeugen Jehovas in der heute bekannten Form schuf, hieß Joseph Franklin Rutherford. Er wurde 1869 geboren und starb 1942. Zu diesem Zeitpunkt hatte der Wachtturm den Zeugen Jehovas erstmalig befohlen, Bluttransfusionen abzulehnen. Anfangs war eine Missachtung dieses Gebots noch kein Grund, ein Mitglied aus der Gemeinschaft zu verstoßen, doch später gab der Wachtturm seinen Anhängern unmissverständlich zu verstehen, dass jeder, der Blutspenden annahm, ausgeschlossen würde.

Rutherford wurde nach dem Tod von Charles Taze Russell Präsident der Watch Tower Society. Er war Anwalt in Missouri und arbeitete auch vertretungsweise als Richter, als er von den Ideen der Bibelforscher angesteckt wurde und sich 1906 als Mitglied ihrer Gemeinde taufen ließ. Er übernahm juristische Aufgaben für die Glaubensgemeinschaft, die in jenen Jahren einen großen Aufschwung erlebte, denn Weltuntergangsprophezeiungen standen um die Jahrhundertwende hoch im Kurs. Diese Prophezeiungen entpuppten sich jedoch für Rutherford und seine Kollegen als hinderlich, denn sie sagten das Ende der Welt zuerst für das Jahr 1925 und dann für 1935 voraus. Die Gemeinschaft brauchte bis weit nach dem Zweiten Weltkrieg, um diese herbe Enttäuschung zu verkraften.

Die Zeugen Jehovas sind, nach Rutherfords eigener Definition, eine Theokratie. Die Ältesten sind Hohepriester und regieren nach den Vorgaben von Gott dem Allmächtigen. Rutherford gründete diverse Komitees und Gremien, reorganisierte die Gemeinschaft von Grund auf und hatte viele tolle Ideen, wie beispielsweise den Predigtdienst an der Haustür, zum großen Entzücken der Isländer und der gesamten Menschheit.

Rutherfords Neuorientierung verlief allerdings nicht ganz reibungslos. Charles Taze Russell hatte die Gemeinschaft vorher als eine Art Hobbyverein betrieben. Er war der kreative Anführer der Gruppe und keineswegs konservativ. Seine Ideen waren nur ziemlich verrückt, und am Anfang akzeptierte Rutherford sie alle. Wie zum Beispiel die Sache mit den ägyptischen Pyramiden, die Jehova Gott erbaute, um der Menschheit Informationen zu übermitteln. Später musste Rutherford jedoch feststellen, dass Russell diesbezüglich ein dummer Fehler unterlaufen war, denn es war nicht Jehova, sondern der Satan, der die Pyramiden erbaute.

So musste Rutherford vieles von dem, was Russell verkündet hatte, zurücknehmen und anderes verschärfen, wie etwa den Isolationismus der Gemeinschaft. Wer ausgestoßen worden war, wurde radikal geächtet, zudem durften Zeugen Jehovas keinen Militärdienst ableisten und den Vereinigten Staaten von Amerika nicht durch Hissen der Fahne oder feierliches Begehen des Nationalfeiertags die Treue schwören. Bereits 1918 waren die amerikanischen Behörden alarmiert und nahmen Rutherford mitsamt seinen geistlichen Führern fest. Alle bekamen lange Haftstrafen, und Rutherford wurde wegen Landesverrats zu zwanzig Jahren Gefängnis verurteilt. Die USA führten Krieg in Europa und sahen es gar nicht gerne, dass Rutherfords Bibelforscher, wie sie damals hießen, keinerlei Nationalbewusstsein an den Tag legten.

Doch die Bibelforscher waren mit ganz anderen Dingen als den kriegerischen Auseinandersetzungen in Europa beschäftigt. Der Erste Weltkrieg war zwar ihrer Ansicht nach ein gutes Beispiel dafür, dass alles zur Hölle ging und der Weltuntergang nahte, interessierte sie ansonsten aber nur mäßig. Der Kriegsausbruch signalisierte den Countdown zum Harmagedon, und Jesus gründete sein Königreich im Himmel. Es würde zu weit führen, näher auf diese theologische Auslegung der Zeugen Jehovas einzugehen, aber die Ältesten dachten gar nicht daran, jungen Dienern Jehovas einen Tod in den europäischen Schützengräben in Aussicht zu stellen. Der wahre Krieg wurde gegen einen unsichtbaren Feind geführt: Satan. In jenen Jahren gab es noch sehr wenige Bibelforscher, sodass im Grunde alle, die sich taufen ließen, Teil jener 144.000-köpfigen Elite waren, die gemeinsam mit Christus im Himmel herrschen sollte. Damals war die Taufe demnach ein viel besserer Deal als heute, wo die einfachen ungesalbten Zeugen, Jonadabe genannt, die Ewigkeit im Paradies absitzen müssen, während sich die ursprünglichen 144.000 mit Gott und Jesus und Russell und Rutherford im Himmel verlustieren dürfen.Doch Rutherford und sein Klerus blieben nicht lange im Gefängnis. Der Krieg ging zu Ende, und sie wurden entlassen und von allen Anschuldigungen freigesprochen. In den USA herrschte schon immer große Toleranz gegenüber unterschiedlichen religiösen Gruppierungen, und Glaubensgemeinschaften wie die Zeugen Jehovas, Scientology und sogar die Sekte von David Koresh genossen das Wohlwollen der Behörden. Die Ostküste der USA wurde zum großen Teil von europäischen Flüchtlingen besiedelt, die aufgrund ihres Glaubens in ihren Heimatländern verfolgt wurden. Auf diesem fruchtbaren Boden errichtete Rutherford sein Reich und zog alle möglichen Leute unterschiedlicher Herkunft an, die unbedingt tausend Millionen Jahre mit ihm und seinen Ältesten verbringen wollten.

Anfangs feierten Zeugen Jehovas noch Weihnachten und Geburtstage, doch später wurde das verboten. Es heißt, Rutherford habe gerade den Königreichssaal der Zeugen Jehovas in Brooklyn für ein Weihnachtsfest geschmückt, als er plötzlich keine Lust mehr hatte und verkündete, Weihnachten sei ein heidnisches Fest. Das war zu Beginn der großen Depression. Seitdem wird das Fest des Lichts und des Friedens alljährlich im Dezember im Wachtturm heftig kritisiert, damit die Gemeinschaft nie vergisst, wie schrecklich Weihnachten ist. Geburtstagsfeiern gab es wesentlich länger, sie wurden erst 1951 verboten. Im Wachtturm erschien die Begründung, Geburtstagsfeiern seien wie Weihnachtsfeiern heidnische Bräuche, um die Unsterblichkeit der Seele zu verherrlichen. Zeugen Jehovas glauben nämlich durchaus, dass die Seele sterblich ist – es sei denn, die betreffende Seele hat das Glück, einem Zeugen Jehovas zu gehören, dann lebt sie bis in alle Ewigkeit.

Rutherford liebte neue Theorien und Interpretationen und schrieb zahlreiche Bücher. Er verfasste eines der beliebtesten Bücher der Zeugen Jehovas, das zu Tausenden Exemplaren in Island verbreitet wurde. Es heisst Die Harfe Gottes und war das erste Buch, das die Gemeinschaft ins Isländische übersetzen ließ. Es wurde in Dänemark gedruckt und an Georg Fjölnir Líndal geschickt, der es gewissenhaft an jeden zweiten Haushalt im Land verteilte. Dies war nicht das einzige Werk, das Joseph Rutherfords Beliebtheit steigerte, da die Gemeinschaft es im großen Stil verschenkte. Er ließ seine Infanterie auch das Buch Millionen jetzt lebender Menschen werden nie sterben verteilen. Dieses Werk war überaus beliebt und enthielt nicht nur eine schöne Weltuntergangsprophezeiung, sondern auch das Versprechen des ewigen Lebens für alle, die der Gemeinschaft beitraten.

Später verwechselten viele Isländer den mächtigsten Mann der Zeugen Jehovas, Joseph Rutherford, mit einem anderen Mann desselben Namens, der Anfang des zwanzigsten Jahrhunderts in Island sehr bekannt war. Er hieß Adam Rutherford und hatte herausgefunden, dass die ägyptischen Pyramiden als Symbol dafür errichtet worden waren, dass es sich bei den Isländern um jenes auserwählte Volk handelte, von dem der Prophet Jesaja in der Bibel sprach. Dieser Unsinn passte natürlich hervorragend zu den Pyramiden-Berechnungen von Joseph Rutherfords Vorgänger Charles Taze Russell. Mein Vater war einer derjenigen, die diese beiden Rutherfords vermischten, und hatte großen Spaß daran, mir diverse Pyramidentheorien zu erklären, als ich klein war.

16. Kapitel

Der Leidensweg Georg Fjölnir Líndals

„In der Zeit, seit ich hier bin, habe ich zwischen 26.000 und 27.000 Bücher verbreitet. Viele Leute haben sie gelesen. Manche haben sich allem Anschein nach gegen die Wahrheit entschieden, aber die meisten sind einfach nur gleichgültig. "

Georg Fjölnir Líndal, 1936

Georg Fjölnir Líndal besaß eine unvergleichliche Zähigkeit und musste die Lehre, die er mit mäßigem Erfolg unter den gleichgültigen Isländern verbreitete, in regelmäßigen Abständen abwandeln. 1935 musste er beispielsweise die Kreuzigung verleugnen und die neue Wahrheit anerkennen, dass Jesus gepfählt worden war. Zudem war es völlig irrelevant, wie viele Weltuntergänge er nach genauesten Berechnungen der Ältesten in Brooklyn verkündete, denn die Welt ging nie unter, und keiner wollte sich zu seinem Gott bekennen, wie viele Haushalte er auch besuchte.

Georg war vierzig Jahre alt, als er aus seiner Wahlheimat Kanada nach Island zurückkehrte, um seine Landsleute vor dem sicheren Tod zu retten. Er wurde Pionier, also ein Zeuge Jehovas, der hauptberuflich die gute Botschaft verkündet. Dabei handelte es sich keineswegs um eine gut bezahlte Arbeit, man bekam lediglich freie Kost und Logis und ein kleines Grundgehalt. Zudem war es eine schwierige, undankbare Arbeit: Siebenundzwanzig Jahre lang klopfte Georg Fjölnir Líndal an die Türen seiner Landsleute und fragte, ob sie mit ihm über den bevorstehenden Weltuntergang reden wollten. Er bereiste das Land zu Pferd und schenkte allen, die wollten, ein Exemplar der Harfe Gottes von Rutherford. Im ersten Herbst schaffte er es, isländischen Familien achthundert Exemplare des Buches anzudrehen, was einen beachtlichen Erfolg darstellte, denn 1929 lebten in Island nur etwa

100.000 Menschen. Die meisten, die Georg Fjölnir empfingen, waren bettelarm und mochten ein imposantes Buchgeschenk nicht ablehnen, selbst wenn dessen Inhalt in ihren Augen nutzloser Humbug war.

Im zweiten Jahr nach seiner Rückkehr nach Island traf Georg auf Leute, die Die Harfe Gottes bereits zweimal gelesen hatten und sie sich ein drittes Mal vornahmen, was jedoch eher für die begrenzte Verfügbarkeit von Lektüre in der damaligen Zeit sprach als dafür, dass die Theorien aus Brooklyn tatsächlich auf Interesse stießen. Menschen wie meine Großeltern lasen alles, was sie in die Finger bekamen, doch wenn Georg insistierte und die Leute fragte, ob sie sich nicht mit ihm zusammensetzen und Gottes Wort studieren wollten, gaben die meisten ausweichende Antworten.

„Ach", antworteten die Leute, sie wollten ihm ja keine Umstände machen, woraufhin Georg meinte, das sei nicht der Fall, das Vergnügen sei ganz seinerseits. Die Leute reagierten überrascht und einige sagten, sie verstünden nicht, warum dieser fromme Missionar nicht wie jeder andere arbeiten müsse. Da entgegnete Georg, er arbeite ausschließlich für Jehova, indem er den Leuten den Weltuntergang verkünde.

„Ach ja, der Weltuntergang", sagten die Leute, manche mit geradezu beseeltem Gesichtsausdruck. Einige versicherten Georg, sie würden alles glauben, was in Büchern stehe, auch in der Harfe Gottes.

„Aber wollt ihr euch denn dann nicht näher damit beschäftigen?", fragte Georg.

„Nein", lautete die Antwort. „Ist ja alles gut und schön mit dem Weltuntergang und dem Paradies und Gottes Königreich im Himmel, aber das ist nichts für uns hier auf dem Land. Wir haben genug mit uns selbst zu tun", sagten die Leute und spuckten Kautabak.

Georg war noch nie Menschen begegnet, die so widerspenstig waren wie die Isländer. Er schickte den Theokraten in Brooklyn einen Brief, in dem seine Landsleute gar nicht gut wegkamen. Die Menschen auf dieser Insel weit draußen im Nordmeer beschrieb er als abergläubisch und allem möglichen Irrglauben anhängend. Sie würden an Geister und Elfen glauben, an Steine und Bäume, und würden die

Bibel sogar mit ihrem eigenen Traumdeutungsquatsch gleichsetzen. Es sei unmöglich, diese Leute von der Wahrheit zu überzeugen. Sie würden ihn gar nicht beachten und sich nur insofern für Gott oder die Bibel interessieren, als dass sie an dunklen Wintertagen bei Kerzenlicht etwas zu lesen hätten.

Selbst die schlechte Witterung ließ die Isländer nicht so stark verzweifeln, dass sie sich als Zeugen Jehovas taufen lassen und dadurch ewiges Leben im Paradies erlangen wollten. Deshalb blieb Georg achtzehn Jahre lang der einzige Zeuge Jehovas in Island, bis er Verstärkung von ausländischen Pionieren bekam. In diesen achtzehn Jahren verteilte er immerhin fast dreißigtausend Bücher an seine gleichgültigen Landsleute, die trotz allem viel gelesen wurden. Die meisten Bücher waren von Joseph Rutherford, der sich inzwischen ein Schlösschen in San Diego gebaut hatte. Er nannte es Beth Sarim, und dort sollten Isaak und Abraham wohnen, deren Besuch er erwartete. Bald würden sie, wie prophezeit, am Jüngsten Tag vom Tode auferstehen.

Georg Fjölnir Líndal hatte keine Ahnung, was in San Diego oder Brooklyn vor sich ging. Kurz nach Ende des Zweiten Weltkriegs nahm er Leo Larsen und Ingvard Jensen aus Dänemark und Oliver McDonald aus England in Empfang, die genauso niedrig gestellt waren wie ihr kanadisch-isländischer Kollege und die Befehle der leitenden Körperschaft widerspruchslos ausführten, so wie Georg und viele Missionare auf der ganzen Welt.

Die neuen Arbeiter Gottes halfen Bruder Georg, noch mehr Bücher und Broschüren an die ungläubigen Isländer zu verteilen, und noch heute erzählt man sich bei Zusammenkünften in Reykjavík, Selfoss, Akranes und Akureyri Heldengeschichten von diesen gebeutelten Dienern Jehovas. Es ist sogar ein Buch über die Anfänge erschienen mit dem Titel Zeugen Jehovas in Island – eine Geschichte von Beharrlichkeit und Durchhaltevermögen. Darin gibt es ein Foto von Georg Fjölnir mit einem Pferd, das tonnenweise Bücher von Joseph Rutherford schleppt.

Als Papa selbst noch ein aufrichtiger Diener der Wahrheit war, konnte er sich für diese Heldengeschichten begeistern. Er schwärmte Mama und uns Kindern vor, wie diese Pioniere gemeinsam durchs Land gezogen und durch die religiöse Wüste der Isländer marschiert waren. Das einzig Positive, das der Trupp über Land und Leute zu berichten hatte, war, dass isländische Bauern außerordentlich gastfreundlich seien und sie manchmal zehn Mahlzeiten am Tag bekämen, weil sie ihre Gastgeber, die ihnen andauernd Schmalzgebäck und Pfannkuchen vorsetzten, nicht beleidigen wollten.

Den Isländern kann man wirklich keine mangelnde Gastfreundlichkeit nachsagen, aber sie haben sich schon immer schwer damit getan, einen eigenen Standpunkt zu vertreten. Deshalb lauschten sie den Gästen, die den Weltuntergang verkündeten, darum bemüht, ihnen weder zuzustimmen noch zu widersprechen, sondern nur vor sich hin zu murmeln. Dann drängten sie den Missionaren noch eine Tasse Kaffee und einen zweiten Pfannkuchen mit Sahne auf. Den Gastgebern war es egal, was gesagt oder wer zitiert wurde. Sie nickten nur höflich, wechselten bei der erstbesten Gelegenheit das Thema und begannen, über etwas zu sprechen, das wirklich wichtig war, wie zum Beispiel das Wetter.

Diese armen Kerle, die ersten Pioniere der Zeugen Jehovas in Island, wollten sich damit behelfen, dass sie ihre Frauen mit dem nächsten Schiff auf die Insel bringen ließen. Doch die Isländer waren den Frauen gegenüber genauso gastfreundlich wie den Männern und redeten weiter übers Wetter. Das änderte sich erst 1957, als es Georg und seinen Kollegen nach 27 Jahren Schinderei endlich gelang, sieben Isländer dazu zu bewegen, sich durch Eintauchen taufen zu lassen. Zu diesem Zeitpunkt war Georg fast siebzig und verließ erschöpft und glücklich das Land. Die anderen Pioniere ließen die dunklen isländischen Winter ebenfalls hinter sich, und die kleine Gemeinschaft wurde der Fürsorge von Edith Marx, einer tatkräftigen Deutschen, übergeben. Sie kümmerte sich um die paar Männer, die die Ältesten der neuen Gemeinde werden sollten. Gerne bezog man sich auf die Worte des Propheten Jesaja, der gesagt haben soll, dass der Kleine selbst zu einem Tausend werden wird und „der Geringe zu einer mächtigen Nation". [12]

Als die ersten sieben endlich gewonnen worden waren, schien der Damm zu brechen. Vielleicht ließen die Ältesten in Brooklyn ja auch mehr Geld springen, nachdem sie gesehen hatten, dass die Mission im Nordatlantik doch nicht gänzlich hoffnungslos war. In den nächsten zehn Jahren stieg die Zahl der Zeugen Jehovas in Island stark an. 1960 erschien der Wachtturm zum ersten Mal auf Isländisch, wurde allerdings in Dänemark gedruckt. Nun konnten die Leute die Wahrheit in ihrer eigenen Sprache empfangen, anstatt die gute Botschaft auf Dänisch zu lesen. Doch das missfiel der Staatskirche, und 1962 gab Bischof Sigurbjörn Einarsson eine kleine Broschüre mit dem Titel Zeugen Jehovas – eine Warnung heraus. In diesem unmissverständlichen Pamphlet sind die wichtigsten Dinge über die Geschichte der Zeugen Jehovas zusammengefasst, und am Ende warnt Sigurbjörn seine Landsleute vor der Glaubensgemeinschaft aus Brooklyn und bittet sie, nicht mit Missionaren zu reden, sondern ihnen die Tür zu weisen. Das war zweifellos ein Zeichen, dass Island sich veränderte, denn die Moderne hielt Einzug, und die gute alte isländische Gastfreundschaft würde wohl kaum überleben, wenn selbst der Bischof seine Landsleute aufforderte, ihr abzuschwören. Die Missionare der Zeugen Jehovas bekamen keine zehn Mahlzeiten mehr pro Tag, und man fühlte sich von ihnen belästigt – so wie heute.

Sigurbjörns Broschüre ist auch eine theologische Auseinandersetzung mit den Theorien der Zeugen Jehovas. Sie aus heutiger Sicht zu lesen, ist interessant, denn es wird um des Kaisers Bart gestritten, wo doch jedes Kind sehen kann, dass dem Kaiser nie Flaum gewachsen ist. Am meisten stieß sich Sigurbjörn an der Theorie, dass Jesus und Michael ein und dieselbe Person seien; schon allein deshalb hielt er die Zeugen Jehovas nicht für Christen. Er schreibt, Diskussionen mit den Zeugen Jehovas über Glaubensfragen seien zwecklos, sie würden

---

12 Jesaja 60,22

Bibelzitate aus dem Zusammenhang reißen und mit Schlagwörtern argumentieren, die für sie „unanfechtbar" seien.

In den darauffolgenden Jahrzehnten wurde Sigurbjörns Broschüre viele Male nachgedruckt, während sich die Gemeinschaft stetig vergrößerte. Vielleicht verhinderte der Bischof durch seine Ablehnung einen noch größeren Zustrom, doch heute warten immerhin sechshundert isländische Zeugen Jehovas darauf, dass Christus, Gottes Henker, zurückkehrt und alle vernichtet, die „nicht zu den ‚Zeugen' gehören, zuallererst Politiker und Priester, denn Kirche und Staat gelten als Werkzeuge des Teufels", wie Sigurbjörn Einarsson schreibt.

17. Kapitel

Von Gott inspirierter Marxismus

„Seit vielen Jahren sind hierzulande Botschafter eines neuen Glaubens unterwegs. Sie nennen sich Zeugen Jehovas. Bisher waren die meisten ihrer Agitatoren Ausländer, doch einige Isländer gerieten bereits in ihre Fänge. Vielerorts ist es ihnen gelungen, ihre Bücher und Broschüren unter die Leute zu bringen. Jetzt scheinen sie ihre Mission zu verstärken."

Bischof Sigurbjörn Einarsson, 1962

Meine Großeltern glaubten als Kinder noch an Elfen und Trolle, Steine und Bäume, wie es in Island üblich war, während man meinen Eltern, als sie noch Kinder in Reykjavík waren, nur noch die europäische Variante des Christentums einimpfte. Viel später saugten sie dann das neue individuelle Christentum aus Amerika auf, was ein noch schlimmerer Fehler war, wie wir durch die vielen Nachrichten aus dem Bible Belt der USA wissen.

Als die Generation meiner Großeltern angehalten wurde, ihren kindlichen Aberglauben abzulegen, bestand sie darauf, das Christentum der Nationalkirche mit etwas Spiritismus zu würzen, als Ersatz für die alten Naturgeister. Meine Geschwister und ich durften die Elfen und Wiedergänger, die durch die isländische Landschaft spukten, jedoch nicht mehr kennenlernen, weder im Laugavegur noch später oben im Breiðholt-Viertel. Für uns wurden die finsteren Personen aus dem Alten Testament so lebendig wie früher in den Torfhäusern die Elfen und das verborgene Volk. In jeder Ecke lauerte Satan und wollte uns verführen. Zu Papas fanatischsten Zeiten stand Satan für alle irdischen Laster – für Oma und Opa und Sport und Fernsehen und Kino, schlichtweg für alles außer Bibelgeschichten und Zusammenkünften im Königreichssaal.

Ich habe nie verstanden, wie Papa, ein Lehrling in einem Friseursalon im Klapparstígur, im Winter 1971/72 urplötzlich Zeuge Jehovas
werden konnte, als er mit Mama und meinem Bruder Ingvi, der noch
ganz klein war, im Laugavegur wohnte. Meine Eltern waren jung und
naiv und abgebrannt, wie es nun mal so ist, und vielleicht auch furchtbar unglücklich und verängstigt. So wie wir alle, die sehr früh Kinder
bekommen und eine Familie gründen. Das ist ja auch durchaus beängs-
tigend, denn wir sind so klein, und das düstere Island kann auf frisch-
verliebte Paare mit Geldsorgen sehr feindselig wirken.

Örn Svavarsson aus dem Bioladen Heilsuhúsið in Reykjavík
machte Papa mit den Zeugen Jehovas bekannt und sagt heute, Papa
habe vom ersten Tag an alles eifrig und vorbehaltlos wie ein Schwamm
in sich aufgesaugt. Papas Version der Geschichte geht so, dass er Örn
zu einem Treffen der Zeugen Jehovas begleitete, weil er ihn vom gelobten Land des Sozialismus überzeugen wollte, dann aber heldenhaft
gegen die wesentlich kühnere und radikalere Ideologie der Ältesten
aus Brooklyn verlor.

Rückblickend erzählt Örn, er sei froh gewesen, Papa vom Studium
des Wachtturms überzeugt zu haben, denn der junge Friseurlehrling
sei wissbegierig gewesen und habe sich gut mit der radikalen Literatur
der letzten Jahrzehnte ausgekannt. Örn und er diskutierten ausgiebig
über Laxness [13], den sie beide verehrten, wobei Papa sagt, er habe
Þórbergur Þórðarson besser gefunden: Es gab nämlich kaum einen
isländischen Schriftsteller, der die Kirche so heftig kritisierte. Das kam
bei Örn und Papa gut an, denn beide waren davon überzeugt, dass
die Staatskirche von Satan gelenkt wurde, der sich in den Talaren der
isländischen Priester eingenistet hatte.

Papa und Örn stammten aus sehr unterschiedlichen Verhältnissen.
Örn war in der Gemeinschaft der Zeugen Jehovas groß geworden,
denn seine Mutter war eine der Ersten gewesen, die sich in Island

---

13 Halldór Laxness (1902–1998) ist Islands bekanntester Schriftsteller. Er erhielt
1955 den Literaturnobelpreis.

taufen ließen. Sie war Deutsche und hatte im Zweiten Weltkrieg Schreckliches erlebt. Als junge Frau war sie in die Kriegswirren geraten und später nach Island geflohen. Vermutlich konnte sie sich nie aus den Fängen des Krieges befreien, jedenfalls verkündete sie ihren Kindern den Weltuntergang und bemühte sich, sie bestmöglich auf die finale Schlacht vorzubereiten. In Örn sah sie einen großen Pionier und beschied ihm eine wichtige Rolle innerhalb der Gemeinschaft. Als Papa Örn kennenlernte, arbeitete er schon ausschließlich für die Zeugen Jehovas und predigte von morgens bis abends die gute Botschaft, an jedem Tag der Woche.

Wie viele andere verlor Örn seinen Glauben, als die Welt nicht wie angekündigt unterging, weder 1975 noch 1976 oder 1977. Wir waren alle maßlos enttäuscht, aber Örn und Papa sind immer noch Freunde. Örn kommt regelmäßig zum Haareschneiden zu ihm, doch heutzutage reden sie kaum noch darüber, dass sie mit zwanzig glaubten, die Welt ginge zugrunde. Im Jahr 2015 hätten sie eigentlich schon ihr vierzigstes Jahr in der Ewigkeit verbringen müssen. Sie haben eine gemeinsame Vergangenheit, können aber heute über ihre damalige Dummheit scherzen und den Kopf schütteln.

Gut zehn Jahre, nachdem Bischof Sigurbjörn Einarsson seine Schäfchen aufgefordert hatte, den Zeugen Jehovas die Tür zu weisen, wagten es Papa und Örn, in Gljúfrasteinn anzuklopfen, um Halldór Laxness die Wahrheit der Ältesten aus Brooklyn zu überbringen. [14] Laxness' Frau Auður kam an die Tür, und als Papa und Örn sich vorstellten, bat sie die beiden, einen Moment zu warten.

„Ich glaube, Halldór interessiert sich dafür", sagte sie und ging ins Haus.

Papa wartete gespannt. Obwohl Zeugen Jehovas an der Haustür normalerweise einen selbstsicheren, fröhlichen Eindruck machen, haben die meisten vor lauter Angst einen Knoten im Bauch. Sie kön-

---

14 Gljúfrasteinn ist der Name des Hauses von Halldór Laxness und seiner Frau Auður (1918-2012). Es steht in Mosfellssveit in der Nähe von Reykjavík und ist heute ein Museum.

nen unmöglich wissen, ob sie von einer freundlichen Stimme oder den schlimmsten Beschimpfungen begrüßt werden, wenn sie an fremden Türen klingeln. Papa und sein Freund hatten keine Ahnung, was sie in Gljúfrasteinn erwarten würde. Doch da sie an diesem Tag den Auftrag hatten, die gute Botschaft im Bezirk Mosfellssveit zu verbreiten, blieb ihnen nichts anderes übrig, als auch nach Gljúfrasteinn zu gehen und das Beste zu hoffen.

„Halldór möchte gerne mit Ihnen sprechen. Bitte kommen Sie herein", sagte Auður, als sie zurückkam, und die beiden betraten schüchtern das Haus. Auf dem Weg hinein sprach Papa ein kurzes Gebet zu seinem Gott Jehova und fragte ihn, ob es erlaubt sei, sich derart zu freuen, Islands berühmten Nationaldichter zu treffen. Er flüsterte, er fände Þórbergur Þórðarson oberflächlich betrachtet zwar besser, sei aber trotzdem so aufgeregt, den Nobelpreisträger kennenlernen zu dürfen, dass er sich in Grund und Boden schäme. Ihm war klar, dass Jehova seine Gedanken lesen konnte, und Jehova wollte nicht, dass man sich auf etwas anderes freute als auf den Weltuntergang.

Solche Gedanken machte sich Papa, als Auður ihn und seinen Freund in das gediegene Wohnzimmer führte. Dort wurde den jungen Zeugen Jehovas Kaffee und Gebäck angeboten, und Halldór Kiljan Laxness höchstpersönlich setzte sich zu ihnen, trank Kaffee und ließ sich lang und breit über die Bibel aus. Papa war so geschmeichelt, dass er es nicht schaffte, die Frage zu stellen, die ihm am meisten auf der Zunge brannte, doch als der Autor schließlich eine Pause einlegte, nahm er all seinen Mut zusammen:

„Also, in *Weltlicht,* da sagt doch Ólafur Lichtwikinger, äh, dass die Dreifaltigkeitstheorie beim Konzil von Nicäa mit einer Stimme Mehrheit anerkannt wurde.[15] Welchen Beleg haben Sie für diese eine Stimme Mehrheit?"

---

15 Laxness' Roman Weltlicht (isl. Heimsljós) erschien ursprünglich von 1937-40 als Tetralogie und schildert das Leben eines Mannes aus einfachen Verhältnissen, der Schriftsteller werden will und gegen die Vorurteile seiner Umgebung zu kämpfen hat.

Papa war so nervös, als der die Frage stellte, dass er auf Auður schöner weißer Tischdecke fast Kaffee verschüttet hätte. Die Tasse klapperte auf der Untertasse, und Papa stellte sie schnell auf den Tisch und fixierte Laxness, der einen Moment überlegte und dann antwortete:

„Junger Mann, ich habe über fünfzig Bücher geschrieben, man kann unmöglich von mir verlangen, dass ich mich an alles erinnere, was darin steht."

Ich habe diese Geschichte unzählige Male gehört und weiß, dass Papa die Frage so wichtig war, weil es ihn sehr gefreut hätte, wenn Laxness die Abneigung der Zeugen Jehovas gegen die Trinitätslehre untermauert hätte. Es ist einer der Grundpfeiler der religiösen Überzeugung der Zeugen, dass es sich bei der Doktrin, Gott sei dreieinig – Vater, Sohn und Heiliger Geist –, lediglich um eine Erfindung fehlgeleiteter Priester und Bischöfe unter dem Einfluss von Kaiser Konstantin handelt, der das Konzil von Nicäa abhielt. Für Papa wäre es ein Glücksfall gewesen, wenn der Literaturnobelpreisträger ihm bestätigt hätte, dass sich die Dreifaltigkeitstheorie letztendlich nur durch einen Zufall durchgesetzt hatte.

In Halldór Laxness' nächstem Buch, *Die Litanei von den Gottesgaben,* kommen auch Zeugen Jehovas vor.[16] Papa bildete sich allerdings nie ein, dass Örn und er die Inspiration dafür waren, zumal Laxness bereits alles über die Glaubensgemeinschaft zu wissen schien, als er sich mit ihnen in seinem eleganten Wohnzimmer unterhielt. In *Die Litanei von den Gottesgaben* begegnet der Erzähler einer Frau, die sagt, sie sei Zeugin Jehovas. Sie hat eine kranke Tochter, die Jehova vor dem sicheren Tod bewahrt haben soll, weil er will, dass „seine Zeugen das bevorstehende Harmagedon unbeschadet überstehen".[17]

Das Mädchen, das mit der Krankheit kämpft, möchte auf keinen Fall zu lange mit dem Erzähler sprechen, weil es befürchtet, von den

---

16 Die Litanei von den Gottesgaben (isl. Guðsgjafaþula) war Laxness' letzter Roman und erschien 1972. Er erzählt die Geschichte der isländischen Heringsfischerei als Schildbürgerstreich.
17 Halldór Laxness: Die Litanei von den Gottesgaben, übersetzt von Bruno Kress, Steidl Verlag, Göttingen 2011, S. 74.

Ältesten geschlagen zu werden, wenn es sich verplappert. Papa mochte diesen Teil des Romans nie, zitierte aber gerne eine andere Stelle daraus, nämlich als der Erzähler behauptet, die Zeugen Jehovas seien von Gott inspirierte Marxisten, – so formulierte Papa zumindest den Satz des Autors, der im Buch etwas hintergründiger ist. Ich glaube, Papa ist immer noch der Meinung, das sei die Erklärung, warum er Zeuge Jehovas wurde: Es war lediglich die logische Fortsetzung des Marxismus, mit dem er sympathisierte.

Die Antwort auf die Frage zur Dreifaltigkeitstheorie, die Papa Halldór Laxness damals in Gljúfrasteinn stellte, habe ich natürlich längst gegoogelt. Mit dem Ergebnis, dass es keinen Beleg für die Behauptung des Nobelpreisträgers in Weltlicht gibt. Von allen Priestern und Bischöfen in Nicäa stellten sich nur zwei gegen die Dreifaltigkeitstheorie, – wobei es eine gewisse Rolle gespielt haben mag, dass der Kaiser jedem Gottesmann, der die Doktrin nicht anerkennen wollte, Verbannung oder Tod androhte.

18. Kapitel

Fünftausendneunhundert
sechsundneunzig Jahre

Papa begann, zusammen mit Örn den Wachtturm zu studieren, als
der Weltuntergang für 1975 erwartet wurde, – allerdings unter dem
Vorbehalt, dass er sich um ein oder zwei Jahre verzögern könne. Es
war der Winter 1971/72, und die Werbung der Pioniere für die bevorstehende Apokalypse trug Früchte. Die Gemeinschaft wuchs jährlich
um mehr als ein Zehntel, obwohl die Versprechung des Weltendes,
wie im Wachtturm beschrieben, bei näherer Betrachtung ziemlich
fragwürdig war.

Den Stil der Zeitschrift könnte man als passiv-aggressiv bezeichnen. In ein und demselben Satz wird etwas angedeutet und wieder
zurückgenommen, Fragen werden als Stilmittel eingesetzt. Anstelle
von konkreten Aussagen werden Leitfragen gestellt, und die Verfasser
der Artikel sprechen nie deutlich aus, was sie meinen. Als mein Vater
begann, sich mit dem Thema zu beschäftigen, veröffentlichte der
Wachtturm gerade einen seiner berühmten Artikel über den Weltuntergang. Darin unterhalten sich zwei Glaubensbrüder über ein aner-
kanntes Buch der Zeugen Jehovas, das bei den Mitgliedern sehr beliebt
war, nicht zuletzt wegen seiner Prophezeiung, das Harmagedon treffe
im Oktober 1975 ein. Dies wird jedoch nicht klar gesagt, nur stark
angedeutet. Die Glaubensbrüder unterhalten sich, und der eine fragt
den anderen, ob 1975 das Weltende komme.

„Vielleicht", antwortet der andere Bruder, der sich in dem Artikel
Franz nennt. Dann stellt er eine Frage und gibt sich gleich selbst die
Antwort: „Bedeutet dies, dass das große Babylon 1975 untergeht?
Vielleicht. Müsste dann nicht auch der Angriff Gogs von Magog auf
die Zeugen Jehovas stattfinden, um sie zu vernichten, doch dann wird
Gog selbst besiegt? Vielleicht."

Unten auf jeder Seite stehen weitere Fragen, die Bibelschüler in der ganzen Welt zu Hause beantworten sollen. Wenn man länger bei den Zeugen Jehovas ist, werden einem diese Fragen immer vertrauter, und Papa hatte Riesenspaß, damit anzugeben, dass er sie alle beantworten konnte. Er lernte schnell die richtigen Antworten auswendig und wusste haargenau, was mit der Wiederkehr böser Mächte wie dem besagten Gog, der für Satan in den Krieg zieht, gemeint war. Satan war nämlich auf die Erde gekommen, um seinen dunklen Machenschaften nachzugehen. Als Zeuge Jehovas ringt man unaufhörlich mit dem Teufel und seinem Gefolge, das einen auf Schritt und Tritt verfolgt.

Papa hatte so gut wie keine Vorbehalte gegen die Theorien der Zeugen Jehovas und war total fasziniert von der Botschaft im Wachtturm. Im Dezember, kurz nachdem er der Gemeinschaft beigetreten war, verkündete er Mama, er werde kein Weihnachten feiern. Seinen Geburtstag am 19. Dezember wolle er auch nicht feiern, und sie brauche an ihrem Geburtstag am 15. Dezember nicht mit Geschenken von ihm zu rechnen.

„Geburtstage sind heidnisch und dienen nur dazu, sich selbst zu verherrlichen. Was völlig nutzlos ist, wenn du mal genauer darüber nachdenkst. Die Welt, wie wir sie kennen, wird untergehen", plapperte Papa den Ältesten nach. Mama stockte der Atem; das war das Dümmste, was sie je gehört hatte.

„Du willst mir nichts zum Geburtstag schenken?", fragte sie, ohne richtig mitbekommen zu haben, dass er sich ebenfalls weigerte, mit ihr und Ingvi Reynir, der gerade ein Jahr alt geworden war, Weihnachten zu feiern.

„Nein", sagte Papa abweisend und setzte sich an den Küchentisch. Mama hatte darauf bestanden, dass sie sich zusammensetzen und das Thema besprechen würden. Jetzt besprachen sie es.

Mama denkt gerne an ihr erstes gemeinsames Weihnachten im Bústaðavegur zurück. Damals tauschten sie Ringe und verlobten sich. Am nächsten Weihnachten war Ingvi Reynir schon ein paar Monate alt, sie feierten wieder im Bústaðavegur, und Papa schenkte ihr einen hübschen, rosafarbenen Pullover. Sie trug ihn oft und dachte dann daran, wie nett und fürsorglich Torfi sie bei dieser Weihnachtsfeier behandelt hatte. Es hatte ihn nicht gestört, dass ihre Mutter zu viel getrunken hatte, und nachdem Ingvi Reynir eingeschlafen war, hatte er ihr mit dem Abwasch geholfen.

„Ich feiere Weihnachten", sagte Mama und fügte hinzu, sie werde auch ihren Geburtstag feiern, egal, was er davon halte.

„Okay", sagte Papa, und Mama merkte, dass er sich verändert hatte. Er konnte sich immer noch über diese Themen ereifern, war dabei aber merkwürdig abgeklärt. Wie jemand, der weiß, dass er recht hat. Er wirkte richtig rührend, wie er dort am Küchentisch saß und etwas auf ein Blatt Papier kritzelte.

Eine Woche vorher hatte er auf demselben Platz gesessen und sich bemüht, ihr zu erklären, was für spannende Zeiten bevorstünden. Es sei jetzt 5.996 Jahre her, seit Adam erschaffen worden war, und sobald es 6.000 Jahre wären, also 1975, könnten sie zusammen im Paradies leben. Natürlich unter dem Vorbehalt, dass die Berechnungen sich um ein, zwei Jahre verschieben könnten. Aber er hatte einen Artikel aus einer Wachtturm-Ausgabe von 1968 gelesen, in dem versprochen wurde, die Fehlermarge bestehe lediglich aus „Wochen oder Monaten, nicht Jahren".

Mama wollte ihm eine Chance geben und hörte sich sein Geschwafel stundenlang an. Dabei fand sie es unglaublich, dass er überhaupt keine Bedenken hatte. Manchmal kam er ihr vor wie der klügste Mensch, den sie kannte. Er liebte es, auf dem Sofa zu liegen und zu lesen, in der Bibel und im Wachtturm zu blättern. Hatte er wirklich nie Zweifel?

Er glaubte das ganze Zeug, und jetzt saß er ihr tatsächlich gegenüber und eröffnete ihr, er werde kein Weihnachten und keine Geburtstage mehr feiern. Ihr noch nicht einmal etwas zum Geburtstag schenken.

19. Kapitel

Karambolage

„Über Geschenke lässt sich sagen, dass man seinen Kindern selbstverständlich das ganze Jahr über etwas schenken kann, zumal Kinder überraschende Geschenke viel mehr schätzen. Dann kommen sie nämlich zur richtigen Gelegenheit, aus ganzem Herzen, und nicht weil es Sitte ist und die gesamte Wirtschaftswelt es darauf anlegt und deshalb die Preise anhebt. Geschenke, die aus echter Liebe verschenkt werden, erzeugen Dankbarkeit gegenüber den Eltern und stärken den Familienzusammenhalt, anstatt die Kinder auf den ‚Weihnachtsmann' zu fokussieren."

Der Wachtturm, 1. Dezember 1975

Papa sagt, Weihnachten sei als Kind für ihn nie besonders wichtig gewesen, obwohl man es durchaus groß gefeiert habe. Für Oma Lilja stand das Essen im Vordergrund; sie war dafür bekannt, dass sie sich nie zu ihrer Familie an den Tisch setzte, sondern während der gesamten Adventszeit im Stehen kochte und Schmalzgebäck backte. In Papas Kindheit backte sie unentwegt und wünschte sich nichts sehnlicher, als dass ihre Familie satt wurde. Die vielen Gebete und das Jesuskind, das erst am Kreuz erlebte, was Hunger wirklich bedeutete, waren ihr völlig egal.

Die kleine Hütte meiner Großeltern am Árbæjarblettur 30, diese 39 Quadratmeter, auf denen sie meist mit vierzehn, fünfzehn Personen gleichzeitig wohnten, duftete den ganzen Dezember, weil Oma den Ofen an den dunkelsten Tagen des Winters kaum ausmachte. Die Dunkelheit war so allumfassend, dass sie am liebsten keinen Schritt vor die Tür gemacht hätte. Die ewige kalte Nacht versetzte sie geradewegs in ihre eigene Kindheit. Da war es besser, im Haus zu bleiben, breitbeinig am Ofen zu stehen und Schaumgebäck und Halbmond-

Kekse zu backen, damit in ihrem Haus nie jemand hungrig zu Bett gehen musste.

Nicht weit davon entfernt, im Bústaðir-Viertel, verbrachte Mama ihre Kindheit und freute sich immer sehr auf Weihnachten, wie unglaublich das angesichts des Ungeheuers im Wohnzimmer auch klingen mag. Meine Eltern feierten ihr erstes Weihnachtsfest sogar fast in derselben Straße, denn Papa wohnte die ersten sieben Jahre seines Lebens im Bústaðablettur 12. Damals lag das Bústaðir-Viertel noch auf dem Land, während es heute zur Stadt Reykjavík gehört. Heute befindet sich dort eine große Verkehrsader, die Breiðholtsbraut. Opa Geirmundur besaß auf diesem Gelände am Stadtrand einen Geflügelstall, züchtete Hühner, Mastgänse und Truthähne. Doch die Isländer weigerten sich, etwas so Neumodisches wie Hühnchen zu essen, und er ging pleite. Opas Geschäftspartner Áki Jacobsen spielte dem alten Mann übel mit und trieb ihn in den Bankrott. Zweifellos waren Opas Stolz und Temperament auch nicht ganz unschuldig an der Sache, denn er war nicht umsonst der Sohn von Sesselja Sigurrós und konnte verdammt bockig sein. Er war nach Reykjavík gezogen, weil die Behörden in Grundarfjörður ihm zu hohe Gemeindesteuern abknöpfen wollten. Als ehemaliger Almosenempfänger war Opa Geirmundur der Obrigkeit gegenüber immer misstrauisch.

Doch sie waren gute Menschen, meine Großeltern. Laut Papa verbrachten sie schöne Weihnachtsfeste, auch wenn es ihm leicht fiel, das Fest des Lichts und Friedens aus seinem Leben zu streichen. Mama hingegen liebte Weihnachten und alles, was damit zusammenhing, obwohl die Weihnachtsfeste in ihrer Kindheit weniger besinnlich waren. Selbst in besseren Jahren muss es unterschwellig schrecklich gewesen sein. Solange ihr Vater Ingvi Reynir Berndsen noch lebte, war Weihnachten im Bústaðavegur angstbesetzt. Mamas jüngere Geschwister und Oma Hulda lebten in der ständigen Sorge, wie sich der Herr des Hauses wohl aufführen würde. Ob er sich auf dem Sofa niederlassen und am Ende so beschissen fühlen würde, dass keiner von ihnen das Fest noch genießen könnte. Es war nicht zu vermeiden, dass Opa Reynir sich ins Schlafzimmer zurückzog, wenn er getrunken hatte, noch nicht einmal an Weihnachten.

Was Alkohol betraf, war er unberechenbar. Es kam vor, dass er an Heiligabend keinen Tropfen trank, aber am zweiten Weihnachtstag einen Vollrausch hatte. Oder dass er während der gesamten Feiertage sein Rasierwasser Portugal soff und Tabletten schluckte, wie in dem Jahr, als Oma am ersten Weihnachtstag mit allen Kindern einen Unfall hatte, mit ihrem nagelneuem Führerschein. Opa war zu besoffen, um vom Sofa hochzukommen, obwohl er Oma Anfang des Jahres dazu gezwungen hatte, den Führerschein zu machen. Mama war neun Jahre alt, es muss also um 1960 gewesen sein. Sie besaßen einen schicken Skoda, mit dem Oma Hulda ins Hlíðar-Viertel fahren wollte, um ihre Geschwister zu treffen und mit ihnen Weihnachten zu feiern.

Mama weiß noch, dass sie auf dem Rücksitz kniete und ihre älteste Schwester mit dem Neugeborenen auf dem Arm vorne saß. Þórunn und Þór saßen rechts und links neben ihr. Es schneite heftig, und wahrscheinlich waren die Reifen runtergefahren, deshalb passierte es. Oma fuhr auf einen anderen Wagen auf, und obwohl niemand verletzt wurde, war die Aufregung groß. Mama schrie Oma an und gab ihr an allem die Schuld – typisch in solchen Familien. Oma war nach dem Unfall so geschockt, dass sie nie wieder Auto fuhr.

20. Kapitel

Der kleine Prinz

*„Wenn wir die Sache vom Standpunkt Gottes aus betrachten,
stellen wir schnell fest, dass die Rolle des Mannes auf gewisse Weise
schwieriger ist als die Rolle der Frau. Warum? Weil Gottes Wort
sagt: ‚Der Mann ist das Haupt der Frau‘ (Epheser 5,23). Dadurch
hat Gott den Mann dazu auserkoren, die Führungsrolle in der
Ehe einzunehmen. Seine Rolle ist somit komplexer. "*

Der Wachtturm, 1. Januar 1972

Wenn Opa Reynir sich an Weihnachten auf den Beinen halten konnte,
benahm er sich wie der kleine Prinz der Familie. Er lachte den Kindern
ins Gesicht und leckte sich über die Lippen, nachdem er Lammkeule
oder geräuchertes Schweinefleisch gegessen hatte. Anschließend
klatschte er in die Hände und scheuchte alle ins Wohnzimmer. Er
reihte seine Kinder ordentlich auf dem Sofa auf, herausgeputzt und
in ihren besten Klamotten, und wünschte, dass sie still sein sollten.
Dann setzte er sich auf den Fußboden, der Prinz vom Bústaðavegur,
denn die Feierlichkeiten drehten sich selbstverständlich um Reynir
Berndsen, wenn er ausnahmsweise mal bei vollem Bewusstsein war.
Er hatte sich von Oma die Hose plätten lassen, trug ein weißes Hemd
und einen hübsch verzierten Morgenrock aus Satin.

„Bin ich nicht toll?", fragte er die Kinder, während er wie ein zu
groß gewachsenes Kind neben dem Weihnachtsbaum saß.

Mama und ihre Geschwister sagten immer Ja. Er war abhängig
von ihrer Bewunderung, obwohl er sie nicht verdient hatte. Und sie
waren abhängig von diesem Prinzen, der nun die Namen auf den
Geschenken vorlas und sie ihnen einzeln überreichte, damit sie nicht
zu ungestüm wurden. Vorsichtig wickelten sie das Geschenkpapier
ab, das Oma ihnen sofort wegnahm und zur Seite legte. Sie würde

zwischen Weihnachten und Neujahr mit den Mädchen das ganze Geschenkpapier bügeln und fürs nächste Jahr aufbewahren.

„Ist das nicht schick?", sagte Opa, wenn er etwas anprobierte, das er geschenkt bekommen hatte.

Die braven Kinder antworteten, die Herzen voller Liebe für diesen Mann. Sie waren sehr dankbar, dass es ihm an diesem Weihnachten besser ging – wesentlich besser sogar –, und er natürlich der Allertollste war. Mama vermisste diese Weihnachtsfeste. Die Weihnachten, an denen es Opa gut ging. Für sie war es schrecklich, kein Weihnachten feiern zu dürfen, als sie bei den Zeugen Jehovas war.

Ich weiß noch, wie sehr ich Mama an Weihnachten immer vermisste, nachdem sie abgehauen war. Einmal tauchte sie unangekündigt bei einem Bastelabend in meiner Schule auf, als wäre sie von den Toten auferstanden. Ich war sehr glücklich, sie wiedergefunden zu haben, und wir bastelten zusammen Weihnachtsmänner. Mama konnte sehr kontaktfreudig sein, und die Mädchen in meiner Klasse fanden sie toll. Sie flirtete sogar mit dem Lehrer und übernahm die Initiative beim Schmücken des Klassenraums.

Dann versank sie wieder in der Welt des Fanatismus und seelischen Missbrauchs durch die Ältesten in Island und Brooklyn. Natürlich verbot man ihr sofort, mir etwas zu Weihnachten zu schenken, ihrem kleinen Prinzen, geschweige denn zum Geburtstag. Das war streng verboten, und die Ältesten erklärten ihr, ich müsse lernen, die Religion anderer zu respektieren. Schön und gut, aber diese Lehre war völlig einseitig, denn meine Mutter durfte mir und meiner Lebensweise keinen Respekt entgegenbringen. Sonst würden die Ältesten sie aus der Gemeinschaft ausschließen und ihren Geschwistern verbieten, mit ihr zu sprechen.

Und als wäre das noch nicht genug, würde Jesus Christus – oder der Erzengel Michael – ihr den Eintritt ins Paradies verweigern, und sie würde mit mir und meinem Bruder sterben, anstatt tausend Millionen Jahre im Paradies zu leben.

Ich verstand das alles nicht, als ich klein war. Das Einzige, was ich wusste, war, dass Mama manchmal eine gute Freundin für mich war und ich mich dann wie der Mittelpunkt der Welt fühlte. Das musste wohl Mutterliebe sein; Mama liebte mich anders als alle anderen, viel intensiver. Meine frühesten Erinnerungen sind aus der Zeit, als ich alleine mit ihr zu Hause war, oft krank, bevor meine Eltern sich trennten und wir von den Zeugen Jehovas verstoßen wurden. Sie wirbelte mich durch unser Wohnzimmer in Strandasel 4, erster Stock links. Manchmal hörten wir heimlich Schallplatten, die uns die Ältesten längst verboten hatten. Papa drückte meistens ein Auge zu, wenn Mama unerwünschte Musik hörte. Sie verstand sowieso kein Englisch, selbst wenn sie Peter, Paul & Mary auflegte. Wir wussten beide nicht, dass die Band von Flugzeugen, Blumen und Eisenbahnen sang, konnten die Texte aber trotzdem auswendig und sangen lauthals mit. Weil wir die Emotionen spürten, ohne ein Wort zu verstehen:

„If you missed the train I'm on, you will know that I am gone. You can hear the whistle blow a hundred miles."

Manchmal weinten wir zusammen. Oder sie weinte, und ich umarmte sie, darauf achtend, dass ich den Stomabeutel auf meinem Bauch nicht zerdrückte. Manchmal geschah das zur Weihnachtszeit, und Mama wurde ungewöhnlich emotional, wenn sie an all die Dinge dachte, die sie uns Kindern gerne geschenkt hätte. Doch das Leben führte sie in eine ganz andere Richtung.

Wenn ich heutzutage diese Platten höre, bin ich es, der weint – um die verlorenen Stunden, als mein Bruder Ingvi draußen spielte und meine kleine Schwester Lilja im Kinderwagen auf dem Balkon schlief und Mama und ich ganz allein auf der Welt waren.

„Mein Prinz", flüsterte sie mir ins Ohr. „Mein kleiner Prinz."

21. Kapitel

Ólafur Skúlason

Meine Eltern feierten ihr erstes gemeinsames Weihnachtsfest bei Oma Hulda im Bústaðavegur. Papa hatte Mama sechs Monate lang bekniet, mit ihm ins Bett zu gehen, aber sie hatte ihn zurückgewiesen und ihm geduldig erklärt, sie würde nur mit einem Mann schlafen, der ihr versprach, sie zu heiraten und Kinder mit ihr zu bekommen.

„Ich verspreche es", sagte Papa schon beim ersten Date. Aber sie glaubte ihm nicht, denn sie hatte gehört, er sei ein Playboy und habe schon mit vielen Mädchen geschlafen.

„Ich liebe dich", sagte Papa, als sie sich ein paar Wochen kannten. Doch das glaubte sie ihm auch nicht, und er fuhr auf See und ließ sie mit ihrem Groll zurück.

So lief es den ganzen Herbst. Sie waren verliebt, aber Papa wurde schnell sauer, wenn er nicht bekam, was er wollte. Dann war Mama eingeschnappt. Heute sagt er, er habe gewusst, dass er nicht der Einzige gewesen sei, den sie monatelang hingehalten habe. Mama bestätigt das, doch Papa hatte etwas an sich, das sie am Ende dazu brachte, sich für ihn zu entscheiden. Allerdings erst, nachdem sie sich sicher war, dass er seine Versprechungen einhalten und ihre Bedingungen akzeptieren würde. Dann gab sie seinem Drängen endlich nach, in dem kleinen Zimmer in der Wohnung ihrer ältesten Schwester. Sie ließ die paar Minuten, die er brauchte, um sie zu schwängern, über sich ergehen, sagt sie heute. Papa bestreitet das nicht, hielt jedoch sein Versprechen, mit ihr eine Familie zu gründen. Er war achtzehn und sie siebzehn, als sie sich Liebe und Treue schworen. Auch wenn sie heute erkennen, dass dieser Torfi und diese Hulda Fríða 1969 schrecklich dumme Kinder waren, hielten sie sich damals für unglaublich erwachsen.

An Heiligabend steckten sie sich die Verlobungsringe an und waren fest entschlossen, schnellstmöglich zu heiraten. Mama fand es irgendwie falsch, dass sie das mit sich hatte machen lassen, ohne verheiratet zu sein. Dennoch war sie glücklich über den Ring an ihrem Finger und hatte nichts dagegen, dass Papa sich um kurz vor sechs verdrückte, um mit seinen Kameraden vom Küstenwachschiff Óðinn zur Weihnachtsmesse zu gehen.

Die Jungs hatten sich fast den gesamten Herbst über Glaubensfragen gestritten, und Papa hatte fleißig die Passionspsalmen studiert und sich vorgenommen, möglichst viele davon auswendig zu lernen. Er hatte schon immer Spaß daran, ganze Gedichtzyklen zum Besten zu geben oder zur passenden Gelegenheit einen Vers einzuwerfen. Das hat er von Opa Geirmundur. Doch Papa war nie so bescheiden wie Großvater, nahm seine Kameraden gerne auf den Arm und spielte sich auf. Besonders lustig fand er es, diese Seemänner, die so gut wie nichts über Hallgrímur Pétursson wussten und den Witz gar nicht verstanden, in die Irre zu führen. Er erzählte ihnen, sein Lieblingspalm sei Psalm Nummer 51, und rezitierte:[18]

Auf dem Hügel Valhúsahæð
findet eine Kreuzigung statt.
Und die Leute kaufen sich
Fahrkarten für den Bus,
weil man so etwas
doch sehen muss.

Die Jungs nickten und hörten aufmerksam zu, bis Papa das gesamte satirische Gedicht von Steinn Steinarr aufgesagt hatte, das mit der Frage endet:

---

18 Die Passionspsalmen (isl. Passíusálmar) erschienen 1659 und sind das bekannteste Werk des isländischen Dichters und Pfarrers Hallgrímur Pétursson (1614-1674). Sie wurden zu einem wichtigen Bestandteil des religiösen Lebens in Island und werden noch heute bei Messen gelesen. Der isländische Lyriker Steinn Steinarr (1908-1958) fügte Hallgrímur Péturssons fünfzig Passionspsalmen mit seiner Persiflage Passionspsalm Nr. 51 (Passíusálmur nr. 51) einen weiteren hinzu. Darin beschreibt er, wie sich ein kleines Mädchen in einer isländischen Umgebung die Kreuzigung vorstellt.

Langweilt es den Mann denn nicht,
sich kreuzigen zu lassen?

Doch es war weder Hallgrímur Péturssons Glaubenseifer noch
Steinn Steinarrs Ironie, womit die jungen Matrosen in Pastor Ólafur
Skúlasons Bústaðakirkja konfrontiert wurden, 1.939 Jahre nach der
Kreuzigung des Erlösers. Oma Hulda hatte Papa davor gewarnt, dass
der Pastor ihrer Gemeindekirche ein Perverser sei, vor dem sich die
Frauen im Viertel hüteten, doch die Neugier trieb ihn an.[19] Er wollte
unbedingt wissen, worum es bei Weihnachten und der Botschaft Jesu
tatsächlich ging. In seiner Familie war man nie zur Messe gegangen
und hatte sich noch nicht einmal an Heiligabend die Predigt des Dom-
pfarrers im Radio angehört. Denn in Geirmundur Guðmundssons
Haus war nur eine einzige Stimme heilig, und zwar die des Kommunisten Einar Olgeirsson.[20] Wenn Parlamentsdebatten im Radio über-
tragen wurden, mussten die Kinder ganz still sein, wenn Einar das
Wort hatte. Ansonsten sollte man sich vor niemandem verneigen.
    Pastor Ólafur Skúlasons Predigt beeindruckte den jungen Matro-
sen weit weniger als Einar Olgeirssons kommunistische Heilsbotschaft.
Ólafur ging laut Papa gar nicht auf die Frohe Botschaft ein, die das
Jesuskind den Menschen überbrachte, sondern machte sich mehr
Gedanken über die Situation der armen Kaufleute an Weihnachten.
Dieser spätere Bischof von Island hatte kaum den Mund aufgemacht,
als er bereits jeglichen Glaubenseifer der Matrosen im Keim erstickte.
Schon bald hörten sie nicht mehr zu und ließen einen Flachmann
kreisen, während Pastor Ólafur sich über die unfaire Kritik an den
Reykjavíker Kaufleuten in der Weihnachtszeit empörte. So jedenfalls
Papas Bericht, der im Gegensatz zu den anderen Jungs gleichzeitig

---

19 Ólafur Skúlason (1929-2008) war von 1989 bis 1997 Bischof von Island. Er wurde
des sexuellen Missbrauchs an zahlreichen Frauen beschuldigt, darunter seine
eigene Tochter.
20 Einar Olgeirsson (1902-1993) war einer der umstrittensten und einflussreichsten
isländischen Politiker des letzten Jahrhunderts. Er war Abgeordneter der
Kommunistischen Partei und später der Sozialistischen Partei.

Schnaps trinken und zuhören konnte.

Ich kann mir kaum vorstellen, dass sich Papa wirklich richtig an diese Predigt erinnert. Jedenfalls regt er sich heute noch auf, wenn er von diesem Kirchenbesuch erzählt.

Als Papa nach der Messe pünktlich zum Weihnachtsessen nach Hause zu Mama zurückkehrte, war er ein bisschen angetrunken und fluchte über Pastor Ólafur Skúlason, zur großen Freude von Oma Hulda.

Mama war nicht begeistert, doch Papa merkte gar nicht, wie sie sich zwischen all den Päckchen aufs Sofa sinken ließ, das erste Weihnachtsgeschenk von ihm im Arm. Es war der rosafarbene Pullover, den er selbst ausgesucht hatte, und Mama war erstaunt, wie schön er war. Dazu bekam sie noch eine kleine Tasche in derselben Farbe, praktisch für Zigaretten und Lippenstift, wenn sie gemeinsam ausgingen. Beides hatte Papa hübsch in Papier eingepackt und mit Schmetterlingen verziert, weil er ihr gesagt hatte, dass er sie so sehe. Sie sei seine kleine Larve gewesen, unterdrückt und tyrannisiert von einem versoffenen Vater und einer nachlässigen Mutter. Jetzt hatte sie sich in einen Schmetterling verwandelt, den er liebte wie seinen Augapfel.

Mama wusste an diesem Heiligabend noch nicht, dass sie schwanger war, und begriff nicht, wie ähnlich sich ihr Vater und mein Vater waren. Ingvi Reynir Berndsen und Torfi Geirmundsson, zwei Alkoholiker, die sie beide liebten. In betrunkenem Zustand schworen sie sich und Gott, auf ihren Sonnenschein aufzupassen, konnten dieses Gelöbnis aber unmöglich einhalten. Sie waren einfach nicht dafür gemacht, schöne Versprechungen zu erfüllen, doch Mama erlag ihrem Charme und glaubte an sie. Sie glaubte immer an Papa und glaubt noch heute an ihn, obwohl sie längst geschieden sind.

Ihre einzige Verteidigung gegen einen Mann wie Papa war, Arme und Beine zu verschränken und ihn zu ignorieren. Im Grunde schaltete sie sich aus und versuchte, in dem Sofa zu versinken, auf dem ihr Vater zweieinhalb Jahre zuvor gestorben war.

„Bist du sauer?", fragte Torfi, aber Hulda Fríða antwortete nicht. Es schien ihr völlig egal zu sein, dass ihre Mutter und ihre

Geschwister sich ebenfalls im Wohnzimmer befanden. Sie schwieg einfach und starrte vor sich hin.

„Warum sagst du nichts? Kannst du nicht mal antworten?", insistierte Papa, doch Mama sagte immer noch nichts.

Sie schwieg bis weit in den Januar hinein. Dann rief sie Papa unvermittelt an, als er gerade an Land gekommen war. Er hatte den Ring abgezogen, denn als er an Silvester versucht hatte, sie zur Vernunft zu bringen, war sie immer noch beleidigt gewesen. Die Besatzung des Küstenwachschiffs Óðinn war an diesem letzten Tag des Jahres 1969 in See gestochen, hatte aber plötzlich die Order erhalten, sofort zurück nach Reykjavík zu fahren, um Hannibal Valdimarsson abzuholen.[21] Der hielt sich in der Stadt auf, war besoffen und verlangte, Silvester zu Hause im Selárdalur zu feiern.

Es war eine Riesenaktion. Nicht zuletzt, weil der stockbesoffene Politiker es selbstverständlich fand, seinen Jeep mit in die Westfjorde zu nehmen. Der musste umständlich an Bord der Óðinn gehievt werden. Es war ein russischer Jeep, und die Jungs fanden ihn toll, aber Hannibal selbst war anstrengend und unter Alkoholeinfluss nicht besonders amüsant.

Auf dem Meer war es an diesem Silvestertag stürmisch, und laut Wettervorhersage sollte es an Neujahr noch schlimmer werden. Deshalb hätte die Óðinn eigentlich bei den Fanggründen in Alarmbereitschaft sein müssen, in der Nähe der Fischereiflotte. Doch in jener Zeit betrachteten die feinen Herren die Küstenwachschiffe als ihre privaten Taxis, und wenn Papa und seine Kollegen nicht gerade damit beschäftigt waren, Seeleute vor dem Ertrinken zu retten, waren sie sich nicht zu fein dafür, hohe Amtsträger durch die Gegend zu schippern. Hannibal war in diesem Winter noch nicht einmal Minister, nur ein normaler Parlamentsabgeordneter, aber natürlich Vorsitzender der sozialdemokratischen Partei und damit wichtig genug, um die

---

21 Hannibal Valdimarsson (1903-1991) war ein sozialdemokratischer Politiker, der zeitweise auch Parteivorsitzender war und verschiedene Ministerämter bekleidete.

isländischen Küstenwachschiffe nach Belieben zu benutzen.

Aus diesem Grund kehrten Papa und seine Kameraden unangekündigt nach Reykjavík zurück, und der Kapitän gewährte ihnen zwei
Stunden Landgang, um ihre Frauen zu besuchen und ihnen ein frohes
neues Jahr zu wünschen. Anschließend würden sie wieder auslaufen,
mit Hannibal, seiner Frau und dem russischen Jeep.

Papa traf Mama bei ihrer ältesten Schwester an, aber sie wollte
genauso wenig mit ihm reden wie an Weihnachten. Er durfte ihr noch
nicht einmal einen Kuss geben, konnte sie aber überreden, mit ihm
in das kleine Zimmer zu gehen.

„Man kann uns hören", sagte sie mit verschränkten Armen und
beleidigter Miene.

„Nun sei doch nicht so." Papa verstand nicht, warum sie so abweisend war.

„Du interessiert dich immer nur für das Eine", fügte sie hinzu.
Papa tat so, als wüsste er nicht, wovon sie sprach, und wurde schließlich auch sauer.

Auf dem Weg nach draußen blieb er zögernd in der Diele stehen
und hoffte, dass sie noch einmal kommen und ihm ein frohes neues
Jahr wünschen würde, aber sie ließ sich nicht mehr blicken. Also ging
er einfach und ließ Mama mit ihren Launen zurück. Dabei hatte sie
doch nur solche Angst, sagt sie heute. Hatte keine Ahnung, was sie
von diesem Leben wollte. Manchmal wünschte sie sich, einfach nur
zu verschwinden. Sie glaubte, dass sie früher oder später jeden ent-
täuschen würde. Dabei wollte sie wirklich nett zu Torfi sein. Sie konnte
es nur nicht, weil ständig dieser Druck auf ihr lastete, den sie heute
besser versteht: Angst und Depressionen.

Als Papa wieder an Bord kam, wurden die Leinen gelöst und man
fuhr mit dem feinen Linkspolitiker Hannibal Valdimarsson an den
Svörtuloft-Klippen der Halbinsel Snæfellsnes entlang. Bei den starken
Strömungen vor der Steilküste Látrabjarg hatte sich das Wetter dermaßen verschlechtert, dass das Silvesteressen der Besatzung als Wand-
verzierung in der Messe endete. Von dort tropfte das Büffet auf den

Boden, und die Jungs trösteten sich damit, dass Hannibal und seine Gattin kotzend in ihren Kojen lagen, als gäbe es kein Morgen mehr.

Das Ehepaar erreichte erst um zwei Uhr nachts Bíldudalur und verpasste die Silvesterfeier zu Hause in Selárdalur. Doch Papa und seine Kameraden bekamen beim Silvesterball in Bíldudalur noch ein Lied des beliebten Schlagersängers Jón Kr. Ólafsson mit. Er sang:

„Ich bin frei wie ein Vogel, fast könnt' ich fliegen", und während dieses einen Songs schaffte es Papa, sich zu betrinken, mit einem völlig fremden Mädchen Wange an Wange zu tanzen und zu knutschen. Alles bei dem einen Lied. Aber er war ja auch erst neunzehn und hatte keinen blassen Schimmer, dass Mama schwanger war. Noch genoss er sein Leben als Seemann auf dem Küstenwachschiff, jung und ungebunden, frei wie ein Vogel.

22. Kapitel

Der erste Seitensprung

Papa war schon immer ein Frauenschwarm, auch wenn er behauptet, eigentlich ein Einfrauenmann zu sein. Er sagt, er habe nie mit mehr als einer gleichzeitig was gehabt, und das meint er wortwörtlich. Torfi Geirmundsson ist ein Frauentyp und nicht anders als andere Menschen, die mitunter ein völlig realitätsfernes Bild von sich selbst haben.

Dennoch sehe ich ihm manchmal an, dass er sich wünscht, Vieles wäre anders gelaufen. Von dem Gedanken, ein Einfrauenmann zu sein, lässt er sich nicht abbringen. Er hätte wohl gerne so gelebt, hat aber drei Ehen und mehrere Beziehungen hinter sich und konnte nie treu sein.

Manchmal glaube ich ihm sogar, wenn er sagt, er sei immer nur in eine Frau verliebt gewesen. Das stimmt insofern, als er sich immer wieder unsterblich in dieselbe Frau verlieben kann – und zwischendurch genauso heftig in eine andere. Wenn's sein muss, auch am selben Wochenende. Ich habe das mal als Geschenk Gottes bezeichnet: dass Papa im Hier und Jetzt lebt und hundertprozentig an das glaubt, was er gerade tut, ohne jemals zu zweifeln. Ein Geschenk Gottes für ihn – nicht unbedingt für die Frauen, in die er so wahnsinnig verliebt war.

Das erste Mädchen, das Papa liebte, hieß Helga, und er betrog sie, als sie ein halbes Jahr zusammen waren. Es geschah bei einem Tanzabend, den die Kinder im Árbær-Viertel in der christlichen Jugendgruppe unter strenger Aufsicht der fetten Laufey abhalten durften. Besagte Laufey war streng religiös und passte auf, dass die Kinder nicht schon in jungen Jahren anfingen zu sündigen. Aber sie wurde abends schnell müde und ging früh nach Hause. Prompt holten die Kinder unchristliche Rock-Schallplatten heraus, und Papa tanzte mit dem Mädchen, mit dem er sechs Monate lang händchenhaltend durch die Stadt gelaufen war. Sie waren beide zwölf Jahre alt und fanden nichts auf der Welt wichtiger als ihre Liebe. Helga erlaubte Papa neuerdings, sie zu küssen, und er schwebte im siebten Himmel.

Während des Schwofs tauchte irgendwann ein Flachmann auf, den Papa mit seinen Freunden leerte. Auch wenn es nicht viel war, reichte es, um den blutjungen Schülern den Kopf zu vernebeln. Durch den Alkoholdunst erblickte Papa ein Mädchen, das er noch nie im Árbær-Viertel gesehen hatte. Sie erzählte, sie komme aus Hafnarfjörður und sei zu Besuch bei ihrer Tante. Sie wirkte älter und reifer als die Mädchen aus Árbær und wollte unbedingt, dass ein Blues aufgelegt würde und Papa mit ihr tanzte. Der sagte natürlich nicht nein, und sie fingen mitten im Raum vor mehreren Jahrgängen Jugendlicher aus Árbær an zu knutschen. Papas erste große Liebe, Helga, war verständlicherweise stinksauer und stürmte hinaus. Papa bekam es gar nicht mit. Für ihn gab es nur noch diesen Kuss mit dem Mädchen aus Hafnarfjörður. Er hatte seine Freundin vollkommen vergessen und wollte sich diesem Moment hingeben, der nie wiederkommen würde – und mittlerweile sehr lange her ist.

Wenn Papa diese Geschichte erzählt, bekommt er etwas Spitzbübisches. Seine Augen fangen an zu leuchten, und seine Gedanken wandern zurück zum Jahr 1962, als er unsterblich in ein Mädchen verliebt war, aber trotzdem vor der halben Nachbarschaft leidenschaftlich eine andere küsste.

„So war es nun mal", erklärt Papa grinsend, als sei das Schicksal gewesen. Als hätte er nichts anderes tun können, als die Sache stoisch über sich ergehen zu lassen. „Die Dinge entwickelten sich halt so. Es ist einfach passiert", fügt er schulterzuckend hinzu.

Papa besitzt eine gewisse Furchtlosigkeit. Lange dachte ich, er könne gar keine Angst empfinden. Bis zu einem gewissen Grad ist es ihm egal, was andere denken, aber in manchen Bereichen möchte er gut sein. Moralisch hat er sich oft auf dünnes Eis begeben, aber es ist ihm hochheilig, seine Arbeit gewissenhaft auszuführen, immer alle Rechnungen zu bezahlen und nie jemandem Geld zu schulden. Das hat er von seinen Eltern, bodenständige, einfache Leute, für die es überhaupt nicht in Frage kam, sich zu verschulden oder bei anderen in der Kreide zu stehen.

Papa verließ mit vierzehn Jahren die Schule und begann, in Großvaters Räucherschuppen zu arbeiten. Dort sengten sie mit Petroleumlampen Schafsköpfe, bis Papa mit sechzehn eine Stelle auf der Óðinn bekam.[22] Mit einem Küstenwachschiff rund um Island zu fahren, beinhaltete natürlich Zwischenstopps in fast jedem Hafen des Landes, was in den kleinen Küstenorten meist ein großes Ereignis war. Die Mädchen kamen herunter zur Brücke, um die jungen Männer in ihren Uniformen in Augenschein zu nehmen. Keiner war so verrückt nach Mädchen wie Papa, weshalb er von seinen Kameraden den Spitznamen Kleiner Hengst verpasst bekam.

Papa sagt, die Mädchen hätten ihn meistens kindisch für sein Alter gefunden, aber er war nicht auf den Mund gefallen und galt als ungewöhnlich vorlaut. Und so fragte ihn denn auch der Bootsmann der Óðinn, ob er anstrebe, in jedem Hafen eine Freundin zu haben.

„Ja", antwortete der junge Torfi Geirmundsson unverhohlen. So wie viele extrovertierte Menschen behauptete er später, eigentlich schüchtern zu sein. Dabei kann es sich allerdings nur um Selbsttäuschung handeln oder mangelnde Selbsteinschätzung, denn an seiner Persönlichkeit war nichts Schüchternes.

Im Sommer 1968, bevor Torfi begann, Mama zu drängen, mit ihm zu schlafen, verliebte er sich Hals über Kopf in ein Mädchen namens Rósa. Er lud sie ein, mit ihm zum Volksfest in die Þórsmörk zu fahren und Rúnar Júlíusson und Björgvin Halldórsson live auf der Bühne zu sehen.[23] Es war das lange Kaufmannswochenende, und

---

22 Schwarzgesengter Schafskopf (isld. svið, von svíða, sengen) ist ein traditionelles Gericht, das aus der Zeit stammt, als man beim Schlachten noch alle Teile des Schafs verwerten musste. Durch das Abbrennen wird das Fell entfernt, dann wird der halbierte Kopf gekocht. Heute bekommt man Schafsköpfe als Tiefkühlware im Supermarkt.
23 Das Naturschutzgebiet Þórsmörk in Südisland ist ein beliebtes Ziel am Verslunarmannahelgi, dem langen Kaufmannswochenende im August. Die Musiker Rúnar Júlíusson (1945-2008) und Björgvin Halldórsson (geb. 1951) waren in den 1970ern beide Mitglieder der Band Hljómar.

bevor es losging, kaufte Torfi beim Juwelier Halldór auf dem Skóla-vörðustígur sündhaft teure Ohrringe. Die wollte er Rósa, die er so leidenschaftlich liebte, schenken. Doch noch bevor er ihr die Ohrringe geben konnte, machte sie mit ihm Schluss. Genau wie Mama ein Jahr später in Húnaver. In der Þórsmörk wurde Torfi allerdings nicht sitzengelassen, weil er ein Säufer und Schürzenjäger war, sondern weil Rósa ihn nicht mehr sexy fand, wenn er sich wie ein liebeskranker Welpe verhielt, bewaffnet mit teuren Ohrringen vom Juwelier Halldór.

Sie wollte sich offenbar nur amüsieren. Rósa war eine echte Vertreterin der 68er-Generation, während Papa nie ein Hippie war, obwohl der Zeitgeist natürlich auch auf ihn großen Einfluss hatte. Er sollte ihn noch mehr prägen, als er auf dem Küstenwachschiff aufhörte und sich mit den Radikalen Sozialisten und später mit den Zeugen Jehovas einließ.

Wenn Papa die Geschichte von Rósa erzählt, die genau in dem Moment das Interesse an ihm verlor, als er bis über beide Ohren in sie verliebt war, soll das natürlich beispielhaft für das Verhältnis der Geschlechter sein. Darin manifestiert sich seiner Ansicht nach ein typischer Widerspruch. Sie wollte ihn, solange er sie nicht beachtete, und verschmähte ihn, als er sie vergötterte. Männer wie Papa lieben solche Gleichnisse, weil sie tief im Inneren Priester sind und uns eine Wahrheit predigen wollen, die nur sie interpretieren können.

Oma Lilja meinte tatsächlich, ihr kleiner Torfi müsse Pfarrer werden, wenn er groß sei. Bereits mit fünf Jahren veranstaltete er im alten Hangar in Árbær Hochzeitszeremonien für die anderen Kinder. Er hielt Predigten und brachte den Jüngsten das Vaterunser bei. Schon als Kind besaß er einen Glaubenseifer, den er erst viel später mit Brennivín – oder Sarkasmus – auslöschte. Dieser Glaubenseifer führte, in Kombination mit seiner Offenheit, dazu, dass er als junger Mann einen heftigen Messias-Komplex entwickelte, wie ihn viele Männer haben.

Bei Papa führte dieser Komplex dazu, dass er als Erwachsener dermaßen davon überzeugt war, im Recht zu sein, dass er seine ganze

Familie tyrannisierte. Mama, meine Geschwister und ich waren seine Untertanen. Papa war Spezialist darin, seine Handlungen mit Gleichnissen aus der Bibel, seinem eigenen Leben oder mit irgendeinem Gewäsch, das er von den Kunden auf seinem Friseurstuhl aufgeschnappt hatte, zu rechtfertigen. In Papas Augen war dies die heilige Wahrheit, und wir sollten ihm bewundernd lauschen, was wir erschreckend lange taten.

23. Kapitel

Das Schlafzimmer meiner
Großeltern

Das gemeinsame Leben meiner Eltern begann im Frühjahr 1970 im Schlafzimmer meiner Großeltern im Bústaðavegur. Mama war überglücklich, schwanger zu sein, und Papa hatte seinen Ring wieder angesteckt. Sie waren fest entschlossen, eine Familie zu werden, und Mama machte sich keine Gedanken darüber, dass sie erst achtzehn war oder dass dieses Zimmer das Schlafzimmer war, das ihre Eltern miteinander geteilt hatten, bis ihr Vater im Wohnzimmer starb. Es war auch das Zimmer, in dem ihre Mutter sich all diesen Männern hingegeben hatte, wenn sie mal wieder einsam gewesen war und davon geträumt hatte, von jemandem geliebt zu werden. Mama verurteilte ihre Mutter hart dafür und verachtete sie wegen ihrer Zügellosigkeit nach Opa Reynirs Tod. Das waren die Widersprüche in dieser Familie. Meine Oma war eine Verfechterin der freien Liebe, während meine junge Mutter aus der 68er-Generation ihr vorwarf, eine Schlampe zu sein.

Ein Jahr zuvor hatte Oma Mama auf der Arbeit angerufen und sie gebeten, mit einem Taxi nach Hause zu kommen. Was ungeheuerlich war, denn in dieser Familie fuhr man sonst nie Taxi.

„Und bitte den Fahrer, draußen zu warten. Ich brauche ihn noch", ordnete Oma an und knallte den Hörer auf. Mama gehorchte, verließ überstürzt die Druckerei, suchte sich ein Taxi und ließ sich nach Hause in den Bústaðavegur fahren.

Als sie dort ankam, stand Oma im Mantel auf der Treppe und befahl ihr, auf ihre kleinen Geschwister aufzupassen, sie müsse ins Krankenhaus zu einer Abtreibung. Später erfuhr Mama, dass die Ärzte im Landeskrankenhaus Zwillinge abgetrieben hatten, – was sowohl sie als auch ihre Mutter stark belastete.

Oma und Mama, die beiden Namensvetterinnen, hatten ein sehr

106

kompliziertes Verhältnis. Ihre gemeinsame Vergangenheit war düster und von großem Schmerz gezeichnet. Heutzutage würde man Mama als Alkoholikerkind bezeichnen, und für solche Kinder ist es typisch, dass sie mehrere Entwicklungsphasen übersprungen und viel zu schnell erwachsen werden. Alles wird auf den Kopf gestellt: Das Kind fühlt sich für seine Eltern verantwortlich und nicht umgekehrt. Es übernimmt nicht nur die Verantwortung für den Alkoholkranken, sondern für die ganze Familie. In solchen Familien kommt es auch vor, dass der co-abhängige Ehepartner seine Wut auf die Kinder projiziert anstatt auf den Alkoholkranken. Opa Reynir war wehleidig und feige und zwang seine Kinder durch sein ständiges Gejammer, ihn zu bemitleiden, aber es war Oma, die den Haushalt führte. Das tat sie mit beispielloser Gewissenhaftigkeit und manchmal auch mit großer Härte. Sie zögerte nicht, Mama zu schlagen, wenn sie es für nötig befand. Deshalb war Mama lange Zeit wesentlich wütender auf ihre Mutter, als sie es je auf ihren Vater gewesen war. Zumal Oma dazu neigte, sie auf sehr ungerechte Art und Weise zu kritisieren und schlecht zu behandeln.

„Kannst du nicht mal das Spülbecken saubermachen?", nörgelte Oma, nachdem Mama aufgehört hatte, in der Druckerei Ísafold zu arbeiten und ihr im Haushalt half. „Du kannst ja noch nicht mal richtig Geschirr spülen, Mädchen. Wie willst du dann deinen eigenen Haushalt führen?"

So ging es ununterbrochen, sagt Papa, der halbherzig versuchte, Mama bei ihren endlosen Streitereien mit ihrer Mutter den Rücken zu stärken. Aber das brachte nicht viel. Mama war in ihrer frühen Kindheit gebrochen worden und konnte sich zu allem Überfluss nicht anders wehren als mit Wutanfällen, die auf Hormonschwankungen in der Schwangerschaft zurückzuführen waren. Worunter meistens Papa zu leiden hatte, was Oma ihr dann auch noch anlastete. Sie warf ihr vor, diesen jungen, attraktiven Mann, von dem sie sich hatte schwängern lassen, unfair zu behandeln.

Dennoch war nicht alles schrecklich. Wenn Papa Landurlaub hatten, konnten die beiden sehr verliebt sein. Sie kauften ein Sofa fürs Schlafzimmer und stellten sich vor, dieses eine Zimmer sei ein richtiges Zuhause. Papa webte auf See den zuvor erwähnten Teppich und schenkte ihn ihr.

„Du bist manchmal so romantisch", sagte sie und legte den Teppich vorsichtig auf den Boden im Schlafzimmer.

Dann änderte sich ihre Stimmung urplötzlich, und sie beklagte sich darüber, dass er zur See fuhr.

„Du musst etwas lernen", sagte sie so vorwurfsvoll, dass er sich nicht traute, einen Mucks zu sagen. „Hör zu, wenn du mit mir zusammen sein willst, dann sag ich dir ein für alle Mal, dass ich keinen Seemann heiraten werde."

Solche Gespräche endeten oft damit, dass sie nach ihm trat, ihn ohrfeigte oder hinauswarf. Papa konnte mit diesen Wutanfällen nicht umgehen. Er hatte Angst, zu hart zu reagieren oder ihr seinen Willen aufzuzwingen, weil sie schwanger war. Dabei tat es immer so furchtbar weh, wenn sie wieder einmal mitten in der Nacht ein für alle Mal mit ihm Schluss machte. Allmählich dämmerte ihm, dass „ein für alle Mal" nicht immer wortwörtlich zu nehmen war. Trotzdem war es schlimm. Oft gab es aber auch gute Gründe für ihr plötzliches Schlussmachen, und die drehten sich immer um Alkohol. Wenn Papa betrunken war, waren Mamas Wutanfälle viel heftiger als sonst. Sie konnte den Geruch von Alkohol nicht ertragen, genauso wenig wie den von 13/13. Das war eine fiese Seife, zu deren Benutzung Oma Lilja ihre gesamte Familie in Árbær verdonnert hatte.

Zudem hielt Mama Papa für völlig unkultiviert. In dieser Bruchbude, in der er groß geworden war, lebten doch nur Barbaren. Die hätten genauso gut in einer Wellblechhütte wohnen können, so muffig rochen seine Klamotten, wenn er bei seiner Mutter zu Besuch gewesen war. Papa störte der muffige Geruch nicht, und er war stolz, aus einer armen Familie zu stammen. Er war sogar der Meinung, das mache ihn zu einem besseren Menschen.

Als Papa mit ins Schlafzimmer zog, von dem sie sich einbildeten, es sei eine Wohnung, hatte er Neuigkeiten für Mama. Er hatte einen Lehrvertrag unterschrieben und würde die nächsten vier Jahre das

Friseurhandwerk erlernen.

„Du?", lachte Mama. „Du willst Friseur werden?" Sie konnte gar nicht mehr aufhören zu kichern, denn sie hatte noch nie einen so ungehobelten Kerl kennengelernt wie diesen Seemann. Er hielt es für ein Zeichen exquisiten Geschmacks, sich in der Herrenboutique Faco einen schlecht sitzenden Anzug gekauft zu haben.

Doch dann bereute sie ihr Kichern, denn er wirkte so verletzt, dass er gar nichts mehr sagte. Aber sie war stinksauer und konnte nicht anders reagieren, als noch gemeiner zu ihm zu sein, denn er sollte Angst bekommen, dass sie ihn rausschmeißen würde. Und dann würde er sich wieder bei ihr einschmeicheln.

So lief es während der gesamten Schwangerschaft. Heute sagt Mama, es sei eine wundervolle Zeit gewesen und Papa sei so nett zu ihr gewesen. Sie sei diejenige gewesen, die sich immer so unmöglich aufgeführt und über ihn aufgeregt habe.

Vielleicht ist es nicht verwunderlich, dass das Zusammenleben in Omas Schlafzimmer stürmisch verlief, denn die beiden kannten sich natürlich kaum. Bevor sie wussten, wie ihnen geschah, fuhr der ungehobelte Kerl aus der Bruchbude nicht mehr zur See und konnte natürlich an Land noch viel mehr trinken. Er betrank sich häufig mit Oma im Wohnzimmer, was nicht immer unbedingt harmonisch verlief, denn sie beschimpfte ihn oft und warf ihm vor, ihre Tochter schlecht zu behandeln:

„Du bist so gemein zu meiner Hulda Fríða! Du behandelst sie so schlecht!", kreischte die Alte, die noch nicht mal fünfzig war. Mama rannte heulend aus dem Wohnzimmer und schloss sich im Schlafzimmer ein. „Siehst du! Jetzt heult sie auch noch wegen dir!"

„Sie heult nicht wegen mir, sondern wegen dir", keifte Papa seine sturzbesoffene Schwiegermutter an, stürmte dann hinaus und floh nach Árbær zu seinen Eltern.

Am nächsten Tag taten alle so, als sei überhaupt nichts vorgefallen, gaben sich Küsschen, und Mama fand Papa wieder nett und süß.

Bis zum nächsten Mal. Und zum nächsten. Und nächsten.

24. Kapitel

Wunschlieder für Seemänner

Mama rauchte während der gesamten Schwangerschaft Kent. Sie saß stundenlang mit ihrer Mutter, die dünne, braune Moore-Zigaretten rauchte, in der Küche. Papa beschwerte sich über den Qualm, doch zur damaligen Zeit machte sich noch niemand Sorgen um den kleinen Ingvi Reynir in Mamas Bauch.

Papa verstand nie, warum es den Leuten so schwerfiel, mit dem Rauchen aufzuhören. Zigaretten waren nie seine Droge, weil man von Tabak nicht richtig high wird. Papa hatte gerade aufgehört zu rauchen, als er Mama kennenlernte. Kurz zuvor hatte er im Club Sigtún am Austurvöllur ein Mädchen kennengelernt, das sagte, sie wolle keine Raucher küssen, woraufhin er auf der Stelle aufhörte. Torfi hatte Players geraucht, filterlose Zigaretten aus England. Nachdem er das Mädchen, das keine Raucher küssen wollte, herumgekriegt hatte, fing er trotzdem nicht wieder mit den Players an. Er wollte, was Frauen betraf, kein Risiko eingehen.

So entschlossen konnte Papa sein, wenn es um Frauen ging. Bei den Zeugen Jehovas veränderte er sich und wurde zu einem völlig anderen Menschen. Man kann sogar sagen, dass er bei den Zeugen Jehovas zu einem Torfi wurde, den weder vorher noch nachher jemals jemand zu Gesicht bekam. Nach der Wassertaufe kam eine ganz andere, vollständig ausgereifte Persönlichkeit zum Vorschein. Direkt im Anschluss ging er zu Mama und erzählte ihr, er sei fremdgegangen. Er gab zu, während ihrer ersten Monate in Omas Schlafzimmer mit einem Mädchen angebandelt zu haben, über das ich nichts weiß. Papa erinnert sich nicht mehr, wer sie war.

Meine Eltern entschuldigten den Seitensprung beide damit, dass sie Mama dafür verantwortlich machten. Das ist ein gängiger Trick unter Eheleuten. Frauen wie Mama fällt es leicht, die Schuld für etwas auf sich zu nehmen, das sie gar nicht zu verantworten haben. Mama warf sich vor, sie sei so schwierig gewesen, als sie mit Ingvi Reynir schwanger war, dass Papa „gezwungen" gewesen sei, sie zu betrügen.

Heute sagt Mama, sie sei froh gewesen, als er ihr seine Sünden gestanden habe, weil sie ihn ohnehin immer in Verdacht hatte. Dieser Verdacht war während ihrer Schwangerschaft stärker geworden, als sie zufällig hörte, wie irgendwelche Mädchen aus Þingeyri einem gewissen Torfi vom Küstenwachschiff Óðinn in der Radiosendung „Wunschlieder für Seemänner" Grüße ausrichten ließen. Als Papa an Land kam, machte Mama ihm im Schlafzimmer im Bústaðavegur eine Szene. Papa brachte zu seiner Verteidigung vor, bei der Sendung gebe es eine lange Warteliste mit Grüßen, die oft erst Monate, wenn nicht gar Jahre später gesendet würden.

„Du lügst", sagte Mama.

„Nein, als die Mädels die Grüße eingeschickt haben, waren wir noch gar nicht zusammen." Papa sagt heute, er habe sich in dieser Zeit richtig mies gefühlt. Er hatte das Gefühl, von verrückten Frauen umgeben zu sein, die ihm jegliche Lebenslust raubten. Mama und Oma waren die schwierigsten Frauen, die er je kennengelernt hatte. Wenn Mama ihn hinauswarf, spazierte er manchmal am Ufer entlang zum Frachthafen Sundahöfn und dachte darüber nach, ins Meer zu gehen und sich umzubringen. Aber er wusste, dass diese Gedanken falsch waren. Vielleicht waren sie auch gar nicht so ernst gemeint.

„Ich erhänge mich", dachte er bei diesen Spaziergängen. „Ich geh ins Meer. Das wird ihnen eine Lehre sein!" Dann triumphierte er innerlich, denn so funktioniert die Selbstmordeuphorie bei Teenagern. Die Gedanken kommen und gehen wie nervöse Tics.

Während Mamas Schwangerschaft musste Papa einen Bluttest machen, weil eine junge Frau ihm ein Kind anhängen wollte. Papa fand, dass zu viel Aufhebens um diesen Bluttest gemacht wurde, aber Mama schrie und heulte und warf ihn natürlich hinaus.

Oma Hulda hatte Mitleid mit ihm. Als mein Bruder Ingvi Reynir endlich nach zähem Kampf auf der Entbindungsstation in Reykjavík geboren wurde und Papa todmüde nach Hause in den Bústaðavegur 97 kam, gab Oma ihm einen aus.

„Ich finde es okay, wenn du sie betrügst", sagte seine Schwiegermutter, als sie dasaßen und sich darüber unterhielten, wie schwierig Hulda Fríða in der Schwangerschaft gewesen war.

„Wie bitte?", fragte Papa.

„Es ist mir egal, ob du meine Tochter betrügst. Für mich ist das okay."

Sie tranken bis spät in die Nacht, und am Ende kroch Papa ins Bett, ziemlich deprimiert wegen der ganzen Geschichte. Er fand sein Leben viel zu kompliziert, zumal sie auch noch total pleite waren, das junge Paar, neuerdings mit Kind.

Als Papa nicht mehr zur See fuhr und mit seiner Lehre begann, verringerte sich sein Einkommen um 26.000 Kronen im Monat. Auf dem Küstenwachschiff hatte er 32.000 Kronen pro Monat verdient, und jetzt bekam er auf einmal nur noch 6.000. Außerdem hatte er große Schwierigkeiten, die Zulassungsprüfung für die Berufsschule zu schaffen. Beim ersten Mal fiel er haushoch durch, aber er war ja auch nicht mehr zur Schule gegangen, seit er vierzehn war. Und hatte schon immer Probleme in der Schule gehabt. Obwohl er der lernwilligste Mensch ist, den ich kenne, hegte er großes Misstrauen gegenüber dem Schulsystem. Im Sommer 1970 musste er einen Privatlehrer anheuern, der ihn auf die Zulassungsprüfung im Herbst vorbereitete. Meine Eltern verkauften Papas Sparmarken, um sich den Privatlehrer leisten zu können, und Papa rackerte sich im Friseursalon im Klapparstígur beim Bodenfegen ab, wie es Lehrlinge nun mal tun.[24] Außerdem arbeitete er als Vertreter für die Zeitschrift „Gegenwart" von Sigurður Skúlason, der ihm im Gegenzug Isländisch-Unterricht gab.

---

24 Zwischen 1957 und 1993 gab es eine staatliche Pflichtsparmaßnahme für 16-25-Jährige. Man musste bis zu 15% seines Lohns sparen und bekam dafür vom Arbeitgeber sogenannte Sparmarken. Diese Sparmarken wurden mit 26 Jahren ausbezahlt, in Ausnahmefällen wie Studium, Wohnungskauf oder Familiengründung jedoch auch schon vorher. In diesem Zusammenhang entstand das Wort „Sparmarkenhochzeit".

Die Gegenwart war damals eine beliebte Zeitschrift, für die Papa Abos verkaufte. Sie beinhaltete Artikel über die unterschiedlichsten Themen und galt als unterhaltsame Lektüre. Papa liebte es, die Zeitschrift zu lesen, die voll war mit interessanten Informationen, amüsanten Artikeln über die Ehe und humorvollen Geschichten. Im Nachhinein betrachtet wirkt diese Zeitschrift wesentlich liberaler als Vieles, was in heutigen Magazinen erscheint.

Im Herbst schaffte Papa endlich die Zugangsprüfung, kurz bevor Ingvi Reynir auf die Welt kam. Sigurður Skúlason war nämlich ein cleverer Kerl und sich nicht zu fein dafür, Papa als Lohn für seinen Rekordverkauf an Abos alle Antworten zu verraten.

25. Kapitel

Nicht der richtige Torfi

*„Denn in der Fülle von Weisheit gibt es eine Fülle von Verdruss,
so dass, wer Erkenntnis mehrt, Schmerz mehrt."*

Prediger 1,18

Papas Schullaufbahn begann in der Árbær-Schule, die damals so klein
war, dass seine Jahrgangsstufe nur aus drei Schülern bestand: er und
zwei Mädchen, die ihm halfen, zu lernen und stillzusitzen. Es gab
keine Förderklasse und so gut wie kein Mobbing oder sonst etwas,
das dem Kinderherz geschadet hätte.

Das änderte sich alles, als Papa elf wurde und mit dem Bus in die
Innenstadt fahren musste, um auf die Miðbær-Schule am Stadtteich
zu gehen. Überraschenderweise wurde er dort so herzlich begrüßt, als
würde er aus einer ehrenwerten Familie stammen. Er kam in die B-
Klasse, die genauso gut war wie die A-Klasse; beide waren für Kinder
aus angesehenen Reykjavíker Familien. Papa saß, nach Moder riechend,
im Klassenraum und lernte gemeinsam mit Schülern, die später Ärzte,
Rechtsanwälte, Parlamentarier und Minister werden sollten. Diese
Kinder wohnten in den größten Häusern im Zentrum von Reykjavík
und hatten noch nie einen muffigen Geruch in ihrer Klasse wahrge-
nommen, denn so rochen nur die Zurückgebliebenen.

In jener Zeit wohnte Unnur, die Schwester von Oma Lilja, in der
Bergstaðastræti. Zu ihr ging Papa mittags zum Essen, erzählte ihr
Geschichten von den feinsten Leuten der Stadt und wieviel Spaß ihm
das Lernen bereite. Er freute sich jeden Morgen auf die Schule und
liebte seine Tante Unnur. Oma hatte sie wie ihre eigene Tochter großgezogen, und Unnur lohnte es ihrer Schwester, indem sie den kleinen
Torfi über alles liebte.

Doch eines Mittags kam Papa weinend zu Unnur und sagte,

er sei nicht der richtige Torfi.

„Ich bin der falsche Torfi", schniefte er und brachte vor lauter Schluchzen gar nicht heraus, was er damit meinte.

Es ging darum, dass der kleine Torfi eines Morgens, nachdem er bereits seit einem Monat in der B-Klasse war, ins Sekretariat gerufen wurde, und mitgeteilt bekam, es handele sich um einen Fehler.

„Du bist nicht der richtige Torfi", sagten sie. „Du bist der falsche Torfi."

„Was?", stöhnte Papa und verstand überhaupt nicht, was sie damit meinten.

„Ja, anscheinend wurdest du mit einem anderen Torfi verwechselt, der im Ausland war und erst jetzt zur Schule gekommen ist. Der Enkel von Torfi Hjartarson, dem Zolldirektor."

Also wurde Papa aus der B-Klasse in die Förderklasse der einarmigen Helga versetzt. Auf dem Schulhof kursierte der Witz, dass die Schulbehörde nicht bereit sei, die Deppen von einer Lehrerin mit zwei Armen unterrichten zu lassen, weil das zu teuer sei.

Dies hinterließ zwar tiefe Spuren auf der Seele des kleinen Torfi, aber er bekam auch ein dickes Fell. Er versuchte, sich nicht unterkriegen zu lassen, und wurde zu Hause – im Gegensatz zu Mama – dazu ermuntert, stolz und selbstbewusst zu sein. Meine Großeltern waren fest entschlossen, feinen Leuten mit hoher Schulbildung niemals zu viel Respekt zu zollen. Von seiner Mutter bekam Torfi zu hören, ihr Los sei es nun mal, Arbeiter zu sein, und man dürfe gebildeten Menschen, die sich für etwas Besseres hielten, nur mäßigen Respekt entgegenbringen.

„Du darfst vor niemandem kuschen", fügte sie entschieden hinzu. Und Torfi versprach es ihr.

Opa war derselben Meinung wie Oma und kuschte vor niemandem, obwohl er nur ein paar Wochen die Schule besucht hatte. Er erzählte seinem Sohn vom Stolz der einfachen Leute und flüsterte ihm zu, dass selbst Þórbergur Þórðarson und Halldór Laxness vom Bildungssystem ausgeschlossen worden seien. Zudem schaue die

Kulturelite auf Sigurður Breiðfjörð, den größten isländischen Dichter, hinunter, weil er Fassbinder gewesen sei. Von seinem Vater lernte Papa Gedichte von Örn Arnarson, den er zu seinem Lieblingsdichter auserkor. (In meinem Regal stehen fünf Ausgaben von *Unkraut,* weil Papa möchte, dass ich sie alle besitze, bevor er stirbt.)[25]

Opas und Papas Lieblingsstrophe geht so:

Fische köpfen, filetieren,
Messer wetzen, Wasser schöpfen,
Segel runter, Schiff vertäuen,
Netze flicken, Taue spleißen.

„So könnte ein gebildeter Mann niemals dichten", sagte Opa, der Örn Arnarsons einjähriges Lehrerstudium nicht als große Bildung ansah. Dann rezitierten Papa und er weiter im Wechsel Gedichte nach Sitte der einfachen Leute, und diese Art von Poesie war es, die Papa stärkte und ihm half, damit klarzukommen, dass er aus der B-Klasse der Miðbær-Schule geflogen war.

---

25 Sigurður Breiðfjörð (1798-1846), Fassbinder und Volksdichter mit abenteuerlichem Lebenslauf, wurde zu einem der bekanntesten Verfasser von rímur (isländische Reimgedichte, die formal der Ballade nahestehen). Die bekannteste Gedichtsammlung von Örn Arnarson trägt den Titel Unkraut (isl. Illgresi) und erschien 1924. Die zitierte Strophe stammt aus seiner Ballade von Oddur dem Starken (Rímur af Oddi sterka, 1932).

26. Kapitel

Der Thron des Mammon

„Wehe euch, ihr Professoren, Pfarrer und Kapitalisten, ihr Heuch-ler! Ihr gleicht getünchten Gräbern, die äußerlich zwar schön scheinen, doch innen voller Totengebeine und Unreinheit aller Art sind."

Þórbergur Þórðarson, Brief an Laura[26]

Auf dem Thron des Mammon sitzen die Pfarrer, Lehrer und Kapitalisten, die zu verachten Þórbergur Þórðarson meinen Vater lehrt. Er war der erste richtige Lehrer des jungen Torfi Geirmundsson. Sie begegneten sich jedoch erst, als Papa zur See fuhr, kaum des Lesens und Schreibens mächtig, aber dort begann, es sich durch die Lektüre guter Bücher selbst beizubringen. Þórbergur sollte Papas Leben ver-ändern, und Brief an Laura wurde zum Manifest des jungen Matrosen auf dem Küstenwachschiff. Er hielt die Auslegung des Meisters von Kapitel 23 des Matthäus-Evangeliums für das Genialste, was je in isländischer Sprache verfasst worden war.

Doch vorher stieß Papa in der Miðbær-Schule erneut gegen eine Wand. In einem Herbst, als er nach den Ferien in die Schule kam, um seine Mittelschulzeit in der Förderklasse abzusitzen, wurde der falsche Torfi erneut ins Sekretariat gerufen.

„Hör zu, du bist für dieses Jahr nicht vorgesehen", sagten sie ihm dort. „Du bist nicht registriert."

„Ich bin nicht registriert?", fragte Papa schockiert. „Ich bin seit zwei Jahren in dieser Schule. Was soll das heißen, ich bin nicht regis-triert?"

---

26 Þórbergur Þórðarsons Roman Brief an Laura (Bréf til Láru) erschien 1924 und gilt als Meisterwerk. Er war die Initialzündung für die literarische Moderne in Island und entfachte einen Sturm der Kontroverse.

„Du bist ganz schön frech, Junge. Du bist nicht registriert. Das heißt, dass du nicht auf dieser Schule bist. Du darfst nicht hier sein."

Stinksauer stürzte Papa aus dem Büro und knallte die Tür hinter sich zu. Diesmal weinte er nicht und rannte nicht zu Unnur, damit sie ihn tröstete, sondern lief an der Heißwasserleitung entlang nach Árbær. Zu Hause angekommen, war die meiste Wut von ihm abgefallen, und er erzählte seiner Mutter, er sei in der Miðbær-Schule nicht mehr registriert. Oma zog ihren Mantel an, um bei den Nachbarn zu telefonieren, und brachte ihren Sohn in der Laugarnes-Schule unter. Dort war man so schlau, ihn sofort in die Förderklasse anstatt versehentlich in eine bessere Klasse zu stecken.

In der Laugarnes-Schule fand Papa gute Freunde und spielte mit Kindern aus den berühmt-berüchtigten Sozialwohnungen von Höfðaborg und dem Barackenviertel Laugarneskampur. Sie rochen alle muffig, und viele Kinder stammten aus bitterarmen Trinkerfamilien. Das war die richtige Gesellschaft für Papa, und er mochte einen seiner Schulfreunde, Sigmar B. Hauksson, so gerne, dass er sogar seinetwegen in die Fortschrittspartei eintrat.[27] Er blieb jedoch nicht lange Mitglied, da wir kaum etwas so sehr verachteten wie die Fortschrittsleute, natürlich mit Ausnahme von Sigmar B. Hauksson, der später ein bekannter Fernsehkoch war.

Die Zurückgebliebenen in Papas Klasse hatten das Glück, Gunnlaugur Hjálmarsson als Lehrer zu bekommen, der später Polizeikommissar wurde. Andere Lehrer von Förderklassen waren nämlich notorische Kriminelle, von denen die isländische Gesellschaft sich immer noch nicht erholt hat. Gunnlaugur war ein Glücksfall für Papa, immer freundlich, auch wenn er auf Disziplin in der Klasse bestand. Er sagte Papa, er sehe in ihm einen Schriftsteller, und sie rezitierten Gedichte und unterhielten sich über Politik.

Auch wenn Papa in der neuen Schule zufrieden war, ging er bei

---

27 Die Fortschrittspartei (isl. Framsóknarflokkurinn) ist eine Partei der politischen Mitte, die traditionell hauptsächlich die Interessen von Bauern und Fischern vertritt.

der geringsten Provokation an die Decke und neigte zum Schwänzen. Opa Geirmundur und Oma Lilja kümmerten sich nicht groß darum. Sie hatten vollstes Verständnis für junge Leute, die keine Lust hatten, in der Schule stillzusitzen und „nichts zu tun". Wenn ihre Kinder dort nicht willkommen waren, sollte man ein Kind, das schwänzte, auch nicht ausschimpfen. Dennoch waren sie sich einig, dass Papa lernen sollte, sein Temperament zu zügeln, das er von seiner Großmutter väterlicherseits, der aufbrausenden Sesselja Sigurrós geerbt hatte.

Meine Großeltern hielten im Großen und Ganzen nicht viel von Erziehung. Sie fanden es dumm, Kinder zu züchtigen und zu drangsalieren. Ihrer Ansicht nach lernte man aus Erfahrung, deshalb brauchte man Kindern keine großartigen Manieren beizubringen oder sie gar auszuschimpfen. Man sollte ihnen einfach genug zu essen geben und sie zum Arbeiten anhalten. Bis zu einem gewissen Grad lässt sich diese Neigung zu Disziplinlosigkeit und Anarchismus als Protest gegen bürgerliche Werte erklären. Opa wusste, dass diese Werte von Kapitalisten und Ausbeutern stammten, die Menschen wie ihn unterdrücken wollten. Papa wuchs mit dieser Ideologie auf und erzog meinen Bruder und mich später genauso. Doch zum Glück hatten wir lange Zeit auch eine Stiefmutter, die an gute Manieren glaubte und sie uns gewissenhaft beibrachte, damit wir vorzeigbar waren.

In den Jahren, die Papa bei den Zeugen Jehovas war, betrieb er hingegen eine wesentlich strengere Erziehung. Manchmal glaube ich, er nahm Þórbergur Þórðarsons Kritik an der Heuchelei der Kirche wörtlich und verschrieb sich deshalb dem rettenden Glauben, mit der Intention, frei von jeder Heuchelei zu sein. Aber ich werde wohl nie begreifen, warum dieser Mann, der weder an Erziehung noch an Bestrafung glaubte und nach unserem Ausstieg bei den Zeugen Jehovas nie streitsüchtig war, so streng, halsstarrig und gemein sein konnte, solange er Gott dem Herrn folgte. Natürlich ist Jehova ein strenger Herr, der möchte, dass Väter ihre Kinder schlagen, ihre Frauen züchtigen und alle Familienangehörigen verleugnen, die ihm nicht bedingungslos folgen. Das verstehe ich ja alles, nur nicht, wie jener Torfi

Geirmundsson, den ich später kennenlernte, sich zu Hause wie ein Türsteher und Rausschmeißer verhalten konnte, solange er angeblich ein inniges Verhältnis zu einem liebenden Gott hatte.

Der Torfi, der nach den Jahren bei den Zeugen Jehovas zum Vorschein kam und den ich am besten kenne, brachte mir bei, Gedichte und Literatur zu schätzen, und war liebevoll und liberal, auch wenn er oft dem Alkohol und den Frauen frönte. Er hat überhaupt nichts mit dem knapp zwanzigjährigen Jüngling gemein, der urplötzlich glaubte, 1975 würde die Welt untergehen. Dieser Torfi ging über Leichen und war sogar bereit, seinen Sohn zu opfern, damit wir alle gemeinsam ins Paradies kämen.

27. Kapitel

Der größte Kapitalist aller Zeiten

Papa war intensiv in das Sozialleben der Berufsschule involviert, als meine Eltern am Samstag, dem 15. November 1970, heirateten und Ingvi Reynir taufen ließen. Sie können sich beide nicht mehr erinnern, wie der Pfarrer hieß, der sie in der kleinen Kapelle in der Suðurgata traute. Papa meint, es sei vielleicht sogar ein Dompfarrer gewesen, wobei Mama das völlig egal ist.

An diesem kurzen, dunklen Wintersamstag war Papa so verkatert, dass er die Papiere vergaß, die er hatte mitbringen sollen. Der Pfarrer war bestimmt nicht sehr angetan von den beiden Teenagern, die mit einem Baby auf dem Arm vor ihm standen. Mama wirkte eher wie eine Konfirmandin als wie eine Braut, war erschöpft, labil und reizbar. „Nervös" nannte man diesen weiblichen Zustand früher in der Literatur und bezeichnet ihn heute als posttraumatische Belastungsstörung. Papa hingegen meinte, sie sei hysterisch, was auf Isländisch mutterkrank heißt. Mama fasste das als Kompliment auf, weil sie lieber hysterisch als geisteskrank oder depressiv sein wollte und es liebte, Mutter zu sein. Ingvi Reynir sollte eine andere Kindheit haben als sie. Alle waren der Meinung, dass diese Kindheit der Grund für ihr Trauma, ihre Nervosität oder Hysterie war.

Papas Bruder Númi musste schnell mit dem Taxi zum Laugavegur fahren und die fehlenden Papiere holen. Dann schafften sie es irgendwie, die Hochzeitszeremonie vor diesem skeptischen Pfarrer durchzustehen. Doch weder die Hochzeit noch die Taufe meines Bruders Ingvi entpuppten sich als das Allheilmittel, das meine Eltern sich erhofft hatten. Sie zofften sich weiter und waren wütend aufeinander. Die Auseinandersetzungen drehten sich um alles Mögliche; sie stritten sich sogar darüber, ob das Baby blaue oder braune Augen habe, – seine Augen oder ihre. In den ersten Wochen war Mama fest davon überzeugt, dass sie bei diesem Disput den Sieg davontragen würde, denn mein Bruder kam mit dunklen, fast schwarzen Augen auf die Welt. Doch dann wurden sie heller, und als sie den Pfarrer mit ihrem kleinen Sohn auf dem Arm verließen, waren sie strahlend blau und schielten.

Später wurden Ingvis Augen operiert, aber auf einem Auge schielt er immer noch und ist halbblind. Und natürlich blauäugig. Mein Bruder hat etwas Gutes, Starkes in sich, doch Menschen wie er sind oft unflexibel, denn Gutmütigkeit ist ein strenger Hausherr. Genau wie Ehrlichkeit, die von uns verlangt, nicht co-abhängig, sondern direkt und unerbittlich zu sein. Mama war hingegen immer co-abhängig und wollte zu allen nett sein, als sie mit achtzehn Jahren in einem hellgrünen Chiffonkleid heiratete. Sie hatte es aus dem Stoff eines alten Kleides angefertigt, das sie zerschnitten und zu einem Hochzeitskleid mit Puffärmeln umgenäht hatte. Es war so kurz, dass man ihre Knie und Beine sehen konnte, und an diesem Tag heiratete Twiggy einen zornigen Lehrling im Anzug.

Ja, Papa war zornig und hatte endlich einen Kanal für seine Wut gefunden. Er kämpfte für die Rechte der Berufsschüler, die von der verdammten Bildungselite und dem Ministerium missachtet wurden, wie er Mama erzählte. Selbst die Uni-Schnösel von der Allianz der Radikalen Sozialisten, der er kürzlich beigetreten war, schauten auf den Berufsschüler Torfi Geirmundsson herunter, weil er es wagte, ein weißes Hemd und eine schwarze Krawatte zu tragen, was damals Pflichtkleidung im Friseursalon auf dem Klapparstígur war.

„Sie halten mich für einen Spion der Jungen Unabhängigen und wollen mich nicht aufnehmen", sagte Papa eines Tages, als er vom Friseursalon, wo er neben der Berufsschule ein paar Stunden am Tag arbeitete, nach Hause kam.[28] Er war sehr aufgebracht, und Mama spürte, dass es besser war, einfach nur zuzuhören und ihm nicht ins Wort zu fallen. Sonst würde er nur noch wütender werden. Papa

---

28 Der Verein der jungen Unabhängigen Heimdallur ist die Jugendorganisation der konservativen Unabhängigkeitspartei (isl. Sjálfstæðisflokkur).

122

meinte, er wüsste genau, was dieses Gesocks von der Uni denken
würde. Einige von denen waren in der B-Klasse der Miðbær-Schule
gewesen und mit einem silbernen Löffel im Mund auf die Welt gekommen. Jetzt waren sie plötzlich Kommunisten, wollten gegen bürgerliche Werte aufbegehren und die Gesellschaft reformieren. Aber sie
hatten keine Ahnung, wie es war, aus der Unterschicht zu kommen.

Papa merkte, wie die Hippies hinter dem Schreibtisch im Büro der
Radikalen Sozialisten im Laugavegur 52 ihn musterten, als er seinen
Aufnahmeantrag ausfüllte. Opa Geirmundur hatte ihn als Kommunis-
ten großgezogen, und er wollte die Gesellschaft wahrhaftig reformieren.
Wenn es so weit war, mussten radikale Kommunisten zu einer bewaff-
neten Revolution aufrufen und die jetzigen Machthaber stürzen.

Kaum zurück im Friseursalon, klingelte das Telefon, und der Meister
sagte, es sei für Papa. Sein Freund Tryggvi Þór Aðalsteinsson vom
Berufsschülerverband war am Apparat.

„Du bist echt unglaublich, Torfi", sagte er belustigt.

„Wieso denn?", fragte Papa.

„Bist du wirklich im weißen Hemd mit schwarzer Krawatte bei
den Radikalen Sozialisten aufgekreuzt?"

„Ja."

„Die sind davon überzeugt, dass du ein Spion von Heimdallur bist.
Siggi Þórðar behauptet, du wärst der größte Kapitalist aller Zeiten",
erklärte Tryggvi lachend. Er wusste genau, dass Papa es mit seinem
Glauben an die Revolution sehr ernst nahm.

„Aber das ist doch nur meine Arbeitskleidung", entgegnete Papa,
keineswegs amüsiert.

28. Kapitel

Schlägerei in der Hochzeitsnacht

Am Abend vor der Hochzeit und Taufe hatte sich Papa kurz nach den Fernsehnachrichten von Mama verabschiedet. Er weiß nicht mehr, was an diesem Abend in den Nachrichten kam. Vor ein paar Monaten hatte Jóhann Hafstein die Regierung gebildet[29] und die feministische Rotstrümpfe-Bewegung war gegründet worden[30], aber der 14. November 1970 war ein ungewöhnlich ereignisloser Tag in der Geschichte der Menschheit.

Das Einzige, woran Papa sich von der Nacht vor der Hochzeit erinnert, ist, dass er Ómar Ragnarsson zwanzigtausend Kronen in bar gab. Das war mehr als der dreifache Monatslohn eines Berufsschülers und Ómars Honorar für den Auftritt beim Berufsschulball. Papa war ziemlich abgefüllt und hatte die Taschen voller Geld, weil der Ball ein Riesenerfolg war. Allerdings mussten zwei kaputte Toiletten bezahlt werden, die von besoffenen Berufsschülern demoliert worden waren, nachdem sie an der Bar ein paar Gläser zu viel getrunken hatten. Papa und seine Kumpels hatten es mit ihrer Gerissenheit geschafft, eine Ausschanklizenz für den Berufsschulball im Club Sigtún zu bekommen.

Nachdem Ómar das Geld entgegengenommen hatte, versank alles im Nebel. Irgendwie schleppte sich Papa gegen Morgen nach Hause und schlief seinen Rausch aus. Aber er fühlte sich so elend, dass er den Pfarrer gar nicht hörte und es gerade noch schaffte, im richtigen Augenblick Ja zu sagen. Dann waren sie verheiratet, und obwohl

---

29 Jóhann Hafstein (1915-1980) war ein Politiker der Unabhängkeitspartei und 1970/71 Premierminister.
30 Die Rotstrümpfe-Bewegung war eine radikal feministische Gruppe, die sich Anfang 1969 in New York als Redstockings of the Woman's Liberation Movement und im Mai 1970 in Island als Rauðsokkahreyfingin gründete. 1982 wurde sie von der politischen Partei Kvennaframboð (Frauenkandidatur) geschluckt.

Mama sich bemühte, glücklich zu wirken, war sie hysterisch und wie betäubt. Wie sollte sie da ihren Hochzeitstag genießen? Beide besitzen keine Fotos von der Zeremonie und wissen nicht mehr, ob welche gemacht wurden.

An die eigentliche Hochzeitsnacht, die begann, nachdem sie einen Babysitter für Ingvi Reynir organisiert hatten, erinnern sie sich besser. Sie gingen aus und wollten zur Feier des Tages einen draufmachen. Wobei nur Papa einen draufmachte; Mama wollte an diesem Abend nichts trinken und verstand nicht, wie Papa mit seinem dicken Kopf einfach weitersaufen konnte. Wir bekamen die Geschichte oft zu hören, als wir älter waren, und zwar von jedem in seiner eigenen Version. Mama war so jung, dass man sie ins Hótel Loftleiðir, wo Papa sich seinen ersten Drink als verheirateter Mann genehmigen wollte, nicht reinließ. Oma Hulda war mit dabei, wahrscheinlich auch Númi und ein paar ehemalige Kameraden vom Schiff, um mit dem Brautpaar zu feiern.

Papa legte sich mit dem Oberkellner vom Loftleiðir an, jedoch ohne Erfolg. Mama war einfach zu jung. Sie war frisch verheiratet und hatte ein Kind, durfte aber nicht an einer Bar sitzen. Nach einem Riesenaufstand schaffte sie es, Papa zu überzeugen, doch lieber zum Klúbbur zu gehen. Der gehörte dem Mann ihrer Tante, sodass sie dort eine größere Chance hatten reinzukommen. Nachdem die Türsteher im Klúbbur mit der Tante telefoniert hatten, ließen sie das Brautpaar herein, unter der Bedingung, dass Mama keinen Alkohol trinken durfte.

Laut Papa war es ein netter Abend, und Mama und er tanzten die ganze Zeit. Sie waren frisch verheiratet und verliebt. Bei der Erinnerung fangen die Augen des alten Mannes an zu leuchten, als hätte er damals im Herbst 1970 wirklich geglaubt, dass mit Mama und ihm alles gut gehen würde.

Mama weiß noch genau, was in jener Novembernacht geschah. Sie hatte sich ihre Hochzeitsnacht nämlich ganz anders vorgestellt. Sie wollte kein Besäufnis und wäre nie auf die Idee gekommen, dass

Papa sich mit einem Riesenkerl prügeln würde, der sie unabsichtlich berührt hatte, als sie mit Papa und Oma Hulda getanzt hatte.

Meine kleine, bange Mutter sagt, ihr habe der Atem gestockt, weil sie solche Angst um ihren Bräutigam hatte. Sie vergrub das Gesicht im Mantel ihrer Mutter, die so betrunken war, dass sie sich kaum mehr auf den Beinen halten konnte. Währenddessen lief es mit der Verteidigung ihrer Ehre ziemlich beschissen, denn der Riese packte Papa an der Krawatte und zog ihn hoch, sodass er über der Tanzfläche baumelte wie ein Verurteilter am Galgen.

Doch Papa wurde im letzten Moment vor dem Tod gerettet, und die Schlägerei endete wie üblich. Man warf ihn raus. Oma und Mama hielten ein Taxi an, und alle fuhren nach Hause zu Ingvi Reynir und dem Babysitter.

29. Kapitel

Der Friseursalon im Klapparstígur

„Jehova, ja, und Harmagedon, das ist Marxismus mit biblischen Worten ausgedrückt."

Die Litanei von den Gottesgaben von Halldór Laxness[31]

Papa machte in diesem Sommer seinen ersten Haarschnitt. Zu jener Zeit waren sie nur zu dritt im Friseursalon: Papa, Gunnar und Sigurpáll, Papas Schwager. Eines Tages warteten schon vier oder fünf Kunden auf einen Haarschnitt, als der bekannte Radiomoderator Jón Múli Árnarson den Laden betrat. Ihn störte die lange Wartezeit.

„Warten Sie etwa alle?", sagte er zu den anderen Kunden, die nickten. „Warum lassen Sie sich denn nicht von dem Jungen schneiden?", fuhr er mit seiner kräftigen, männlichen Stimme fort, die jeder aus dem Radio kannte.

„Nein, der ist Anfänger", sagten die Wartenden.

„Dann sind sie doch am besten. Wenn sie gerade erst angefangen haben", erwiderte Jón Múli und schaute zu Papa, der mit einem Besen in der Hand herumstand. „Jetzt gibt er sich noch die größte Mühe."

Jón Múli ließ sich auf einen freien Stuhl fallen und forderte Papa freundlich auf, ihm die Haare zu schneiden. Papa holte Kamm und Schere. Jón Múli bat ihn, sich zu ihm hinunterzubeugen und flüsterte, wenn er ihm die Ohren- und Nasenhaare vernünftig entfernen würde, wäre ihm der Haarschnitt völlig egal.

Damit kam für Papa der Ball ins Rollen. Er machte einen Haarschnitt nach dem anderen und erzählte Mama Geschichten von den Kunden. Sie lernte das Leben durch die Geschichten des jungen

---

31 Halldór Laxness: Die Litanei von den Gottesgaben, übersetzt von Bruno Kress, Steidl Verlag, Göttingen 2011, S. 75.

127

Friseurs kennen, der sie im Zimmer ihrer Schwester geschwängert hatte. Papas Erzählungen aus dem Friseursalon waren unterhaltsam, weil dort die unterschiedlichsten Männer vorbeischauten und dem Friseur ihre intimsten Geheimnisse anvertrauten. Als meine Eltern die Wohnung im Laugavegur bekamen, war Mama plötzlich nur noch hundert Meter von Papa entfernt und ging ihn mehrmals am Tag besuchen. Papa küsste und umarmte sie immer, wenn sie kam, konnte diese Besuche aber insgeheim nicht ausstehen. Er verstand nicht, wie sich eine gesunde und intelligente junge Frau so abhängig von ihm machen konnte. Oft sprach Mama ihn vor den Kunden auf etwas an, das er gesagt hatte und wollte mit ihm darüber diskutieren, aber er weigerte sich. Ihre Beziehung war nicht gut, und sie hatten heftige Streitereien. Sie waren sich nie über irgendetwas einig und hatten nichts gemeinsam, außer Ingvi Reynir.

Mama arbeitete in einer Bäckerei und später beim Partyservice Brauðbær, und sie stritten sich über ihr Gehalt. Oma Hulda bequatschte Mama, sie solle das Geld, das sie verdiente, behalten, und ihr Mann solle für die Miete und das Essen aufkommen.

„Moment mal, du willst dich nicht an der Miete und am Essen beteiligen?", fragte Papa eingeschnappt.

„Nein, Mama sagt, ich soll mein Geld selbst behalten", antwortete Mama. Damals verdienten sie beide gleich schlecht, sodass Papa Schwierigkeiten hatte, alle Ausgaben alleine zu stemmen.

„Kommt nicht in Frage, dass ich alles alleine bezahle", protestierte er. „Du willst dich also überhaupt nicht an der Miete und am Essen beteiligen?"

„Nein."

„Das geht nicht!", brüllte Papa, schlug mit der Faust auf den Tisch und behielt weiterhin Mamas Gehalt ein. Bis Mama uns verließ, besaß sie noch nicht einmal ein Scheckheft. Papa gab ihr Haushaltsgeld zum Einkaufen und für alles Notwendige.

Laut Mama behielt Papa bei allen Diskussionen die Oberhand; ihre einzige Waffe gegen ihn waren ihre Stimmungsschwankungen, die echten und die imaginierten. Mama konnte ihren Standpunkt nie verteidigen, weil sie viel zu zaghaft und von ihrer eigenen Dummheit überzeugt war. Papa hatte immer die besseren Argumente, fand sie. Wenn sie zu fordernd war, rannte er aus dem Haus und betrank sich mit den Jungs. Oder schlug mit der Faust auf den Tisch und brüllte, er werde sich diese Hysterie und diesen Unsinn nicht länger anhören.

Dennoch hatte Mama eine klare Meinung von ihm. Sie hielt ihn zum Beispiel immer für einen schlechten Friseur. Ihrer Ansicht nach war er viel zu grobschlächtig, um mit etwas so Ästhetischem wie Frisuren zu arbeiten. Auch wenn es sich nur um Herrenschnitte handelte, fand Mama ihn nicht geschmackvoll genug. Zumindest war er nicht so geschmackvoll wie sie. Sie bekam für ihre Frisur und ihre Kleidung immer Komplimente, und selbst die Gardinen im Wohnzimmer wurden von anderen Frauen bewundert.

„Was die Hulda Fríða im Laugavegur für schicke Gardinen hat!", sagten sie. Einige Kunden im Friseursalon sprachen Papa darauf an, sie hätten gehört, dass seine Frau einen außergewöhnlich guten Geschmack habe.

Wenn es um Mode und Stil ging, war Mama keineswegs zaghaft, sondern auffallend gewagt. Wenn Papa ihr manchmal die Haare schnitt, nörgelte sie an ihm herum und wusste alles besser. Ihre Streits konnten heftig sein, und dabei zeigte sich oft, dass Mama von sich selbst gefrustet war. Sie hatte darauf bestanden, dass Papa nicht mehr zur See fahren und etwas aus sich machen sollte, stellte aber nie Anforderungen an sich selbst. Nur an ihn. Obwohl sie der Meinung war, sie sei eigentlich viel besser geeignet als er, in die Berufsschule zu gehen und das Friseurhandwerk zu erlernen.

Die Überzeugung, dumm zu sein, steckte tief ihr. Das hatten ihr ihre Eltern und das Schulsystem eingetrichtert. Sie wurde als Idiotin angesehen, die zu dumm zum Lernen war. Mama schaffte es nie, gegen diese Indoktrination aufzubegehren, sondern war von ihrer eigenen mangelnden Intelligenz überzeugt. Selbst Papa versuchte eine Zeitlang, ihr Selbstbewusstsein zu stärken. Bei den Radikalen Sozialisten kam er mit der neu gegründeten Rotstrümpfe-Bewegung in Kontakt und erzählte Mama von der bevorstehenden Frauenrevolution. Doch sie rümpfte nur die Nase und konnte weder den BH-Verbrennungen noch dem Kampf für Frauenrechte etwas abgewinnen. Ihre Lebenseinstellung war ihr von Kindesbeinen an eingeimpft worden, deshalb konnte sie mit Revoluzzertum nie etwas anfangen. Mama wollte einfach nur angstfrei und glücklich sein und gab sich selbst die Schuld daran, dass es ihr nicht gelang. Daher hörte sie gar nicht zu, wenn Papa ihr versicherte, sie sei nicht dumm. Die Gesellschaft habe ihr das eingeredet, und sie könne genauso gut etwas lernen wie er.

„Nein, ich bin ein hoffnungsloser Fall", entgegnete Mama. Wenn Papa insistierte und ihr laut fluchend klarmachen wollte, dass sie nicht dümmer sei als er, fing sie an zu weinen. Das Leben hatte Hulda Fríða einer Gehirnwäsche unterzogen und sie ohnmächtig gemacht. Die Familie, das Schulsystem und die Gesellschaft hatten sie bereits geprägt, als ich noch gar nicht geboren war.

30. Kapitel

Unsere Schuldiger bekommen
ein paar aufs Maul

Meine Großeltern brachten Papa keine Gebete bei, und als kleiner Junge fand er das unmöglich. Er beschwerte sich lautstark bei Oma Lilja darüber, weil es unsinnig war, mit Opa Geirmundur über Religion zu sprechen. Dessen Art zu Denken war sehr kommunistisch und nonkonformistisch. Er wollte nichts von dem übernehmen, was die Obrigkeit, sei es die Kirche oder die Isländische Republik, den Leuten vorsetzte.

„Es sei denn, du entscheidest selbst, dass du damit einverstanden bist", sagte Opa zu Papa. Er weigerte sich, ihm auch nur ein einziges Gebet beizubringen, das er nicht selbst geschrieben hatte, gab aber gerne einen guten Vierzeiler von Káinn zum Besten:

Erinner' ich's nicht ganz verkehrt
– will niemanden verfemen –,
Christus selbst mal hat gelehrt:
Geben ist besser als nehmen.

Wenn Opa besonders gut gelaunt war, rezitierte er ein noch besseres Gedicht desselben Autors:

Doch wenn der Worte Kräfte schwinden
auf des Geists verborgnen Wegen
und unsre Schuldiger sich winden,
kommen ein paar aufs Maul gelegen.

Dann lachte er dem Jungen ins Gesicht, der überhaupt nichts kapierte. Am allerwenigsten die Tatsache, dass sein Vater trotz seines radikalen Atheismus in der Árbær-Kirche im Kirchenchor sang. Und das jeden Sonntag, während Oma auf der Bank saß und lauschte. Sie konnte dem kleinen Torfi das Christentum auch nicht vermitteln und hielt es nicht für ihre Aufgabe, ihm etwas zu erklären, was nur Pfarrer verstanden. Sie hatte in erster Linie Spaß daran, ihren Mann singen zu hören. Sonntage waren die einzigen Tage, an denen er frei hatte und singen konnte, und die kleine Kirche in Árbær war der einzige Ort, an dem das möglich war. Oma Lilja riet ihrem Sohn, sich über Jesus und Gott und den Heiligen Geist keine großen Gedanken zu machen, die würden auch gut ohne ihn und die Isländer im Allgemeinen auskommen. Zumal die heilige Dreifaltigkeit den Isländern Omas Ansicht nach nichts vorzuwerfen hatte.

Später brachte Papa sich selbst das Vaterunser aus der Bibel bei. Opa hielt nicht viel davon und war sich mit Bjartur in Sumarhus einig, dass das Vaterunser furchtbar schlechte Dichtkunst sei.[32] Er fand es wesentlich besser, wenn der kleine Torfi etwas von Hallgrímur Pétursson aufsagte und brachte ihm dieses Gedicht bei:

Herrgott, Vater, ich preise dich
in deines Namen Jesu mein,
deine Hand geleite mich,
wasch mich von allen Sünden rein.

Das war zwar laut Opa Geirmundur auch keine vollkommene Dichtkunst, aber immerhin nicht ganz so schlecht. Die Bibel hielten die Eheleute am Árbæjarblettur 30 für dummes Gewäsch. Sie glaubten kein Wort davon. Oma wollte auf der sicheren Seite sein und fand es genauso dumm, Gott zu verleugnen wie zu behaupten, dieses Buch sei wahr. Sie meinte, gar nichts Genaues darüber wissen zu können als bettelarmes Kind einer achtfachen Mutter aus Árbær. Deshalb kam

---

32 Bjartur in Sumarhus (Bjartur í Sumarhúsum) ist die Hauptfigur von Halldór Laxness' Roman Sein eigener Herr (Sjálfstætt fólk), der 1934/35 erschien.

ihr ab und an schon mal ein Gebet über die Lippen. Das gestand sie mir einmal, wobei sie betonte, ihre Gebete seien nie erhört worden. Sie habe auch nie den Himmelsvater oder seinen Sohn gesehen, aber Gespenstern und Wiedergängern und Schutzgeistern, denen sei sie begegnet. Oma Lilja besaß nämlich ihre eigenen Repräsentanten in der verborgenen Welt, die nirgendwo in der Bibel erwähnt wurden, – was ihr bestätigte, dass in der heiligen Schrift nicht die ganze Wahrheit zu finden war.

31. Kapitel

Gott, gibt es so was wie Mütter?

Oma Lilja wurde später meine beste Freundin. Tüchtige Frauen wie sie, aus der düsteren isländischen Vergangenheit, hatten oft Mitleid mit mir und wollten mir jene Mutterliebe schenken, an der es mir in meiner Kindheit mangelte. Ich galt als widerspenstig, außer in der Obhut von Frauen wie meiner Oma, die mich bedingungslos liebten. So ist Mutterliebe. Sie stellt keine Bedingungen und ist eine natürliche Reaktion auf das Leben, das in der Frau entstanden ist. Ich bekam diese Liebe von Mama, während sie mit mir schwanger war, doch diese Verbindung zerbrach, als sie uns verließ. Oma war eine der Frauen, die mich unter ihre Fittiche nahmen und liebten.

In dem Sommer, nachdem Mama verschwunden war, lernte ich eine weitere Frau dieser Art kennen, als ich ins Kinderheim Steinahlíð kam. Dort wurde ich tagsüber betreut, so wie heute die Kinder im Kindergarten, und als Ída und ich uns das erste Mal sahen, war es Liebe auf den ersten Blick. Sie besaß diesen mütterlichen Instinkt, obwohl sie nie eigene Kinder hatte. Ída war allerdings Mutter von wesentlich mehr Kindern, als sie selbst jemals hätte zur Welt bringen können. Sie liebte ein ganzes Kinderheim.

Ída Ingólfsdóttir war 67 Jahre alt, als wir uns kennenlernten. Viele Jahre zuvor war ihre eigene Familie zerbrochen, und wahrscheinlich mochte sie mich deshalb so gern. Ich hatte sowohl meine Mutter als auch Gott verloren.

Ída war immer ziemlich unfreundlich zu Papa und machte sich Sorgen, dass ich zu Hause nicht gut behandelt würde. Ich war ungezogen und aggressiv, aber Ída hatte eine spezielle Ausbildung für die Betreuung von Problemkindern. Als es mir gesundheitlich besser ging und ich nicht mehr bei den Zeugen Jehovas war, hatte ich – gelinde gesagt – ziemlich viel Unfug im Kopf. Ich haute aus Steinahlíð ab, kletterte über einen Zaun und wurde schließlich zu Hause geschnappt, wo die Polizei mir befahl, die Streichholzschachtel herzugeben. Ich war dabei, den Teppich anzuzünden.

Ída mochte meine Streiche nicht, aber sie liebte mich, trotz allem. Sie machte Papa und meine fehlende Mutter für die Verhaltensauffälligkeiten verantwortlich. Wir hatten so viel gemeinsam, Ída und ich. Ihre Mutter verließ sie, als sie sieben war, und Ída wuchs auch bei ihrem Vater auf. Ihre Mutter hieß Hlín Johnson und wurde zu einer lebenden Legende, als sie sich in den greisen, versoffenen Einar Benediktsson verliebte und mit ihm in die Bucht Herdísarvík zog.[33] Hlín kümmerte sich wesentlich aufopferungsvoller um den Nationaldichter als um ihre Tochter Ída. Nicht alle Mütter sind für die Mutterrolle geschaffen. Für Väter gilt natürlich dasselbe, und vielleicht war Ídas Vater genauso unfähig. Ich weiß es nicht. Ída wohnte in Steinahlíð in einer Wohnung unter dem Dach. Dort besuchte ich sie oft, und sie erzählte mir alles Mögliche, nur ihren Vater erwähnte sie nie.

Papa sagt, ich sei so oft bei Ída gewesen, weil er so viel zu tun hatte. Manchmal vergaß er sogar, mich abzuholen, und dann liebte und tröstete mich Ída. Genauso, wenn mir Microlax verabreicht wurde, ich beim Stuhlgang laut heulte und all das machen musste, was ich nie richtig gelernt hatte. Und mir deshalb am Ende in die Hose schiss.

Wenn Papa endlich kam, um mich abzuholen, schimpfte Ída mit diesem verfluchten Torfi Geirmundsson wie mit einem Hund. Sie hatte in Schweden Sozialpädagogik studiert, zu einer Zeit, als Frauen am besten gar nichts studieren sollten. Dieser Friseur-Bengel, der seinen kranken Sohn nie zur richtigen Zeit abholte, machte ihr keine Angst. Ihre Vorwürfe beruhten natürlich auf bedingungsloser Liebe. Doch Ída hielt es auch für ihre Pflicht, den jungen Vater zu erziehen, und knöpfte ihn sich ohne Umschweife vor.

Papa sagte mal, Steinahlíð würde geführt wie die Vereinten

---

33 Einar Benediktsson (1884-1940), Jurist, Politiker, Geschäftsmann, Dichter, war eine schillernde Persönlichkeit und Vorkämpfer der isländischen Unabhängigkeitsbewegung.

Nationen, die ihren Mitgliedern die Mucken austreiben, wenn sie nicht spuren. Nur wenige Monate zuvor hatte Papa die Vereinten Nationen allerdings noch verachtet, weil sie nach Meinung der Zeugen Jehovas vom Satan besessen sind. Ída wollte solchen Unsinn nicht hören. Sie glaubte an nichts anderes als an ihr Kinderheim. Dort war sie ihre eigene Generalversammlung und ihr eigener Sicherheitsrat und teilte allen Nationen lautstark mit, wenn ihr etwas missfiel. Sie nahm Papas Aussagen nur selten ernst und gab nicht viel auf seine Entschuldigungen, obwohl sie schnell beste Freunde wurden. Sie hassten beide die bestehende Weltordnung, demonstrierten gegen die Mitgliedschaft Islands in der NATO und wählten bei Parlaments- und Kommunalwahlen die linke Volksallianz.

Ída blieb mir all die Jahre hindurch so treu, dass sie sogar das erste Weihnachtsfest, das ich feiern durfte, mit uns verbrachte. Danach war sie Weihnachten fast immer bei uns, bis Papa und ich zehn Jahre später alleine in einer Mietwohnung im Skólavörðustígur hockten. Das war unser letztes gemeinsames Weihnachtsfest, und Ída war von uns beiden ziemlich abgestoßen. Ich wollte damals ein 16-jähriger Schriftsteller und Säufer sein, während Papa schon tief in der Alkoholsucht steckte. Wir waren fast die gesamte Weihnachtszeit betrunken, und meine gute alte Kinderfrau bemühte sich, uns zur Vernunft zu bringen. Doch es sollte noch zwanzig Jahre dauern, bis wir aufhörten zu trinken. Erst Papa und dann ich. Zu diesem Zeitpunkt war Ída schon tot, und ich hatte meine ersten Bücher veröffentlicht, darunter den Gedichtband, den ich an unserem letzten gemeinsamen Weihnachten geschrieben hatte. Er heißt Gott, gibt es so was wie Mütter? und sollte eine Abrechnung mit meiner Wut sein. Tatsächlich war er eine Ode an sie, denn ich war der Wut hilflos ausgeliefert.

Ich denke oft an Ída und Oma Lilja. Sie waren beide sehr starke Frauen, die Papa nicht verstehen konnten. Wenn man das Krankenhaus oder die Zeugen Jehovas erwähnte, bekamen beide denselben Gesichtsausdruck. Oma hatte die ganze Geschichte miterlebt, und Ída ahnte, dass Papa sich wie ein Idiot verhalten hatte, denn sie kannte sich mit Religionen aus und hatte ihnen immer misstraut. Oma verstand ihren Sohn nie. Und sagte mir oft, mein Vater sei nun mal anders als andere Menschen.

32. Kapitel

Die Kinder werden niemals sterben

Wer mit Narren liebäugelt, wird vom Narrentum verfolgt, und die Jahre nach der Hochzeit im Leben meiner Eltern waren närrisch. Papa stürzte sich in die Arbeit beim Berufsschülerverband und schleppte Opa mit zu Treffen der Radikalen Sozialisten. Eine Zeitlang war Oma Lilja deswegen besorgt und bat Númi immer wieder darum, seinen Vater zu suchen. Dann durchforstete Númi die Innenstadt, bis er seinen Vater und seinen Bruder bei einem geheimen Zellentreffen fand, wo sie die Revolution in der Arbeitergewerkschaft Dagsbrún und im ganzen Land vorbereiteten.

Papa passte nie richtig zu den radikalen Linken und tut es noch heute nicht. Doch er bemühte sich redlich, war eine Zeitlang ein überzeugter Rotstrumpf und erschien sogar unverhofft zu einem Vortrag in der Radiosendung Ich bin neugierig – rot. Die Redakteurinnen der Sendung waren noch nie einem solchen Schwachkopf wie diesem Friseurlehrling begegnet. Sie hatten ihn gebeten, für einen Beitrag in der Sendung einen jungen weiblichen Friseurlehrling zu schicken. Doch da sich keine Frau dafür gemeldet hatte, ging er einfach selbst hin. Er hielt sich für einen großen Verfechter der Gleichberechtigung und las mit gewichtiger Stimme vor: „Man ist ein Synonym für männlich und weiblich."

Dann echauffierte er sich über Arbeitgeber, die Frauen kündigten, wenn sie schwanger wurden. Diesen Teil von Papas Beitrag bekamen die Rotstrümpfe in den falschen Hals, denn er sprach darüber, wie schrecklich es für eine Frau sei, in eine solche Situation zu geraten. Erst erlebe sie dieses wundervolle Gefühl, ein Kind zu erwarten, und dann werde sie gefeuert.

„Wie kannst du behaupten, dass es ein wundervolles Gefühl ist, schwanger zu sein?", sagten die Frauen, als er aus dem Aufnahmestudio kam. „Du hast doch überhaupt keine Ahnung!"

„Es muss doch ein wundervolles Gefühl für eine Frau sein, ein Kind im Bauch zu haben", antwortete Papa. Bevor er sich versah, geriet er in einen heftigen Streit mit den Frauen, die ihn keineswegs für besonders feministisch hielten. Papa behauptet, kurz darauf seien Männer aus der Rotstrümpfe-Bewegung rausgeflogen.

Er brachte sich ständig in solche Schwierigkeiten, doch als er begann, mit den Zeugen Jehovas die Bibel und den Wachtturm zu studieren, fühlte er sich zu etwas zugehörig, das viel größer war als er selbst, – ohne sich dabei ausgeliefert zu fühlen.

Es machte ja auch solchen Spaß. Die Bibel besitzt eine hypnotische Anziehungskraft, und ihre Geschichten faszinieren und verschlingen einen. Die Schöpfungsgeschichte beispielsweise ist ein fantastisches Abenteuer. Es wird Licht, die gesamte Natur und die Tiere werden erschaffen und schließlich der Mensch. Weiter geht's mit der Sintflut, Versklavung, Gewalt und Kriegen. Die Kleinsten werden die Mächtigsten, Könige werden gestürzt und von neuen abgelöst. Es gibt Engel, Teufel, Sex, Vergewaltigungen und nur einen Hauptdarsteller. Der Herrgott ist allumfassend und alles dreht sich um ihn. Selbst die Geburt des Erlösers ist ein Akt in einem von Gott geschriebenen Theaterstück. Beim Lesen der Bibel wird die Welt bedeutungsvoll und größer, als sie in Wirklichkeit ist. Auf einmal bekam die Armut im Bezirk 101 Reykjavík einen Sinn. Selbst Mama wurde kurzzeitig bedeutungsvoll, wenn Papa von der heiligen Schrift inspiriert war. Das Neue Testament war seine Lieblingslektüre. Dieses Buch veränderte alles. Urplötzlich wurden normale Menschen zu Helden. Der arme Sohn eines Zimmermanns rettete die Welt und stieg in den Himmel auf, Huren und Steuereintreiber erlangten Bedeutung, genau wie Behinderte und alle möglichen Antihelden. Einfache Leute wurden als realistische Menschen beschrieben, was zuvor in der Literatur eine Seltenheit war. Die Wirkung war ungeheuerlich, und das Christentum des Neuen Testaments verbreitete sich wie ein Lauffeuer. Diese Geschichten können immer noch großen Einfluss auf westliche Gesellschaften haben, auch wenn es unglaublich scheinen mag, dass erwachsene Menschen diese Figuren zu Leitsternen ihres Lebens machen und ihre Aussagen als himmlische Botschaften interpretieren. Aber so ist es, und um zu verstehen, was mit meinen Eltern geschah, muss man sich in Menschen hineinversetzen, die von den Geschichten in der Bibel so fasziniert sind, dass sie für sie zur heiligen Wahrheit werden.

Oh, wie nah war das gelobte Land, Jerusalem, das Paradies auf Erden. Papa konnte geradezu den Duft der Blumen riechen und das weiche Fell des Tigers an seinen Fingerkuppen spüren. Wenn die Leute nur wüssten, was sie erwartete! Wenn Mama, diese verwirrte Frau, nur nicht bei allem, was wichtig war, so halsstarrig und ignorant wäre. Selbst der kleine Ingvi Reynir begriff in groben Zügen, worum es ging, obwohl er kaum einen verständlichen Satz herausbrachte und sich selbst immer „Ninna" nannte, weil er Ingvi Reynir nicht aussprechen konnte.

Dabei hatte Mama noch mehr Beispiele vor Augen als nur Papa. Ihr Bruder Þór, der nie an Gott geglaubt hatte, lief auf einmal hoch erhobenen Hauptes herum und war nicht mehr asozial. Er gehörte bereits zu den wichtigsten Pionieren der Zeugen Jehovas. Auch wenn er innerhalb der Gemeinschaft erst auf der Stufe eines Hilfspioniers stand, würde er später Ältester werden, was er heute noch ist. Und Þór war einmal eingefleischter Atheist gewesen.

„Selbst Þór begreift, dass wir nicht länger im gegenwärtigen System leben können, Hulda Fríða", versuchte Papa Mama zu überzeugen.

„Deine Systeme sind mir völlig egal", antwortete sie und sagte, sie wolle nicht zu Hause sein, wenn diese Leute kämen, um mit ihm die Bibel und den Wachtturm zu lesen.

„Das Königreich Jesu Christi ist im Himmel, Schatz. Er wird zurückkehren und das Paradies gründen. Wir können dort gemeinsam leben. Bis in alle Ewigkeit. Immer. Verstehst du das nicht?", insistierte er. Sie fluchte, als sie den Kuchen aus dem Backofen holte, betrachtete es aber trotzdem als ihre Pflicht, dafür zu sorgen, dass diese Zeugen Jehovas zum Gotteswort etwas Selbstgebackenes bekamen.

„Ich finde, es reicht doch, wenn du die Bibel und diese Zeitschriften liest." Sie konnte es nicht erwarten, aus dem Haus zu kommen und zu ihrer Freundin Stella zu gehen.

„Hulda?", sagte er und setzte sich zu ihr an den Küchentisch. „Du siehst doch, dass wir unsere letzten Tage erleben. Der Vietnamkrieg. Die Hungersnot in Biafra. So kann das nicht länger weitergehen. Das gegenwärtige System ist kurz vorm Zusammenbruch. In der Bibel steht – und an die glaubst du doch auch –, dass der Weltuntergang kommt. Das Harmagedon. Man hat ausgerechnet, dass höchstwahrscheinlich in drei Jahren die Welt untergeht. Wirklich. 1975. Vermutlich im Herbst, jedenfalls spätestens 1977. Allerspätestens."

Mama schüttelte den Kopf. Sie hatte das schon so oft gehört. Am liebsten hätte sie ihm gesagt, dass sie diesen ganzen Unsinn nicht mehr ertragen könne. Erst der Kommunismus, dann die Proletarier und die Feministinnen, dann die Allianz und die Revolution, und jetzt das. Das einzig Positive an den Zeugen Jehovas schien ihr zu sein, dass sie den Spiritismus verurteilten und ihr Schutz vor all den Dämonen versprachen, die sie heimsuchten. Papa erklärte ihr, die Dämonen seien Satan und Spiritismus sei Teufelswerk. Im momentanen Krisenzustand sei es im Grunde nicht ungewöhnlich, dass die Leute von so etwas bedrängt würden.

Ständig ritt er auf denselben Themen herum. Dass sie sich nie mehr vor dem Tod fürchten müssten und Ingvi Reynir und alle ihre zukünftigen Kinder niemals sterben würden.

„Unsere Kinder werden niemals sterben", wiederholte er, aufgeregt und hoffnungsvoll. Er wollte immer ihr Ehemann sein, bis in alle Ewigkeit, sogar tausend Millionen Jahre lang. Jetzt waren die letzten Tage der bestehenden Weltordnung angebrochen und damit auch der Beginn ihres eigenen ewigen Lebens, wenn sie ihm nur folgen und die Bibel studieren würde. Dann würde alles gut werden.

Eine Woche zuvor hatte sie sich fast breitschlagen lassen. „Ich liebe dich", hatte er da zu ihr gesagt, sie in den Arm genommen und geküsst. Mama hatte nichts entgegnet, weil sie sich nicht eingestehen wollte, dass er viel netter zu ihr war, seit er diese Zeugen Jehovas kennengelernt hatte. Er hatte sich seit Monaten nicht mehr betrunken. Vielleicht sollte sie klein beigeben und einfach an diesen Jehova glauben.

Doch mittlerweile war sie wieder stur.

„Esst wenigstens noch den Kuchen, bevor die Welt untergeht", sagte sie und griff nach ihrem Mantel.

33. Kapitel

Das schwächere Gefäß

„Ein guter Ehemann nimmt auch Rücksicht auf die Gefühle seiner Frau. Als ‚schwächeres Gefäß' ist sie diversen physischen Schwankungen ausgesetzt, die sie sensibler machen als den Mann."

Der Wachtturm, 1. Januar 1972

Papa wurde im Schwimmbad in der Austurbær-Schule ins Wasser getaucht und kam als Zeuge Jehovas wieder heraus. Er trug eine enge Badehose der Marke Speedo und war noch keine 22 Jahre alt. Auch wenn keine weißen Tauben über seinem Kopf flatterten, als man ihn aus dem Wasser zog, verspürte er eine große Freude. Bei der anschließenden Feier mit Kaffee und Kuchen war er wie hypnotisiert und bekam gar nicht richtig mit, dass ihm auf der Bühne ein paar Fragen gestellt wurden. Nach der Zeremonie wurde der Versammlung verkündet, dass Torfi Geirmundsson sowie einige weitere Personen nun als Zeugen Jehovas getauft seien.

Als er nach Hause zu Mama kam, stellte er sich vor, dass er sie nie alt sehen würde. Sie würde immer so bleiben, genau so, blass und zierlich mit großen braunen Augen, die nie erlöschen, trübe werden oder in einem faltigen Gesicht einsinken würden. Jedenfalls, wenn sie endlich auf ihn hören und die Wahrheit des Wachtturms empfangen würde. Am liebsten hätte er ein Gedicht über ihren dunkelbraunen Kurzhaarschnitt geschrieben und wäre dann in Gedanken an ihrem Körper hinuntergewandert. Hätte über ihre aparten Wangenknochen und ihre blassbraunen Brustwarzen gedichtet, die er viel zu selten liebkosen durfte.

Aber nein, für Gedichte blieb jetzt keine Zeit mehr. Lyrik war in Papas Leben völlig überflüssig. Er hatte etwas zu erledigen, musste Mama und der ganzen Welt die Wahrheit begreiflich machen. Das

Ende war nah, oder vielmehr der Beginn der Ewigkeit. Nicht mehr lange, dann würde die Zeit stillstehen. Wow, was für ein radikaler Gedanke! Viel radikaler als alles, was Papa bei den Radikalen Sozialisten gedacht hatte. Und dieses gelobte Land der Zeugen Jehovas, das Paradies, stand auf viel festerem Grund als irgendeine Ideologie, die sich Karl Marx und Friedrich Engels im 19. Jahrhundert zusammengereimt hatten. Es war kein Geringerer als Gott selbst, der zu ihnen sprach. Torfi seufzte. Die Weltordnung zerbrach, die Revolution war nah, und dennoch musste er neben dieser Frau einschlafen. Neben einer Person, von der er sich nie würde verabschieden müssen, wenn sie nur bereit wäre, den Weg des Herrn zu gehen und ihn in die Ewigkeit zu begleiten.

Doch jedes Mal, wenn Papa aufwachte, enttäuschte ihn Mama aufs Neue. Sie blickte ihn mit trüben, schlaftrunkenen Augen an, als halte sie ihn für völlig durchgeknallt. „Wenn sie mich doch nur verstehen würde", dachte er. „Ob er mir heute wieder Predigten hält?", dachte sie. So ging es immer weiter. Sie verstanden einander nicht, bis Mama mit mir schwanger wurde und Papas Wahrheit endlich akzeptierte.

Doch bis dahin sollte noch viel geschehen. Nach der Taufe war der junge Diener Jehovas, der Zeuge Torfi Geirmundsson, so euphorisch, dass er Geld für eine gemeinsame Auslandsreise zusammenkratzte. Dabei handelte es sich nicht um eine normale Urlaubsreise, sondern man plante, zu einem riesigen Kongress der Zeugen Jehovas in London zu fahren. Mama war noch nie im Ausland gewesen, aber Papa war einmal mit dem Küstenwachschiff nach Holland gefahren. Dort hatte er sich in der erstbesten Kneipe bis zur Besinnungslosigkeit besoffen und war erst am nächsten Tag auf der Fahrt nach Hause wieder aufgewacht.

Der Großvater eines meiner Jugendfreunde, Kjartan Helgason, war Geschäftsführer beim Reiseveranstalter Samvinnuferðir und half dem jungen Paar, die Reise zu realisieren. Damals war Island noch ziemlich isoliert und unterlag Devisenbeschränkungen, und einfache

Leute trauten sich nicht unbedingt zu, ins Ausland zu fahren. Mama hätte es nie gewagt, von einer Auslandsreise zu träumen. Was hatte Hulda Fríða aus dem Bústaðir-Viertel in einem europäischen Königreich zu suchen? Doch nun fantasierte sie von schicken Klamotten aus Modezeitschriften, die sie tütenweise für sich und Ingvi Reynir kaufen würde, der in der Zwischenzeit von Oma Lilja gehütet wurde.

Die Nachkommen des ersten Königs von Schottland waren auf dem Weg nach London. Aus England kamen viele der besten Sachen, die Mama kannte: Twiggy, die Beatles, die Stones und die neueste Mode. Papa hatte seine Bewunderung für diese Bands allerdings schon ad acta gelegt. Heute sagt er, die Reise habe alles verändert und sei eine unglaubliche Erfahrung gewesen, die er nie vergessen werde.

Mama erlebte dieselbe Reise jedoch völlig anders. Für sie war London im Sommer 1972 ein einziger Albtraum. Sie durfte nicht shoppen gehen, geschweige denn Touristenattraktionen oder spannende Viertel besichtigen, in denen die Stars wohnten. Nein, Mama wurde vier Tage lang in ein Sportstadion eingesperrt und war die ganze Zeit schlecht gelaunt. Sie durfte in dieser Großstadt noch nicht einmal rauchen. Papa verbot es ihr, weil er sich vor den anderen Zeugen Jehovas nicht für sie schämen wollte.

Sie reisten gemeinsam mit Mamas Bruder Þór und ihrer Schwester Þórunn, ebenfalls Zeugen Jehovas. Torfi hatte die beiden bereits in die Gemeinde eingeführt. Mama verabscheute ihre Geschwister, nachdem sie sich hatten taufen lassen. Sie wollte eine ganz normale junge Frau sein und fühlte sich nicht bereit für all das – die Zeugen Jehovas, die Ehe, die Mutterschaft und so weiter. Vielleicht wollte sie auch einfach nur ihre Ruhe oder wieder ein kleines Mädchen sein. Seit ihrer Teenagerzeit war alles beschissen gelaufen. Das Leben hatte sie ziemlich lädiert ins Erwachsenenalter entlassen. Am liebsten hätte sie sich einfach hingelegt und geheult.

Als sie in London eintrafen, nahm irgendein dämlicher Engländer von den Zeugen Jehovas sie in Empfang. Mama verstand nicht, was er sagte, weil sie kein Englisch sprach. Papa hatte sich mit Hilfe der

Ältesten in Brooklyn und der Lektüre des Wachtturms selbst Englisch beigebracht.

„Sag ihm, wir wollen ein Taxi nehmen. Ich kann nicht mehr laufen", sagte Mama mürrisch zu Papa.

Papa tat es und übersetzte ihr die Antwort des Mannes. Der gebürtige Londoner wollte nichts davon wissen, dass sie ihr Geld für ein Taxi verschwendeten, weil das Haus, in dem sie zusammen mit einem Haufen anderer fanatischer Zeugen Jehovas unterkommen sollten, direkt um die Ecke sei.

Eine halbe Stunde später waren sie immer noch nicht dort, und die Koffer wurden immer schwerer. Papa, Þór und Þórunn merkten es gar nicht, beseelt von ihrer Frömmigkeit. Mama war völlig erschöpft, als sie sich in einem großen Saal mit lauter fremden Menschen wiederfand. Sie hatte sich diese Reise ganz anders vorgestellt. In diesem Moment wurde ihr klar, dass sie in den nächsten Tagen garantiert nicht auf Twiggys Spuren wandeln würde.

Der eigentliche Kongress fand in einem großen Sportstadion statt. An allen vier Tagen wurde das junge Paar früh morgens geweckt und fuhr mit dem Zug zum Stadion. Dort saßen sie bis abends und lauschten langen Vorträgen, die Papa wahnsinnig spannend, Mama hingegen total hirnrissig fand, falls sie überhaupt etwas kapierte. Eine Frau aus der Gruppe der isländischen Zeugen wurde beauftragt, für Mama Übersetzungen der Vorträge auf einen Zettel zu schreiben. Das half jedoch wenig, denn Mama war Legasthenikerin und konnte sehr schlecht lesen. Das Einzige, was sie verstand, waren die von Erwachsenen dargebotenen Bibelaufführungen, und über die hätte sie herzlich gelacht, wenn sie nicht so sehr damit beschäftigt gewesen wäre, eingeschnappt zu sein.

„Das ist fantastisch", flüsterten Papa und Mamas Geschwister. Sie waren hin und weg, sich in einem Riesenstadion voller gut gekleideter Zeugen Jehovas zu befinden. Für sie war das Sportstadion das Paradies auf Erden. Es war großartig, Tausende Zeugen Jehovas an einem Ort zu sehen. Zu den Zusammenkünften in Island kamen höchstens hundert Mann. „Das ist doch bescheuert", zischte Mama Papa zu. Doch er lächelte nur und liebte sie scheinbar noch mehr, jetzt, da er so beflügelt war. Er hatte Mitleid mit ihr, weil sie so klein, hilflos, hysterisch und verdrossen war.

„Ach, ist das toll, Teil einer so großen Familie von Zeugen Jehovas zu sein", sagte Mamas Schwester Þórunn, als hätten die vielen Menschen sie einer Gehirnwäsche unterzogen.

„Wir sind alle ein großes Ganzes", sagte Papa.

„Unglaublich, wie ordentlich hier alle sind. Nirgendwo Müll. Kein einziger Papierschnipsel auf dem ganzen Gelände", sagte Þór.

In der Mittagspause sprach Papa ein Tischgebet, während Mama schwieg. „Himmlischer Vater, Herr Jehova, wir danken dir für diese Mahlzeit, die du uns und deiner Gemeinschaft bescheret hast." Und so weiter.

Am liebsten hätte Mama auf den Tisch gekotzt. Sie konnte in alldem keine Schönheit erkennen und regte sich über die englischen Mütter auf, die ihren Kindern einen Klaps gaben, wenn sie nicht stillsaßen. Sie packten sie sogar, schüttelten sie und schlugen sie auf den Hinterkopf. Oma hat Mama manchmal geohrfeigt, auf den Po gehauen oder eingesperrt, aber man muss es Mama lassen, dass sie ihr das nie nachgemacht hat. Ganz im Gegenteil – sie verachtete Eltern, die ihre Kinder mit diesen Methoden bestraften, und legte nie Hand an mich.

34. Kapitel

Tausend Millionen Jahre

Die Heilsbotschaft war nicht das Einzige, was Mama davon abhielt, die Lehren der Zeugen Jehovas zu studieren. Nein, sie konnte sich schlicht und ergreifend nicht vorstellen, mit dem Rauchen aufzuhören. Die Zeugen Jehovas stellen die unausweichliche Bedingung an ihre Mitglieder, nicht zu rauchen. Mama rauchte einfach zu gerne und tut es noch heute, auch wenn sie öfter versucht hat aufzuhören. Die Zigarette war ihre einzige Gesellschaft, wenn sie im Laugavegur in der Küche saß. Im Rauch konnte sie vieles sehen. Ihre Vergangenheit und eine andere Welt, die besser war als diese. Vielleicht war das Rauchen auch nur ein Vorwand, weil sie nicht akzeptieren wollte, dass sie schlecht lesen konnte. Legasthenie war damals kaum bekannt, und Leseprobleme wurden als Dummheit abgetan. Mama hatte deshalb große Schwierigkeiten in der Schule gehabt. Sie war nicht gut beim Vorlesen, und genau das tun die Zeugen Jehovas andauernd und beantworten anschließend Fragen zu den vorgelesenen Texten.

Dieses Vorlesen und die ständige Fragerei waren einer der Gründe, warum Papa die Zeugen Jehovas liebte. Seit den paar Wochen in der B-Klasse hatte er immer davon geträumt, etwas zu lernen, und als er den Zeugen Jehovas beitrat, verwandelte er sich unverhofft in einen Gelehrten. Er vertiefte sich in die Heilige Schrift, las Artikel über falsche Übersetzungen, neue archäologische Forschungen, die Unfähigkeit Darwins und so weiter.

In den besten Zeiten ihrer Ehe fand Mama es wundervoll, mit anzusehen, wie Papa aufblühte. Er durfte erstrahlen, und sie wurde von seinem Licht gewärmt. Außerdem musste sie keine Verantwortung für ihr eigenes Leben übernehmen. Er tat das mit Begeisterung, schulterte die Verantwortung für sie beide, und es stellte sich heraus, dass er sich schon immer danach gesehnt hatte. Wenn Papa zu einem Treffen geht, bei dem eine Arbeitsgruppe gewählt werden soll und die meisten Leute versuchen, sich unsichtbar zu machen, zeigt er immer auf. Allerdings mit einer Ausnahme: Elternbeiräte und Schulausschüsse hat er immer gemieden. Er gerät leicht in Streit mit den anderen Mitgliedern, vielleicht wollte er uns davor bewahren. Ansonsten ist Papa immer zur Stelle und übernimmt gerne einen Posten.

Als er Zeuge Jehovas wurde, machte er auch dort keine halben Sachen. Er wurde sofort zu einem motivierten Anhänger von Jesus Christus. Und dieser Jesus, von dem er in der Bibel und im Wachtturm las, war ein kämpferischer Rebell, genau wie er selbst. Sie waren Revolutionsbrüder, Fanatiker und in ihrer Denkweise geradezu extremistisch. Nach der Interpretation der Zeugen Jehovas wird der liebende Erlöser aus dem Neuen Testament auf der Erde wiedergeboren, um jene blutige Revolution einzuleiten, die im Alten Testament so grauenvoll beschrieben wird. Die zügellosen Grausamkeiten beim Jüngsten Gericht wird niemand überleben, außer den Arbeitern Jehovas.

Natürlich klingt das für Außenstehende albern. Mama seufzte und hielt vieles von dem, was Papa sagte, für das Dümmste, das sie je gehört hatte. Doch mit der Zeit kam es ihr verlockend vor, die Waffen niederzulegen, den ganzen Quatsch, den er verzapfte, zu glauben und die Koffer fürs Paradies zu packen.

Auch wenn Papa ein Fanatiker war, war sein Fanatismus oft von einer großen Fröhlichkeit begleitet. Er hüpfte lachend durchs Wohnzimmer und erzählte Mama Geschichten vom gelobten Land. Vom neuen Jerusalem, das so nah war und wo alle Tiere des Waldes echte Freunde waren.

„Ich kann den Duft der Blumen riechen und das weiche Fell des Tigers an meinen Fingerkuppen spüren", sagte er zu Mama und wirbelte sie durchs Wohnzimmer.

Ingvi Reynir klatschte und lachte, wenn er seinen Eltern dabei zusah. Er schielte nicht mehr so stark, sondern hatte nur noch einen leichten Silberblick, nachdem er ein paar Mal im Krankenhaus gewesen war. Er war immer noch genauso niedlich wie vorher, als jedes

Auge in eine andere Richtung geschaut hatte, lief aber nicht mehr gegen die Türrahmen.

Ingvi Reynir hatte viel Spaß vor meiner Geburt, nachdem Jehova Einzug in Papas Leben gehalten hatte. Papa wollte viel Zeit mit seinem Sohn verbringen, und sie spielten oft miteinander. Manchmal war Mama auch dabei, aber meistens verließ sie eilig das Haus, wenn Papa vom Friseursalon nach Hause kam. Sie ging zu ihren Freundinnen, heulte sich bei ihnen aus, klagte über Torfis fanatische Frömmigkeit und wie anstrengend Ingvi Reynir sein konnte. Aber das wusste mein Bruder nicht, er lebte einfach sein Leben mit unseren Eltern, bis ich auf die Welt kam und dieses fröhliche Dreiergespann durch meine Krankheit zunichte machte.

Auch wenn Papa in vielerlei Hinsicht nachsichtiger war, seit Jehova Einzug in sein Herz gehalten hatte, dachte er sich immer noch seinen Teil. Tief im Inneren verabscheute er diese unglaublich dumme Frau, die sich für nichts interessierte, was ihm wichtig war. Ihre Schwester Þórunn war der Gemeinschaft beigetreten. Und die beiden waren früher so gute Freundinnen gewesen. Als sie klein waren, hatten sie sich immer an der Hand gehalten und waren sogar nachts zusammen aufs Klo gegangen. Hulda Fríða musste doch auch die Veränderung an ihrem Bruder Þór bemerkt haben, der immer so asozial gewesen war.

Papa setzte Mamas Geschwister eiskalt gegen sie ein, wenn er mal wieder versuchte, sie zu überzeugen: „Selbst Þór kapiert, dass wir nicht länger im gegenwärtigen System leben können!"

„Dein blödes System ist mir völlig schnuppe", entgegnete Mama störrisch und nicht zum ersten Mal. Auch wenn sie manchmal zerbrechlich wirkte, konnte sie durchaus ihre Meinung vertreten, wenn sie in der richtigen Stimmung war.

„Das Königreich Jesu Christi wurde bereits gegründet, Schatz. Im Himmel. Wir werden zusammen im Paradies leben. Bis in alle Ewigkeit. Immer. Ist das denn so schwer zu begreifen?"

Mama schüttelte den Kopf und holte wieder einmal einen ihrer berühmten Schokoladenkuchen aus dem Backofen. Sie wollte diesen

Zeugen Jehovas keinen Anlass geben, schlecht über sie zu reden. Deshalb backte sie, damit sie zu ihrem Gotteswort ein Stück Kuchen bekamen und sich nicht über Hulda Fríða Berndsen beschweren konnten.

35. Kapitel

Heidnische Weihnachten

In diesen Jahren und noch lange danach, im Grunde sogar bis Papa im Alter von 57 Jahren einen Entzug machte, legte er sich ständig mit jedem an. Oft kam es fast zu Prügeleien zwischen ihm und Númi, der im Laugavegur 19b unter uns wohnte. Númi und Torfi waren lange unzertrennlich gewesen, zumal sie nur zwei Jahre auseinander waren. Doch das war für Papa kein Hinderungsgrund, seinen Bruder genauso zu behandeln wie andere, wenn ihm etwas gegen den Strich ging. Wir besaßen kein Telefon, und Papa hatte Númi ausgelacht, weil er eins gekauft hatte. Seiner Meinung nach waren solche Geräte nur was für hysterische Weiber, denn er hatte schließlich einen direkten Draht zu Jehova und brauchte kein Telefon.

Doch an einem Heiligabend, wahrscheinlich 1973, als Númi und seine Frau Björg schon drei Kinder hatten, saß Papa alleine im ersten Stock. Mama hatte am Morgen einen Wutanfall gehabt und war beleidigt. Was auch immer Papa sagte, es drang nicht zu ihr durch, und am Ende stürmte sie mit Ingvi Reynir im Schlepptau aus dem Haus und verkündete, sie werde Weihnachten feiern.

„Ist mir scheißegal, was du sagst. Ich feiere Weihnachten. Ich geh zu meiner Mutter", heulte sie. Tränen waren ihre einzige Verteidigung, wenn Papa auf sie einredete.

Er war völlig perplex, als sie so plötzlich wegrannte, weil er dachte, er hätte sie davon überzeugt, kein Weihnachten zu feiern. Im neuen Jahr würde sie anfangen, den Wachtturm zu studieren. Und sie hatte die Wohnung nicht mit Weihnachtsschmuck dekoriert. Letztes Jahr hatte sie noch auf einen Weihnachtsbaum bestanden, und er hatte sich dazu breitschlagen lassen, aber an ihr herumgemäkelt, als sie ihn geschmückt hatte. Das sei eine heidnische Sitte und völlig unsinnig, Jesus sei gar nicht im Dezember, sondern im September geboren worden.

Er hatte gedacht, sie hätte ihre Lektion gelernt und würde kein Weihnachten mehr feiern. Und dann stürmte sie am Morgen des Heiligen Abends wie ein aufgescheuchtes Huhn hinaus.

Vielleicht hatte ich ja diesen Einfluss auf sie. Ich befand mich nämlich schon in ihrem Bauch, war aber noch nicht größer als eine Bohne. Mama wusste noch gar nichts von meiner Existenz, allenfalls unterschwellig. Vielleicht war ich es, der ihr sagte, sie solle Weihnachten feiern.

Jedenfalls musste Papa an diesem Heiligabend Númis und Björgs Telefon benutzen. Er musste Mama anrufen und sich mit ihr über Weihnachten und Jesus streiten. Númi und Björg ließen meine Eltern immer bei sich telefonieren und nahmen Mitteilungen von ihren Bekannten für sie entgegen. Also ließen sie Papa bei Mama anrufen, die inzwischen bei ihrer Mutter im Bústaðir-Viertel eingetroffen war. Doch als es auf sechs Uhr zuging, hatten sie allmählich genug von den Beschimpfungen, mit denen Papa Mama seit Stunden traktierte.

„Wir wollen Weihnachten feiern und uns das nicht länger anhören, Torfi", sagte Númi höflich.

„Ist mir scheißegal, was du feierst", erwiderte Papa aufgebracht. Sein kleiner Bruder gab nach, weil ihm klar war, dass es in eine Prügelei ausarten würde, wenn er auf seinen Standpunkt beharrte. Papa rief weiter bei Mama an. Zwischen den Telefonaten hielt er seinem Bruder und seiner Schwägerin Vorträge.

Am Ende hatte Björg die Schnauze voll und befahl ihm, damit aufzuhören.

„Wir wollen Weihnachten feiern und möchten nicht mit dir darüber diskutieren", sagte sie barsch, und Papa gab endlich nach. Er hatte seiner Frau an diesem Abend nichts mehr zu sagen und verbrachte den Heiligabend mit Þór auf der Baustelle des neuen Königreichssaals für die Zeugen Jehovas.

36. Kapitel

Weltuntergang
in zweiundzwanzig Monaten

Mama und Ingvi feierten somit ihr letztes Weihnachten in Mamas Elternhaus. Sie sah zu, wie der Kleine die Geschenke auspackte, die sie am Morgen gekauft hatte. Sie hatte sich noch nie so beschissen gefühlt. In ihren Augen war dieses Weihnachtsfest ein Betrug an dem Mann, den sie liebte. Sie hätte nicht beleidigt sein und auf ihren Standpunkt beharren sollen. Schließlich lebte sie mit ihm zusammen und sollte bei ihm sein statt heulend im Badezimmer ihrer Mutter. Sie gelobte, im neuen Jahr mit dem Rauchen aufzuhören und Zeugin Jehovas zu werden. Was für eine Rolle spielte dieses blöde Weihnachten schon? Sie konnte jederzeit Braten mit Sahnesoße essen und Ingvi Reynir an jedem beliebigen Tag etwas schenken. Man musste kein Weihnachten feiern, um sich zu beschenken. Torfi sagte ja, in der Bibel sei nirgendwo von Weihnachten oder Weihnachtsgeschenken die Rede.

Mama hatte ein schlechtes Gewissen, weil sie erst mit drei Jahren getauft und sechs Monate nach ihren gleichaltrigen Freundinnen konfirmiert worden war. Ohne sich in der Bibel auszukennen. Aber nun würde sie den Wachtturm lesen und direkt nach Silvester mit dem Rauchen aufhören. Davor hatte sie jetzt schon Angst. Sie würde niemals vor den anderen Frauen laut vorlesen können und wollte eigentlich gar nicht aufhören zu rauchen.

Nachdem sie ins Klo gekotzt hatte, zündete sie sich eine Kent an. Natürlich wusste Mama nicht, dass sie sich nicht aus Panik, sondern wegen des Babys übergeben hatte, das in ihrem Bauch heranwuchs.

Unmittelbar nach Silvester, das Mama nicht feierte, erzählte Papa ihr, ein Freund bei den Zeugen Jehovas habe seinen Job an den Nagel gehängt und sein Haus verkauft, weil er nun als Vollzeitpionier arbeiten werde.

„Wie meinst du das?", fragte Mama und bekam einen Knoten im Bauch. Was sollte sie machen, wenn Torfi plötzlich nicht mehr für den Unterhalt der Familie sorgen und seine gesamte Zeit bei diesen verdammten Zeugen Jehovas verbringen würde?

„Er sagt, es lohnt sich nicht, unsere letzten Tage in der gegenwärtigen Weltordnung damit zu vergeuden, Kredite abzubezahlen. Wir müssen etwas unternehmen."

„Nein", sagte Mama kopfschüttelnd. „So was werden wir nicht tun."

„Aber es ist doch eine interessante Idee", erwiderte Papa. „Darf man jetzt gar nichts mehr sagen oder was?"

Sie schwieg, wie so oft. Saß am Küchentisch und strickte einfach weiter. Die Stille konnte bedeuten, dass sie unvermittelt in Tränen ausbrechen würde, das war ihm bewusst. Aber sie konnte auch sauer sein, jeden Moment aufspringen und zu Stella oder Jóhanna laufen und erst zurückkommen, wenn es ihr in den Kram passte.

„Willst du gar nichts sagen?", fragte Papa schließlich, aber Mama antwortete nicht und strickte weiter.

Sie ahnte bereits, dass sie schwanger war, und hatte es Torfi eigentlich sagen wollen. Doch auf einmal konnte sie sich nicht mehr vorstellen, ihm irgendetwas anzuvertrauen. Papa starrte sie an und dachte, dass man mit dieser kindischen Frau einfach nicht zusammenleben konnte. Nie durfte man irgendwas ansprechen. Sie war zwar nicht unbedingt dumm, fand er, auch wenn sie das selbst von sich behauptete. Man konnte nur einfach nicht mit ihr reden, weil sie so dickköpfig war. Mehrmals am Tag bat er Jehova Gott, ihm zu sagen, was bezüglich dieser Frau von ihm erwartet wurde.

Wahrscheinlich erwartete Jehova gar nichts von ihm außer, geduldig abzuwarten. Denn schon bald würde alles vorüber sein. Nicht mehr lange, dann gäbe es keine Freundinnen mehr, die man besuchen konnte. Der Weltuntergang stand unmittelbar bevor, und Stella und Jóhanna und wie sie alle hießen würden sterben. Nur wenn er Hulda

Fríða dazu bringen konnte, den Wachtturm zu studieren, wäre sie mit ihm gerettet.

Er hatte sich so bemüht, es ihr zu erklären. Noch vor einer Woche hatte er alles für sie aufgezeichnet. Er hatte am Küchentisch ein Diagramm gezeichnet, das zeigte, dass der Mensch vor sechstausend Jahren erschaffen worden war. 1.500 Jahre später, als Adam gestorben war, kam die Sintflut. Das verstand sie alles, denn sie glaubte an Gott und die Nationalkirche und betete. Sie wusste auch – weil er es ihr schon so oft gesagt hatte –, dass Jesus 2.500 Jahre nach Noah gepfählt worden war.

Am Ende regte Papa sich furchtbar auf, und Mama machte komplett dicht. Das war das Einzige, was man tun konnte, wenn er wütend wurde. Aber er hörte einfach nicht auf. Blieb sitzen, zeichnete mit zusammengebissenen Zähnen sein kleines Diagramm und rechnete aus, dass der Weltuntergang im Oktober 1975 stattfinden würde, in zweiundzwanzig Monaten.

„Ich geh zu Stella", sagte Mama, schleuderte das Strickzeug auf den Tisch und stand auf. Sollte er doch alleine mit seinem Weltuntergang in der Küche hocken.

37. Kapitel

Biafra-Kind

„Das wird ein wahnsinnig großes Baby", sagte Oma Hulda, als Mama mit mir schwanger war, im Alter von zweiundzwanzig. Beide ahnten nicht, dass ich zwei Monate nach der Geburt mehr tot als lebendig sein würde. Und daran war nicht Mamas Rauchen schuld, denn sie hatte in den ersten Monaten der Schwangerschaft aufgehört und beschlossen, sich beim nächsten Landeskongress taufen zu lassen.

„Er sieht aus wie ein Biafra-Kind", sagten später alle, die zu Besuch kamen. Biafra ist eine Region in Nigeria, die Ende der 1960er Jahre versuchte, die Unabhängigkeit zu erlangen. Daraufhin brach ein langer, erbitterter Bürgerkrieg aus, der in eine berüchtigte Hungersnot und das Ende der Unabhängigkeitsbestrebungen mündete. Die Kinder in Biafra litten am meisten darunter, und die drastischen Bilder der Fotoreporter machten sie zum skrupellosen Symbol der Widersprüche des Lebens: Sie verhungerten, doch der Hunger pumpte ihre Mägen zu riesigen Bäuchen auf.

So sah ich auch aus. Groß und aufgebläht und gleichzeitig von Unterernährung gezeichnet. Das führte zu einer Blutarmut – von Shakespeare als green-sickness bezeichnet und von Helgi Hálfdanarson als „Pest" übersetzt.[34] Natürlich war es keine Pest, sondern Anämie, hypochrome Anämie im medizinischen Fachjargon. Dabei verringert sich die Zahl der roten Blutkörperchen drastisch, und die restlichen werden blasser. Im Mittelalter war man der Meinung, dass vor allem Jungfrauen unter Blutarmut litten, und die Behandlung bestand darin, ihnen einen Mann zu beschaffen. Deswegen heißt dieser Zustand der

---

34 Helgi Hálfdánarson (1911-2009) war ein renommierter Übersetzer, der Shakespeares gesammelte Werke, griechische Tragödien sowie andere Werke der Weltliteratur ins Isländische übertrug.

157

Blutarmut auch virgin's disease oder schlicht lover's fever.

Doch für meine Blutarmut gab es keine romantische Erklärung; sie war eine Folge der sogenannten Hirschsprung-Krankheit oder des kongenitalen Megakolons. Dabei hat der Patient keinen Stuhlgang, weil es aufgrund von fehlenden Nervenzellen in einem großen Bereich des Darmsystems zu einem Darmverschluss kommt. Die Behandlung besteht aus einer Operation, oftmals auch mehreren, und dem Patienten wird mit Hilfe eines Stomabeutels ein künstlicher Darmausgang gelegt. Diese Operationen sind in der Regel mit weiteren Eingriffen und zahlreichen Nebenwirkungen verbunden. Die Situation ist umso kritischer, wenn der Patient so anämisch ist, dass er eine Operation nur mit Hilfe einer Bluttransfusion überleben kann. Für alle Eltern ist das selbstverständlich – bis auf diejenigen, die glauben, der Weltuntergang stehe kurz bevor und Gott habe ein besonderes Bluttransfusionsverbot verhängt.

Doch an Bluttransfusionen und Anämie dachte noch niemand, als ich in den ersten Tagen und Wochen zu Hause lag und mein Bauch anschwoll. Ich war blass und grün im Gesicht. Meine Eltern brauchten keinen Arzt, um zu erkennen, dass ich an Unterernährung sterben würde. Das Leben wich aus meinem Körper, und obwohl Mama und Papa mit mir von Arzt zu Arzt liefen, bekamen sie immer wieder zu hören, da könne man nur abwarten. Und hoffen, dass ich endlich irgendwann in meine Windel kacken und wieder Appetit bekommen würde.

Nachdem ich von der Entbindungsstation nach Hause gekommen war, hatte ich wochenlang keinen Stuhlgang. Die Windel hatte mir auf der Station nur knapp gepasst, weil ich so dick war, aber jetzt hing sie trocken an meinen Hüftknochen, die neben meinem aufgeblähten Bauch herausstachen.

Sie hatten alles versucht, und Mama verlor die Hoffnung. Die meisten Ärzte waren sich einig, dass die junge Mutter hysterisch sei. Mama verstand ihr Fachchinesisch nicht, was es ihnen einfach machte, ihre Sorgen abzutun. Sie fühlte sich unwohl zwischen diesen hochgebildeten Männern mittleren Alters, die sie wie ein dummes kleines

Mädchen behandelten und nicht wie eine zweifache Mutter mit einem sterbenden Säugling im Tragebettchen.

„Was kann man denn machen? Er isst nichts, er macht nicht in die Windel. Was soll ich tun?", fragte Mama panisch einen Arzt nach dem anderen.

„Gehen Sie nach Hause und geben Sie ihm Haferschleim", lautete die Antwort.

Sie tat es, und ich kotzte sofort wieder alles aus.

„Gehen Sie nach Hause und geben Sie ihm gestampfte Möhren."

„Kommen Sie in einer Woche wieder."

„Gehen Sie in die Apotheke und lösen Sie dieses Rezept ein."

„Das ist nur eine Verstopfung. So ein großer, hübscher Junge. Das wird schon. Geben Sie ihm gestampfte Bananen."

So ging es immer weiter, und Mama befolgte die Ratschläge von Experten und Laien. Bei Letzteren gab sie am meisten auf den Rat ihrer Schwiegermutter, Oma Lilja. Ihr medizinisches Fachwissen stammte aus einer Torfhütte in Snæfellsnes, nicht von der Universität Islands. Sie riet ihr, von einem Block Talg ein Stück abzuschneiden und es mir in den After zu schieben. Dieses Hausmittel soll vielen Isländern in den letzten tausend Jahren bei Verstopfung geholfen haben. Am Anfang bildete Mama sich ein, dass es ein wenig half, doch dann brachte es genauso wenig wie alles andere. Manchmal lag ich weinend auf dem Wickeltisch, während Mama sich über mich beugte und mir ein Thermometer in den After steckte, um ein streichholzgroßes Stück Stuhl herauszupulen. Es war eine schreckliche Situation. Mama konnte sich nicht vorstellen, ihr Kind zu verlieren, ihren neugeborenen Jungen, doch nach ein paar Wochen wurde ihr klar, dass das durchaus im Bereich des Möglichen lag.

Ihre Meinung von den Ärzten sank in diesen Wochen stetig, und sie verfluchte sie in Grund und Boden. Dazwischen erzählte sie ihnen immer wieder, dass ich nur einmal richtig Stuhlgang gehabt hätte. Das war das Kindspech gewesen, und es war mir bis an die Stirn gespritzt.

„Verstopfung ist bei Babys nicht ungewöhnlich", sagten die Ärzte.

„Ach ja? Das ist also normal?", schrie Mama bei einem ihrer Arztbesuche und stürzte zur Tür, mit mir auf dem Arm, vor Unterernährung schon ganz benommen.

Der Kinderarzt Björn Guðbrandsson diagnostizierte Dreitagefieber und Ohrenentzündung und schickte Mama mit einem Antibiotikum nach Hause, das überhaupt nicht wirkte. Ich erbrach weiterhin alles, was man mir einzuflößen versuchte. Und hatte keinen Stuhlgang.

Ein paar Tage bevor ich zwei Monate alt wurde, hörte ich auf zu schreien und mich zu winden und fiel in ein fiebriges Koma. Mama drehte durch, schlug wie wild auf Papa ein und brüllte ihn an, er solle etwas tun. Am Ende weinte sie so heftig, dass Papa keinen Sinn darin sah, zum hundertsten Mal zu wiederholen, dass er nichts machen könne.

38. Kapitel

Der einzige Kinderchirurg in Island

Meine Eltern wussten nicht, dass es damals nur einen einzigen Mann im ganzen Land gab, der wissen konnte, woran ich litt. Er hieß Guðmundur Bjarnason und war vor einigen Jahren als ausgebildeter Kinderchirurg aus Schweden nach Island zurückgekehrt. Er war ein imposanter Mann und achtzehn Jahre lang der einzige Kinderchirurg in Island. Nach eigener Aussage bereute er es vom ersten Augenblick, aus Schweden heimgekommen zu sein. Er hätte Island garantiert wieder den Rücken gekehrt und uns ohne Kinderchirurg zurückgelassen, wenn ihn das schlechte Gewissen und die Geldnot nicht geplagt hätten.

Guðmundur und ich begegneten uns durch Zufall. Wohl wegen Mama, die heulte und Papa anflehte, etwas zu unternehmen, einfach irgendwas. Aber zu diesem Zeitpunkt hatten meine Eltern immer noch kein Telefon, und zwischen Papa und Númi herrschte Funkstille. Deshalb lief Papa zum Friseursalon und rief von dort denjenigen an, der ihn dazu gebracht hatte, sich als Zeuge Jehovas taufen zu lassen: Örn Svavarsson.

„Wir sitzen hier mit einem sterbenden Kind", sagte Papa zu seinem Freund Örn, der sich gerade für eine Zusammenkunft bereitmachte. „Ich weiß nicht, was ich tun soll. Er ist schwer krank, und die Ärzte wissen nicht, was es ist."

Örn war damals mit einer Schwedin namens Birgitta verheiratet. Sie war selbstverständlich auch Zeugin Jehovas und außerdem Krankenschwester. Birgitta hatte einen Job im Landeskrankenhaus bekommen, und Örn und sie beschlossen, die Zusammenkunft sausen zu lassen und sich den kleinen Jungen mal anzuschauen.

Als Birgitta mir im Bett meiner Eltern die Decke wegzog, sagte sie: „Er ist dehydriert. Der Junge trocknet aus! Will er nichts trinken?

Er ist total dehydriert!" Sie berührte mich und tastete mich ab und schüttelte den Kopf. Mama saß neben ihr auf dem Bett und weinte, während Örn und Papa zusahen.

Birgitta scheuchte sie alle aus dem Raum und sagte, sie werde einen Arzt namens Guðmundur Bjarnason anrufen. Meine Eltern hatten schon mit vielen Ärzten gesprochen und setzten keine großen Hoffnungen auf einen weiteren. Doch inzwischen war es so weit, dass sie alles getan hätten.

Papa brachte Birgitta zum Friseursalon, von wo sie den Arzt anrief. Laut Papa befand sich Guðmundur gerade auf dem Weg zum Golfplatz, – er war einer der wenigen Isländer, die damals schon begeistert Golf spielten. Seine Begeisterung war sogar so groß, dass er selbst Anfang Oktober noch spielte. Mama behauptet hingegen, Guðmundur sei schon auf dem Golfplatz gewesen, und nachdem der Platzwart ihn ans Telefon gerufen habe, sei er sofort zum Laugavegur gefahren. Das Wichtige ist jedoch, dass Guðmundur Bjarnason – der einzige Kinderchirurg in Island – an diesem Sonntag, dem 6. Oktober 1975, die Treppe im Laugavegur 19b hinaufmarschierte und an unsere Tür klopfte.

Guðmundur legte mich im Schlafzimmer auf Mamas Frisierkommode und untersuchte mich. Nach einer Weile sagte er beiläufig, fast so, als spräche er übers Wetter:

„Er ist mehr tot als lebendig."

Und fügte dann hinzu:

„Ich muss dieses Kind mit ins Krankenhaus nehmen."

Dann schaute er zu Birgitta – es fiel ihm aus irgendeinem Grund immer leichter, mit Kollegen zu reden als mit Angehörigen – und sagte:

„Er muss sofort ins Krankenhaus." Er wickelte mich in eine Decke, nahm mich auf den Arm und blickte zu meinen Eltern.

„Haben Sie ein Tragebett?"

„Ja", antwortete Papa und begann hektisch, das Tragebett zu suchen. Mama stand mit Ingvi Reynir am Rockzipfel daneben und versuchte zu begreifen, was geschah. Als sie eine Frage stellen wollte, brachte sie kein Wort heraus. Bevor sie sich versah, lag ihr kleiner

Junge im Tragebettchen, und Papa hastete damit die Treppe hinunter zum Wagen des Arztes. Wir drei fuhren los, während sie mit Ingvi Reynir, Örn und Birgitta zurückblieb. Als die beiden ihr anboten, bei ihr zu bleiben, kamen auch keine Worte, nur Tränen. Sie liefen ihr über die Wangen und tropften in den Kragen ihrer Bluse, denn damals trugen Frauen noch Blusen.

39. Kapitel

Der Junge bekommt kein Blut

„Nach Röntgenuntersuchung wurde bei dem Jungen eine starke Entzündung des Dickdarms diagnostiziert. Im unteren Bereich offenbar keine größere Ansammlung von Luft. Bei erneuter Untersuchung wurde ein Einschnitt vorne sowie ein klar erkennbarer Ring entdeckt, vermutlich ein Kontraktionsring. Verabreichung von Microlax, danach Abgang einer enormen Menge extrem übelriechenden Stuhls. Nach Einführen eines Katheters bis zu der irritierten Stelle im Anus weiterer Abgang von Stuhl. Nach tieferem Einführen des Katheters und Injektion von 5-10 ml Salzlösung Abgang einer gewaltigen Menge Luft und Stuhl, was dem Patienten Erleichterung verschaffte und den Bauchraum weicher machte. Zuvor wurde eine Magensonde gelegt, aber der Magen war leer, was die Röntgenbilder bestätigen. Im Dünndarm keine Flüssigkeit sichtbar und keine Anzeichen von Darmverschluss. Alles weist darauf hin, dass es sich um die Hirschsprung-Krankheit oder intestinale Aganglionose handelt.“

Krankenbericht Landeskrankenhaus, 6. Oktober 1974

Nach der Ankunft im Krankenhaus leitete Guðmundur unverzüglich Maßnahmen ein, um herauszufinden, worunter der knapp zwei Monate alte Junge litt. Zudem erläuterte er dem gestressten Vater ruhig, dass sein Sohn über einen Venenkatheter künstlich ernährt werden müsse. Blutuntersuchungen hätten bestätigt, dass das Kind aufgrund von inneren Blutungen im Darmbereich anämisch sei.

„Ihr gebt ihm kein Blut", fiel Papa dem Arzt ins Wort.

„Wie bitte?", entgegnete Guðmundur irritiert. „Was meinen Sie?"

„Wir sind Zeugen Jehovas und lehnen Bluttransfusionen aus religiöser Überzeugung ab", antwortete Papa. Es war ihm egal, dass der Satz klang, als hätte er ihn lange auswendig gelernt. Er hatte ihn lange auswendig gelernt. Torfi Geirmundsson war ein disziplinierter Diener des Herrn, den man im Indoktrinationszentrum der Zeugen Jehovas einer Gehirnwäsche unterzogen hatte. Genau so klangen 1974 Leute, denen man eine Gehirnwäsche verpasst hatte, und so klingen sie noch heute.

Guðmundur erinnerte sich, seinerzeit in Schweden mit solchen Leuten zu tun gehabt zu haben. Dennoch ließ er es sich nicht nehmen, Papa zu erklären, dass der Hämoglobinwert im Blut des Jungen gefährlich niedrig sei.

„Ihnen ist doch klar, dass Blut lebensnotwendig ist, um unter anderem Sauerstoff durch den Körper zu transportieren", sagte Guðmundur, darum bemüht, einfach weiterzureden, damit Papa keine Chance hatte, ihm ins Wort zu fallen. „Wenn die Blutwerte so schlecht sind und ein Hämoglobinmangel vorliegt, transportiert das Blut keinen Sauerstoff mehr, wodurch zuerst das Gehirn des Jungen angegriffen wird. Es wird geschädigt."

Guðmundur und Papa musterten einander, beide gleich stur. Letzterer verschränkte die Arme und erwiderte, er würde sich nicht von irgendeiner Hämoglobin-Propaganda verschaukeln lassen.

„Der Junge bekommt kein Blut, und damit basta!" Papa war lauter geworden, und seine Stimme dröhnte durch den Krankenhausflur. „Ich kenne meine Rechte, und ich habe das Recht, eine Bluttransfusion abzulehnen!", brüllte er. Guðmundur holte tief Luft und sagte ein paar Sekunden lang gar nichts, in der Hoffnung, der junge Mann würde aufhören zu brüllen.

„Na gut, mein Freund", sagte Guðmundur schließlich so leise, dass nur Papa ihn hören konnte. „Aber das ist ein Krankenhaus, und Sie haben kein Recht, hier herumzubrüllen. Außerdem geht es nicht um Sie, sondern um ein knapp zwei Monate altes Kind, das nicht selbst entscheiden kann."

„Er ist mein Sohn, und ich entscheide für ihn. Mein Sohn

bekommt kein Blut", beharrte Papa. Es ist zweifellos Interpretationssache, ob er noch brüllte oder nicht, aber er sprach zumindest sehr laut. Als wollte er, dass alle hörten, was er zu sagen hatte.

„Jetzt mäßigen Sie sich mal, Junge." Guðmundur war doppelt so alt wie Papa und fühlte sich durchaus berechtigt, ihn „Junge" zu nennen. „Es kann sein, dass ich den Kleinen notoperieren muss, und in seinem momentanen Zustand überlebt er eine Operation nicht, wenn er kein Blut bekommt."

„Mein Sohn bekommt kein Blut", sagte Papa und klang jetzt wie ein schmollendes Kind, das sich seinen Eltern widersetzt.

Guðmundur lehnte sich auf seinem Stuhl zurück und hätte am liebsten das Gesicht in den Händen vergraben und geflucht. Er verschränkte die Arme und unterdrückte das Fluchen nicht länger. Meine Eltern und einige seiner Kollegen nannten ihn häufig den gottverdammten Guðmundur, weil er so viel fluchte.

„Scheiße, verfluchte, verdammte!", skandierte er, als spräche er ein buddhistisches Mantra oder ein christliches Gebet. Papa weiß noch, dass Guðmundur immer Flüche aneinanderreihte, wenn ihm etwas missfiel.

Guðmundur hatte von Anfang an eine Antipathie gegen Papa, weil er wusste, dass die Sache schlimm ausgehen konnte. In Schweden hatten die Ärzte furchtbaren Ärger mit diesen verrückten Zeugen Jehovas, die nicht für Argumente zugänglich waren. Er war davon überzeugt, dass dieser Torfi genau der Typ war, der gegen alles opponierte, ständig Ärger machte und herumdiskutierte. Wahrscheinlich lässt sich der junge Mann mit Vernunft ohnehin nicht zur Räson bringen, dachte Guðmundur und fragte Papa nach der Mutter des Jungen, wann sie denn kommen werde.

„Keine Ahnung", antwortete Papa. „Die hat wahrscheinlich die Schnauze voll von unverschämten Ärzten wie Ihnen, die immer alles besser wissen und sie wie ein kleines hysterisches Mädchen behandeln."

Guðmundur schüttelte resigniert den Kopf und nahm sich vor, der Mutter des Jungen ins Gewissen zu reden, sobald sie auftauchte.

Die Wahrscheinlichkeit, dass ihr Mutterherz sich erweichen ließe, war größer. Offensichtlich war bei diesem jungen, verbohrten Mann Hopfen und Malz verloren.

40. Kapitel

Im Paradies
braucht niemand einen Arzt

Nach dem Gespräch mit Guðmundur versteckte Mama sich in der Krankenhaustoilette, um Jehova zu Rate zu ziehen. Jehova Gott zeigte kein Interesse. Vermutlich weil sie noch nicht formell getauft war. Sie hatte gerade erst angefangen zu studieren und zu lernen, mit ihrem neuen Gott zu kommunizieren. Guðmundur hatte ihr ausführlich erklärt, dass man nicht viel für ihren Sohn tun könne, solange sein Zustand sich nicht stabilisiere. Der einzige Weg, das Kind zu stärken, sei, ihm Blut zu verabreichen. Als man den Darm mit Salzwasser gespült und mit Klistier gereinigt habe, sei zusammen mit dem Stuhl eine beträchtliche Menge Blut abgegangen.

„Sein Hämoglobinwert war schon viel zu niedrig, als er ins Krankenhaus kam. Und in den vergangenen vier Tagen ist er noch einmal um zehn, fünfzehn Prozent gesunken", erläuterte Guðmundur. Er konnte sehen, dass Mama versuchte, ihm nicht zuzuhören, weil sie Angst vor ihrem Mann und vor Gott hatte.

Dennoch hörte Mama alles. Sie hat mir gesagt, dass sie wie betäubt war, aber trotzdem alles mitbekam, was der Arzt sagte. Der Sauerstoffgehalt in meinem Blut lag weit unter dem, was man normalerweise zum Überleben brauchte. Soweit hätte es nicht kommen dürfen, und es ging mir viel schlechter als nötig.

„Wenn wir keine Zeugen Jehovas wären, wäre alles ganz anders gelaufen", sagt Mama. „Dein Zustand hätte sich sofort verbessert, und du wärst operiert worden. Wir sind ein großes Risiko eingegangen, das finde ich am schlimmsten. Ich gebe nicht nur deinem Vater die Schuld, obwohl er so hart blieb. Ich habe mich oft gefragt, was ich eigentlich dachte. Ich weiß es nicht. Ich weiß nicht, warum ich dir nicht beigestanden habe."

Sie weinte viel, was Guðmundur natürlich mitbekam. Wenn er versuchte, mit ihr zu reden, bekam sie Heulanfälle. Torfi hingegen hatte eine große Klappe, stritt und diskutierte endlos mit ihm herum. Erst als er auf der Arbeit war, konnte Guðmundur Mama abfangen, alleine. Er musste die Gelegenheit nutzen, um ihr klarzumachen, wie ernst der Zustand des Jungen war. Als er seinen Vortrag beendet hatte, verschwand Mama laut schluchzend in der Toilette und murmelte etwas über Jehova und Konsorten.

Guðmundur hatte keine Zeit für dieses Theater. Als einziger Kinderchirurg im ganzen Land musste er sich noch um viele andere Patienten kümmern. Doch um dieses junge Paar machte er sich definitiv die meisten Sorgen. Torfi hatte gedroht, das Kind aus dem Krankenhaus zu holen und mit ihm ins Ausland zu fliehen, falls sich sein Verdacht bestätigen sollte, dass Guðmundur ihm Blut gab. Die Ältesten in der Gemeinschaft bestanden darauf und hatten einen telefonischen Kontakt zu Ärzten in England hergestellt. Die erklärten Papa jedoch, Guðmundur Bjarnason sei einer der besten Chirurgen in ganz Europa. Doch Papa ging davon aus, dass alle Ärzte der Welt sich verschworen hatten, dem kleinen Mikael illegal Blut zu verabreichen. Torfi Geirmundsson kannte sein Recht, und sein Recht war es, nicht lockerzulassen. Wenn sein Sohn auch nur einen Tropfen Blut eines anderen Menschen bekäme, bedeutete das für ihn Ausschluss aus der Gemeinschaft und strikte Verbannung. So ist es noch heute.

Wenn es doch nur Ärzte gäbe, die Zeugen Jehovas sind, dachte Papa. Der Hintergrund war nicht nur der, dass die Zeugen Jehovas behaupteten, Blut- und Organspenden seien letztendlich nichts anderes als Kannibalismus, sondern auch, dass die Gemeinschaft gegen Bildung war. Im Paradies braucht niemand einen Arzt oder irgendwelche Diplome. Zumal es nur eine Wahrheit gibt, und die findet man in der Bibel. Dabei gilt allerdings nur die Interpretation der leitenden Körperschaft und des Wachtturms.

„Wir unterhalten uns später weiter, Hulda", sagte Guðmundur schließlich durch die Toilettentür und ging zu seiner Visite.

Selbst wenn man mit diesen Leuten nicht reden oder sie zur Vernunft bringen konnte, war Guðmundur noch lange nicht bereit aufzugeben. Er sollte noch unzählige Diskussionen mit Papa führen, und Mama würde noch zahlreiche Tränen vergießen. Was das betraf, waren sich Guðmundur und Papa nicht unähnlich, – beide unerbittliche Kämpfer, die sich weigerten aufzugeben.

Nachdem Guðmundur vergeblich versucht hatte, Mama umzustimmen, untersuchte er mich bei der Visite, vier Tage nach meiner Einlieferung ins Krankenhaus. Ich war immer noch sehr schwach, schwächer als bei meiner Ankunft. Guðmundur fand es unfassbar, wie man behaupten konnte, Gott interessiere sich dafür, ob dieses Kind Blut bekommen würde oder nicht. Er hatte nicht den Eindruck, dass der Gott meiner Eltern sich auch nur im Geringsten für die Geschehnisse auf dieser Welt interessierte, nachdem er sie erschaffen hatte.

Das, was Guðmundur brauchte, war Zeit. Es gibt nämlich diverse Methoden, die Blutwerte zu verbessern, ohne dem Patienten Blut zu verabreichen, wenn man Zeit hat. Selbst vierzig Jahre danach weiß Guðmundur noch alles, was in jenen Tagen geschah. Er hat mir gesagt, wenn er mich in diesem Augenblick nicht in der Wohnung meiner Eltern im Laugavegur gefunden hätte, wäre ich gestorben. Dann wäre ich vielleicht auf der Titelseite von Erwachet! gelandet, zusammen mit anderen Kindern, die von ihren Eltern genötigt wurden, sich dafür zu „entscheiden", für ihren grausamen Gott zu sterben.

41. Kapitel

Der alte Stefán von Mööðrudalur

Mein Hämoglobinwert stieg urplötzlich um ein Viertel, und zwar in der Nacht, nachdem Guðmundur mit Mama gesprochen hatte. Damals herrschte in Krankenhäusern noch die Regel, dass Eltern ihre Kinder möglichst nur zu fest vereinbarten Zeiten besuchen sollten. Es war undenkbar, dass sie abends oder nachts im Krankenhaus auftauchten, und so konnte natürlich alles Mögliche passieren, ohne dass es jemand mitbekam.

Im Bericht des Landeskrankenhauses wird der unerwartete Anstieg des Hämoglobinwerts in meinem Blut damit erklärt, dass „entweder die früheren Messungen falsch waren oder das Eisenpräparat sehr gut angeschlagen hat".

Guðmundur war zufrieden. Jetzt hatte er die Zeit, die er brauchte, um mich für die Operation aufzupäppeln. Wobei es ihn bestimmt genervt hat, dass Papa sich über diese unerwartete Neuigkeit hämisch freute. Papa war nämlich der Meinung, Jehova und er hätten recht gehabt, dass eine Bluttransfusion unnötig sei. Die gesamte Ärztemafia, die in Wirklichkeit nur aus diesem einen Mann, dem Chirurgen Guðmundur Bjarnason bestand, war im Unrecht gewesen.

„Nein, ich hatte nicht unrecht", wandte Guðmundur ein. „Der Junge braucht immer noch Blut, und zwar sofort. Und Sie müssen auch einwilligen, dass Ihr Sohn Blut bekommt, wenn ich ihn operiere."

„Mein Sohn bekommt kein Blut", erwiderte Papa triumphierend und mit einem breiten Grinsen. „Geben Sie's doch zu! Ich hatte recht."

Guðmundur schüttelte den Kopf über die Naivität des jungen Mannes. Papa saß dem Arzt in seinem Büro gegenüber und war seit Wochen nicht mehr so glücklich gewesen. Er hatte einen ganzen Arm voll Artikel aus dem Wachtturm und andere Zeitschriften dabei, die vor Blutspenden warnten.

„Für mich ist das nicht nur etwas Religiöses. Blutspenden sind lebensgefährlich", sagte Papa und hielt ihm ein paar Artikel von amerikanischen Ärzten hin, die Guðmundur kurz überflog, bevor er Papa ziemlich entnervt anschaute.

„Torfi, Sie wissen doch selbst, dass Ärzte verdammte Idioten sein können. Was soll ich denn zu einem Artikel von irgendeinem Arzt sagen, den ich überhaupt nicht kenne?"

Papa gab nicht auf und belehrte Guðmundur über Gelbsucht und andere Krankheiten, die er mit lebensgefährlichen Blutspenden in Verbindung brachte.

„Hier ist ein Artikel darüber, was für Geschäfte mit diesen Blutspenden gemacht werden!", sagte Papa und wedelte mit einem Ausschnitt aus einer bekannten ausländischen Zeitung. Darin ging es um große Firmen im medizinischen Bereich, die armen Leuten auf den Philippinen Blut für westliche Blutbanken abkauften.

„Dass ich überhaupt hier sitze und mir dieses dumme Gewäsch anhöre!", wetterte Guðmundur, aber Papa redete einfach weiter: „Sie und Ihresgleichen wollen den Leuten einreden, dass Bluttransfusionen Leben retten, aber das stimmt einfach nicht."

„Das stimmt nicht? Ich sage es Ihnen zum letzten Mal: Wenn Mikael kein Blut bekommt, kann er sterben. Was, wenn er mitten in der OP Blut braucht und keins bekommt? Dann stirbt er garantiert."

„Nein, nein. Sie müssen beim Operieren nur aufpassen, dass Sie nicht alle Venen durchtrennen und er nicht die ganze Zeit blutet."

Guðmundur hatte keine Lust, auf diesen Schwachsinn einzugehen. Er seufzte nur, aber Papa machte weiter und erzählte ihm von einem Kunden im Friseursalon, dem alten Stefán von Möðrudalur. Der stimmte mit Papas medizinischer Auffassung überein und hatte den jungen Vater ermutigt, den Kampf gegen die Ärztemafia nicht aufzugeben.

„Weißt du, Torfi", hatte Stefán aus Möðrudalur gesagt, „mein Vater war ein großer Arzt und hat viele Pferde geheilt, und der konnte so operieren, dass er keine Venen durchtrennt hat und es nicht saumäßig blutete wie bei allen anderen Ärzten. Und denen musste man nie Blut geben, den Pferden, die mein Vater operiert hat."

„Das ist der größte Unfug, den ich je gehört habe. Möchten Sie, dass ich Ihren Sohn so operiere wie irgendein isländischer Bauerntölpel im neunzehnten Jahrhundert?"

„Nein, das hab ich nicht gesagt", widersprach Papa und wollte noch viel mehr sagen, aber Guðmundur war aufgestanden. Er hatte für heute genug von Papas Unsinn.

Inzwischen ist Guðmundur davon überzeugt, dass es überhaupt nichts brachte, mit Papa zu diskutieren, obwohl er es immer wieder versuchte. In den Jahren, als ich so oft im Krankenhaus war, stritten sie sich andauernd, und Papa glaubt immer noch, er habe auf gewisse Weise recht gehabt. Aber er ist natürlich in der Defensive. Es ist schwer zu akzeptieren, dass man seinen Sohn aufgrund einer religiösen Überzeugung opfern wollte, die sich eines Tages urplötzlich in Luft aufgelöst hat.

Was die Bluttransfusionen angeht, will Guðmundur selbst heute nicht darüber sprechen, was genau passiert ist. Er ist 84 Jahre alt, arbeitet längst nicht mehr und malt in seinem Haus in Grafarvogur wunderschöne Landschaftsbilder. Er sieht noch genauso aus, wie ich ihn in Erinnerung habe, zwar ergraut, aber immer noch eine imposante Erscheinung. Er hat mir gesagt, ein Mann in seiner Position solle am besten behaupten, er könne sich an nichts erinnern.

„Wenn ich die Frage, ob du nachts Blut bekommen hat, mit *Ja* beantworte, kann man nie wissen, welche Geister man damit ruft. Am besten sagt man einfach, man wüsste es nicht mehr", sagt er. Aber an alles andere erinnert er sich, als wäre es gestern gewesen.

Guðmundur sagt auch, man sei vor der Operation fest davon ausgegangen, dass ich eine Bluttransfusion bräuchte, aber es sei schwierig gewesen, meinem Vater das begreiflich zu machen.

„Da ist man natürlich geneigt, eher an den Patienten zu denken als an jemanden, der in dessen Namen eine Behandlung ablehnt."

Guðmundur glaubt, dass Chirurgen ihren Patienten einfach Blut verabreichen, wenn sie es für notwendig halten, unabhängig davon, was andere sagen.

„Ich denke, das muss so sein. Wenn man es nicht tut, hat man für immer und ewig ein schlechtes Gewissen. Und das ist viel schlimmer, als mal eine Zeitlang von jemandem verflucht zu werden, weil man Blut verabreicht hat. Das ist meine Meinung."

42. Kapitel

Der Engel Ragnar

Zwei Monate und mehrere Operationen später hatte Guðmundur ein Stück meines Darms durch eine Öffnung in der Bauchwand geführt und daran einen Stomabeutel befestigt. Allerdings gab es für einen so kleinen Jungen keine passenden Stomabeutel, sodass man sich mit Urostomiebeuteln behalf, die man beim Großhandel in der Njálsgata kaufen konnte. Jeder Beutel musste ausgespült und mehrfach benutzt werden, weil es sonst für die kleine Familie im Laugavegur zu teuer gewesen wäre, genauso wie für die junge isländische Republik, die es sich in jenen Jahren – und auch heute noch – kaum leisten konnte, ein Landeskrankenhaus zu betreiben.

Papa stritt sich fast täglich mit Guðmundur, und Mama wich ihren Blicken aus, damit sie nicht auf die Idee kamen, sie in ihre Diskussion hineinzuziehen. Sie dachte, sie könne nichts dazu sagen, und verhielt sich möglichst unauffällig. Papa sprach für sie beide, und es war völlig egal, was Guðmundur sagte, – Torfi ging sofort an die Decke. Einmal saßen sie in Guðmundurs Büro, und der Arzt beugte sich zu diesem zwanzigjährigen Knaben und fragte ihn ernst, ob er seinen kleinen Sohn wirklich einem so großen Risiko aussetzen wolle.

„Mikael bekommt kein Blut", sagte Papa klar und deutlich. Er würde nie nachgeben. Die Vorschriften der Ältesten in Brooklyn waren eindeutig.

Heute haben sich diese Vorschriften etwas gelockert. Ein Jahr nach Papas Ausstoß aus der Gemeinschaft wegen Ehebruchs entschied der Überrest in Brooklyn sogar, dass Zeugen Jehovas Organspenden annehmen dürfen. Als ich der Gemeinschaft durch meine Eltern angehörte, war das noch verboten und ein Ausschlussgrund. Organ- und Blutspenden galten als Kannibalismus. Doch selbst als Organspenden

175

1980 erlaubt wurden, beharrte man weiterhin darauf, dass Blutspenden für Zeugen Jehovas niemals gestattet würden, weil die Seele, unser heiliger Lebensgeist, in den Adern des Menschen schwimmt.

Es sprach sich in der ganzen Stadt herum, dass der Friseur Torfi Geirmundsson und seine Frau einen kleinen Sohn hatten, der todkrank im Krankenhaus lag, weil seine Eltern gegen eine Bluttransfusion waren. Reykjavík war damals noch kleiner, und auch wenn die damaligen Zeitungen und Zeitschriften nicht über den kleinen Mikael berichteten, war der Fall in aller Munde. Viele Leute wussten, dass Torfi die Ärzte und Krankenschwestern auf den Gängen der Kinderstation anschrie, während die Mutter, Hulda Fríða, sich möglichst bedeckt hielt und der patriarchischen Gemeinschaft gehorchte, der sie angehörte, seit sie sich im Schwimmbad zur großen Freude ihres Mannes und ihrer Geschwister hatte taufen lassen.

Kurz nach der Taufe hatte Mama Geburtstag, den sie aber nun nicht mehr feiern durfte. Am 15. Dezember wurde sie 23 Jahre alt und hatte gar keine Zeit, an ihren Geburtstag zu denken, weil ich so krank war. Papas vierundzwanzigster Geburtstag war vier Tage später. Mir ging es an diesem Tag so schlecht, dass ich kaum noch Überlebenschancen hatte. Meine Eltern wurden aufgefordert, sich von mir zu verabschieden, und Mama weinte, während Papa optimistisch war, mich bald im Paradies zu sehen.

Engel können uns in vielerlei Formen begegnen, und in diesen schwierigen Tagen am Anfang meines Lebens erschien mir ein Engel in Gestalt eines jungen Homosexuellen, den ich Zeit seines Lebens jedoch nie persönlich kennenlernte. Aber er ging oft zu Papa und bekniete ihn, die Sache nochmals zu überdenken und seinen kleinen Sohn lieber leben als aufgrund der religiösen Überzeugung seiner Eltern sterben zu lassen. Dieser Mann hieß Ragnar Michelsen und war Florist. Er war einer der Ersten, die sich in Reykjavík offen als homosexuell outeten. Über Homosexuelle wurde in Island lange die Nase gerümpft, und Ragnar wusste, was es bedeutete, keinen Fürsprecher zu haben. Ohne mich zu kennen, wurde er zu meinem Fürsprecher, als sich noch nicht einmal Mama für den Schutz meines Lebens einsetzte. Papa verachtete Ragnar aus offenkundigen Gründen. Homosexualität ist für die Ältesten der Zeugen Jehovas eine Perversion, und meine Schwester wurde später aus der Gemeinschaft ausgestoßen, weil sie lesbisch war. Als das herauskam, regte sich Papa längst nicht mehr über Homosexualität auf – sein Schwulenhass verpuffte an dem Tag, als er exkommuniziert wurde.

Ragnar besuchte Papa im Friseursalon und rief ihn auch an, um ihn umzustimmen. Manchmal stritten sie sich heftig, doch Papa bereiteten diese Streitereien kein besonderes Vergnügen. Es war ihm unangenehm, mit einer Schwuchtel darüber zu reden, was für mich das Beste wäre.

„Der Schwule hält sich für was Besseres. Der lügt sich selbst vor, er hätte schon so viele Menschenleben gerettet, weil er in der Reykjavíker Blutbank Blut spendet", sagte Papa zu den Ältesten. Einigen von ihnen wurde regelrecht übel bei der Vorstellung, denn für sie gab es kaum etwas Abscheulicheres als Raggi Michelsen, den schwulen Floristen.

Papa und ich haben meine ersten Lebensjahre und seinen Kampf gegen Bluttransfusionen inzwischen längst verarbeitet. Doch aus irgendeinem Grund erzählte er mir erst vor ein paar Jahren von Ragnar, dem Floristen, der Zeit seines Lebens dafür bekannt war, für die Rechte Homosexueller einzutreten und junge Menschen bei ihrem Coming-Out zu unterstützen. Nachdem Papa mir diese Geschichte erzählt hatte, suchte ich nach Ragnar und fand heraus, dass er 2012 gestorben war. Deshalb konnte ich mich nie bei ihm dafür bedanken, dass er mir seine Stimme lieh, als ich selbst keine hatte.

43. Kapitel

Zeit, sich zu verabschieden

„Kinder sind Individuen, die noch die ganze Zukunft vor sich haben. Es ist nichts dagegen einzuwenden, einen Achtzigjährigen wie mich zu behandeln, aber sein Leben wird man wohl nicht mehr um viele Jahre verlängern. Er hat sein Leben gelebt. Etwas ganz anderes ist es hingegen, einen Säugling mit einer lebensbedrohlichen Krankheit zu operieren und ihm dadurch die Chance zu geben, achtzig zu werden. Das ist befriedigend.“

Guðmundur Bjarnason, Ärztejournal, 2010

Mama sagt, Guðmundur Bjarnason sei immer sehr barsch zu Papa gewesen und habe ihn heftig bekämpft. Sie behauptet, Guðmundur habe den jungen Torfi Geirmundsson nicht leiden können, aber Papa ist da ganz anderer Meinung. Er beharrt darauf, dass es Guðmundur Spaß gemacht habe, mit ihm über diese Themen zu sprechen. Sie hätten es beide genossen, darüber zu diskutieren, ob man mir Blut verabreichen sollte oder nicht. Das widerspricht sowohl Mamas Auffassung als auch der von Guðmundur, der sagt, er sei nie einem solchen Dickkopf wie Papa begegnet und habe seine Argumente nie ernst genommen. Doch davon ließ sich Papa nicht beirren und reagierte auch nicht empfindlich, wenn Guðmundur die Kontrolle verlor und ihn in Grund und Boden verfluchte. Papa behauptet sogar, Guðmundur habe ihm gegenüber zugegeben, dass er selbst nicht viel von Bluttransfusionen halte. Das ist natürlich Unsinn und Teil von Papas Selbstrechtfertigung; noch heute fällt es ihm schwer, sich einzugestehen, dass er damals unrecht hatte.

„Ich war nicht extrem“, sagt Papa, wenn er die Gespräche mit Guðmundur rekapituliert. „Ich hatte gute Argumente, und es ging nicht nur um Gott. Medizinisch gesehen sprach Vieles gegen Bluttransfusionen."

Heute, vierzig Jahre später, schüttelt Guðmundur immer noch den Kopf über die ganze Geschichte und sagt, Papa habe nie verstanden, worum es ging. Und obwohl einiges dafür spricht, dass mir im Schutz der Nacht Blut verabreicht wurde, das mich am Leben hielt, führten Papas Gezeter und Drohungen, er würde mit mir ins Ausland fliehen, dazu, dass ich viel länger viel schwächer war als nötig.

Es war an Mamas Geburtstag, ich war gerade vier Monate alt, als sie zur Besuchszeit kam und sah, dass es mir sehr schlecht ging.

Ich hatte immer noch nicht wieder mein Geburtsgewicht erreicht und musste ans Bett fixiert werden, weil ich mich von einer Operation erholte und nicht an den Verbänden und Nähten herumfummeln durfte. Mama fand es schlimm, dass sie mich nicht auf den Arm nehmen durfte, und beugte sich nah an mein Gesicht, damit ich ihren Atem spüren konnte, während sie mich mit den Fingern streichelte. Sie hatte herausgefunden, dass ich am liebsten auf dem Kopf und unter den Fußsohlen gestreichelt werden wollte. Die Berührung der Haut, möglichst weit von den Einschnitten und der Öffnung in meinem Bauch entfernt, fühlte sich so gut an.

Doch diesmal merkte sie, dass ich große Schmerzen hatte. „Um Himmels Willen!", stieß sie hervor und rief nach der Krankenschwester. „Hören Sie, er hat schreckliche Schmerzen", sagte sie eindringlich, um der Frau klarzumachen, dass hier der Instinkt einer Mutter sprach, die Bescheid weiß, weil sie ihr Kind neun Monate lang in sich getragen hat. Wir waren miteinander verbunden, und ich reagierte an diesem Tag nicht auf die Liebkosungen ihrer Finger. Ich weinte nicht, sondern starrte mit leeren Augen an die weiße Krankenhausdecke, mit konzentriertem Blick wie ein erwachsener Mann.

Bei der Untersuchung kam nichts Besonderes heraus, doch zwei Tage später war die Situation unverändert; ich lag immer noch in meinem Bett, an Armen und Beinen fixiert, und starrte ausdruckslos an die Decke, ohne zu weinen. Mama kam zur verabredeten Zeit und betrachtete mich, und wieder einmal erinnerte ich sie an die Kinder in Biafra. Sie starrten einen mit denselben leeren Augen von den Nachrichtenbildern an und konnten sich kaum auf ihren dünnen Beinchen halten, während sie geduldig auf den Tod warteten. Wenn Mama heute an diese Zeit zurückdenkt, wünscht sie sich sehnlich, sie hätte den Mut gehabt, gegen Papa und die Ältesten aufzubegehren und darauf zu beharren, dass Guðmundur alles täte, was in seiner Macht stünde, um mich wieder gesund zu machen.

„Hören Sie, irgendwas stimmt nicht mit ihm", sagte Mama an diesem dritten Tag zu der Krankenschwester am Aufnahmetresen und bat sie, den Arzt zu holen.

Als Guðmundur schließlich kam, wurde Mama unverzüglich in den Flur geschickt, damit sie nicht im Weg war. Sie ging ein Telefon suchen und rief Papa an, und ein paar Minuten später war er da. Mama sagt, dass Papa sie trotz der vielen Auseinandersetzungen mit Guðmundur während dieser gesamten Zeit gut behandelt habe.

Endlich kam Guðmundur wieder heraus, zusammen mit den Krankenschwestern, die mich im Bett zu meinen Eltern rollten. Er sagte ihnen, es sei an der Zeit, sich von mir zu verabschieden. Er könne jedenfalls nichts versprechen, mein Zustand sei höchst besorgniserregend.

„Er hat wahrscheinlich eine peritoneale Adhäsion. Sein Bauchfell ist zusammengewachsen, wir müssen ihn sofort operieren, aber ich fürchte, dass der arme Kleine viel zu schwach ist, um die OP zu überleben", erklärte er. Mama schluchzte heftig, und Papa musste sie festhalten, weil sie aufsprang, zu meinem Bett stürzte und mich mit Küssen bedecken wollte. Sie packte Guðmundur am Arm und befahl ihm, alles zu tun, was er könne, um mein Leben zu retten.

„Sie geben ihm kein Blut!", fiel Papa ihr ins Wort und zerrte sie von mir und dem Arzt weg. Der schüttelte nur den Kopf und schob mich in meinem Bett direkt in einen isolierten Operationssaal.

44. Kapitel

Micky Maus aus Plastik

Nach einer sechsstündigen Operation kam Guðmundur endlich wieder heraus. Sofort fragte Papa ihn, ob er nicht optimistisch sei, dass ich überleben würde.

„Ich bin immer optimistisch, bis die Hölle ausbricht", antwortete Guðmundur bissig und teilte ihnen mit, mein Zustand sei kritisch.

Mama vergrub das Gesicht in den Händen und weinte. Papa zwang Guðmundur, ihm zu versichern, dass er mir kein Blut gegeben hätte. Guðmundur bejahte und ließ diese rettungslos verlorenen jungen Leute einfach stehen, die noch einen zweiten Sohn zu Hause hatten, der natürlich bei dem ganzen Chaos völlig in Vergessenheit geraten war.

Mama sagt, diese Tage im Dezember 1974 seien verschwommen, dennoch erinnere sie sich an alles. Sie weiß noch, wie verloren sie sich vorkam, dass sie nicht schlafen konnte, nicht aufhören konnte zu weinen.

„Heute würde ich alles anders machen", sagt sie mir jetzt. „Ich spüre es. Heute würde ich alles ganz anders machen. Ich weiß es. Ich spüre es. Ich würde den Ältesten und deinem Vater sagen, sie sollen den Mund halten. Es wäre alles ganz anders gelaufen. Es hätte alles anders laufen sollen."

Sie starrt vor sich hin, kurz nach ihrem dreiundsechzigsten Geburtstag, und es ist, als wäre sie wieder im Wartezimmer des Landeskrankenhauses an der Hringbraut. Tränen laufen ihr über die Wangen, und ich weine mit ihr.

Mama würde heute alles ganz anders machen. Ich weiß es. Ich spüre es. Wenn sie die Gelegenheit hätte, würde sie alles ganz, ganz anders machen. Sie würde aufstehen und ihnen den Mund verbieten und für mich kämpfen. Aber damals hat sie es nicht getan. Sie hat nur geweint, und als sie endlich damit aufhörte und aufstand, ging sie raus und rief ihre Mutter an.

„Mama, sie sagen, Mikael würde nicht überleben! Mikael stirbt vielleicht", schluchzte sie, und Oma Hulda brach in Tränen aus.

Tief im Inneren spürte Mama, dass Oma es nicht verdient hatte, wegen mir zu weinen, weil sie nie dagewesen war. Oma Hulda war in jenen Jahren unglücklich, von allen möglichen Tabletten abhängig und hatte nichts zu geben außer diesen Tränen, die ihre Tochter nicht wollte. Oma hatte mich beispielsweise nie im Krankenhaus besucht, weil sie es sich nicht zutraute. Oma Lilja kam ab und zu, aber Oma Hulda ließ sich nie blicken. Mama gab sich lange selbst die Schuld daran, weil Papa und sie sich isolierten und nur noch mit anderen Zeugen Jehovas Kontakt hatten. Sie vertrauten allein auf die Hilfe Jehovas und baten ihre Familie nie um Unterstützung, weil die natürlich nur verlangt hätte, dass sie ihren Gott betrügen und auf den Rat von Guðmundur Bjarnason hören sollten.

Kurz vor Weihnachten kam ich von der Intensivstation, schwach und elend, und meinen Eltern wurde gesagt, ich müsse über die Feiertage im Krankenhaus bleiben. Tief in ihren Herzen waren sie immer noch davon überzeugt, dass der kleine Mikael nicht sterben konnte, weil er tausend Millionen Jahre im Paradies leben würde.

Um kurz vor sechs am Heiligabend 1974 ging Mama alleine zum Krankenhaus, weil Papa sich weigerte, die zusätzliche Besuchszeit, die wegen des heidnischen Weihnachtsfests eingerichtet worden war, zu nutzen. Er war auch dagegen, dass Mama hinging, aber sie ließ ihm und Ingvi einen Topf Würstchen und Kartoffelpüree da und marschierte los. Papa rief ihr hinterher, es sei falsch, sich den Launen dieser Mafia zu beugen und eine spezielle Weihnachtsbesuchszeit zu nutzen. Sie könnten ihren Sohn auch zur normalen Besuchszeit im Krankenhaus besuchen und bräuchten dafür kein heidnisches Weihnachten.

Mama ignorierte ihn und hastete zum Krankenhaus. Mein Zimmer befand sich am Ende des Flurs, und Mama musste an den anderen Krankenzimmern der Station vorbeigehen, um zu mir zu gelangen.

Die Kinderstation war voller Eltern, die ihre Kinder küssten und umarmten, begleitet von guten Wünschen zu Weihnachten, für Liebe und Frieden und Glück. Die Glocken der Hallgrímskirkja läuteten, und einige Eltern schauten auf und lächelten Mama zu. Die Krankenschwestern am Aufnahmetresen wünschten ihr „Frohe Weihnachten", und sie sah, wie die Schwestern, die Eltern und Kinder einander bunte Geschenke überreichten.

Der wahre Geist der Weihnacht, dachte Mama und stellte sich vor, dass all diese Leute sie hart verurteilten, obwohl ihr Lächeln freundlich war. Sie wussten alle, dass sie die Mutter war, die nicht wollte, dass ihr Sohn eine ordentliche medizinische Behandlung bekam. Und als wäre das nicht genug, wollte sie auch nicht mit ihrem schwerkranken Sohn Weihnachten feiern.

Mama ging durch den Flur und schämte sich bei jedem Schritt zu Tode. Sie hatte sich noch nie so ängstlich und alleine gefühlt. Sie war ganz alleine auf der Welt. Weder die Eltern noch die Krankenschwestern wollten etwas mit dieser jungen Frau und ihrer abartigen Lebenseinstellung zu tun haben. Sie hatte keine Freunde und konnte niemandem von ihren Gefühlen, ihrer Angst und ihrem Schmerz erzählen. Sie hatte sich als Zeugin Jehovas taufen lassen und schämte sich dafür.

Als Mama mein Zimmer endlich erreichte, saß dort bereits eine Familie und packte mit ihrem Kind Geschenke aus. Ein Krankenpfleger hatte ihnen schon gesagt, dass das Kind in dem Bett am Fenster nichts von Weihnachten wissen dürfe, weil die Eltern es verboten hätten. Mama zog den Vorhang um mein Bett und setzte sich still auf einen Stuhl, damit sie die Familie meines Zimmernachbarn nicht störte. In meiner Zimmerhälfte gab es keinen Weihnachtsschmuck, weil Papa einen Wutanfall bekommen und ihn herunternehmen lassen hatte, damit meine Seele nicht verdorben wurde. Jesus war im September geboren, und er war gepfählt und nicht gekreuzigt worden.

Mama weinte, wie immer, wenn sie bei mir war. Ich war kaum bei Bewusstsein. Die Schläuche hielten mich am Leben und pumpten flüssige Nahrung in meine Adern. Da entdeckte Mama ein Geschenk auf meinem Nachttisch. Es war rot mit einem goldenen Geschenkband und einer Karte. Die wachhabende Krankenschwester hatte mir ein Weihnachtsgeschenk gekauft, es eingepackt und mir eine Karte geschrieben. Mama weiß nicht mehr, wie diese Krankenschwester hieß, und hat bis vor kurzem noch nie jemandem davon erzählt. Sie saß da und starrte mein erstes Weihnachtsgeschenk an. Das einzige Geschenk, das ich an meinem ersten Weihnachten bekam, von einer Frau, deren Namen ich nicht kenne, die mich umsorgt hat und so freundlich war, mir etwas zu schenken.

Das Papier wurde feucht, als Mama das Geschenk für mich auspackte. Darin lag eine kleine Figur aus Plastik, eine bemalte Micky Maus. Mama betrachtete sie lange. Dann wischte sie sich die Tränen ab und legte Micky zu mir ins Bett.

Sie hatte mich auf ganzer Linie enttäuscht, dachte sie im Stillen. Dann stand sie auf und ging nach Hause zu Papa und Ingvi Reynir.

45. Kapitel

Der Star der Zeugen Jehovas

„Hat gute Fortschritte gemacht, ist füllig und kräftig. Eltern halten immer noch an ihrer religiösen Überzeugung und ihrer Einstellung zu Bluttransfusionen fest und ziehen es vor, sich selbst um den Kolostomiebeutel zu kümmern. Nächster Termin Mitte des Winters zur Kontrolle der Blutwerte.“

Krankenbericht Landeskrankenhaus, 25. September 1975

Auf einmal war ich gesund. Zumindest hatte ich nicht mehr ständig Verwachsungen und war außer Lebensgefahr; also wurde ich entlassen und mit einem Stomabeutel nach Hause in den Laugavegur geschickt. Kurz darauf wurde unser Haus als unbewohnbar eingestuft, woraufhin Papas Bruder eine Arbeiterwohnung im Fell-Viertel bekam. Mama und Papa waren auf der Warteliste für eine neue Arbeiterwohnung in Strandasel. Wir befanden uns also auf dem Weg nach Breiðholt, mit Zwischenstopp in einer kleinen Mietwohnung in Rofabær im Árbær-Viertel, wo wir darauf warteten, dass unser Wohnblock fertig wurde.

Mama und Papa waren erschöpft von meiner Krankheit und Papas Auseinandersetzungen mit der Ärztemafia, die nur aus Guðmundur Bjarnason bestand. Das junge Paar war so am Ende seiner Kräfte, dass es keine Kraft mehr hatte, sich zu streiten. Sämtliche überschüssige Energie ging nun für das Studium des Wachtturms drauf und dafür, mich sauber zu halten. Meine Eltern galten als vorbildlich, wenn es darum ging, mich zu waschen und den Stomabeutel zu wechseln, zumal die strenge Disziplin einer Sekte selbst die unfähigsten Leute zu passablen Eltern macht.

Papa sagt, er habe sich ausgiebig um mich gekümmert, und auch Mama ist stolz darauf, dass sie die Öffnung in meinem Bauch nicht

185

abstoßend fand. Sie konnte mich nie einem Babysitter überlassen, weil sich keiner zutraute, den Beutel zu wechseln. Ihre Schwester Þórunn war noch am ehesten in der Lage, sich um mich zu kümmern, und Tante Tóta und ich hatten eine gute Zeit miteinander. Trotzdem war ich immer noch nicht ganz genesen, denn um den Einschnitt an meinem Bauch bildete sich wildes Fleisch, das schließlich zu eitern begann. Es war äußerst wichtig, die Wunden sauber zu halten, indem man große Nadeln unter die Haut schob und den Eiter herausschabte. Das war eine sehr aufwändige Sache, äußerst schmerzvoll und nichts für Empfindsame.

Mama dachte nie darüber nach, warum Jehova Gott ihr diese Bürde auferlegt hatte, denn obwohl sie sich lange gegen Papas Bekehrungseifer gesträubt hatte, war sie inzwischen fest davon überzeugt, dass bald das Paradies käme und ich ganz gesund würde.

„Freut sich der kleine Mikael schon aufs Paradies?", sagte sie zu mir, wenn wir eng aneinander gekuschelt im Bett lagen, so wie Mutter und Kind es in den ersten Jahren tun. „Eines Tages schlafen wir ein, verlieren das Bewusstsein, sterben einfach, und wenn wir wieder aufwachen, sind wir im Paradies. Bis in alle Ewigkeit. Du wirst gesund und läufst herum, und ich bin immer glücklich."

Sie badete mich jeden Tag; meistens trug ich in der Badewanne den Stomabeutel, aber manchmal durfte ich auch ohne ihn herumplantschen. Dann färbte sich das Wasser braun, aber Mama versicherte mir, das sei schon okay, und knuddelte mich, obwohl ich schlecht roch. Heute sagt sie, das sei kein Problem für sie gewesen, und sie habe nie versucht, den Beutel vor jemandem zu verstecken. Sie wechselte ihn vor allen Leuten, sowohl bei anderen zu Hause als auch bei Zusammenkünften.

Auch wenn Papa in jenen Jahren keine Kraft mehr hatte, sich mit Mama zu streiten, und versuchte, sie zu unterstützen, wenn es mir schlecht ging, konnte er sie im Grunde nicht ausstehen. Ich habe ein Foto, auf dem er meinen Bruder Ingvi und mich auf dem Arm hat. Ich bin vielleicht ein Jahr alt und Ingvi fünf. Papa trägt einen Anzug und eine große schwarze Fliege, weil er bei einer Zusammenkunft eine Rede halten durfte. Papa war nämlich eine ziemlich große Nummer in der Gemeinschaft, nachdem er Jehovas Prüfung, eher seinen jüngsten Sohn zu opfern, als ihm von unchristlichen Ärzten Blut verabreichen zu lassen, bestanden hatte. Das Bemerkenswerteste an diesem Foto ist Papas Gesichtsausdruck. Ich kenne diesen Ausdruck, den er immer aufsetzte, wenn er über Mama sprach, als ich klein war. Eine Mischung aus Genervtheit, Mitleid und Verachtung. Sie hatten keine Gemeinsamkeiten mehr. Ihre Beziehung war nie gut, weder zu der Zeit, als sie zusammen waren, noch später, auch wenn Mama immer viel besser von ihm spricht als er von ihr. Sie respektiert ihn und ist ihm unendlich dankbar dafür, dass er uns Jungs großgezogen hat, nachdem sie verschwand. Das ist ihre Formulierung, und sie wird es sich wohl nie verzeihen, dass sie Ingvi Reynir und mich im Stich gelassen hat.

Was Papa an Mama am meisten nervte, war ihr Drang, ständig zu ihren Freundinnen und Schwestern zu rennen und sich endlos über ihre Gefühle auszulassen. Es ginge ihr so schlecht wegen meiner Krankheit, und alles sei so schwierig. Papa hat für Leute, die darüber klagen, wie schwer sie es haben, nur Verachtung übrig. Man soll nie darüber reden, wie man sich wirklich fühlt, sagt Papa. Man soll sich zusammenreißen, so wie seine Eltern. Doch Mama ist ein emotionaler Mensch und kann gut über Gefühle sprechen. Für Papa waren ihre Emotionsausbrüche lediglich Versuche, sich bei anderen Frauen einzuschmeicheln, und als demütigem Diener Jehovas hatte man ihm beigebracht, Frauen zu verachten. Frauen haben in der Gemeinschaft keine Stimme und dürfen bei Zusammenkünften keine Reden halten.

Der neue Star der Zeugen Jehovas, Torfi Geirmundsson, bezweifelte des Öfteren, ob Hulda Fríða überhaupt Kinder hatte bekommen wollen. Sie klagte und jammerte und akzeptierte meine Krankheit nicht mit derselben Gelassenheit wie Papa, der alles mit stoischer Ruhe hinnahm, es sei denn, er stritt sich mit Guðmundur Bjarnason. Mama spürte, wie hart Papa sie dafür verurteilte, dass sie nicht genauso unerschütterlich an die Gemeinschaft glaubte wie er. Sie hatte gezweifelt und geweint, während er sich mit den Ärzten herumgeschlagen und keinen Deut nachgegeben hatte. Torfi hatte sich die Wahrheit auf die Fahnen geschrieben und war sich sicher, dass die Worte Gottes und des Wachtturms das Einzige waren, was eine Rolle spielte. Er weinte nie und zeigte keine Schwäche.

Es ist also kein Wunder, dass Papa zum Star der Zeugen Jehovas wurde, nachdem er gemeinsam mit seinem neugeborenen Sohn den Sieg davongetragen hatte. Torfi war zwar noch kein Ältester, dennoch nahmen ihn sich alle zum Vorbild. Er war ein echter Mann, der einen Test bestanden hatte, mit dem sonst noch niemand aus der Versammlung konfrontiert gewesen war. Er und nur er, Torfi Geirmundsson, Friseur und Diener Jehovas, war bereit gewesen, seinen Sohn für die Wahrheit zu opfern. Das sollte ihm erst mal einer nachmachen. Papa war unser aller Held, ein Arbeiter des Herrn und ein Kämpfer, der dem Tod furchtlos entgegengetreten war. Wobei er nicht seinem eigenen Tod furchtlos entgegengetreten war, sondern meinem. Aber ich habe überlebt. Zum Glück.

46. Kapitel

Ein gutes Beispiel

Die Ältesten konnten ihre Freude nicht verbergen, als sie uns in Papas kleinem Wolga auf den Parkplatz vor dem Königreichssaal im Sogavegur einbiegen sahen. Er fuhr, weil Mama keinen Führerschein hatte; sie besaß noch nicht einmal ein Scheckheft, geschweige denn sonst etwas. Mama saß natürlich auf dem Beifahrersitz, – was mich an eine Hochzeitsrede erinnert, die einer der Ältesten Jahre später bei der Hochzeit meiner Schwester hielt:

„Es ist Aufgabe des Mannes, am Steuer jenes Fahrzeugs zu sitzen, das wir Ehe nennen. Die Frau sitzt auf dem Beifahrersitz."

Ich weiß noch, dass einige dieser Ältesten immer regelrecht jauchzten, wenn sie mich sahen, als ich älter war. Sie freuten sich jedes Mal, denn mein Gesicht erinnerte sie daran, dass Jehova recht gehabt hatte. Ich hätte Blut bekommen sollen, doch ihr Bruder, Torfi Geirmundsson, Friseur und Diener in der Gemeinschaft der Zeugen Jehovas, hatte sich gegen die Ärzte durchgesetzt und deren Goliath, Guðmundur Bjarnason, besiegt.

„Mikael, grüß dich. Ein gutes Beispiel, ein gutes Beispiel", sagten diese Ältesten, Papas Freunde, fünfzehn Jahre später zu mir, als ich am Neujahrstag den Königreichssaal im Sogavegur betrat, um der Hochzeit meiner Schwester beizuwohnen. Ich hatte einen heftigen Kater und war ziemlich lädiert nach einer Schlägerei mit einem Taxifahrer, in die Papa und ich in der Reykjavíker Innenstadt geraten waren. Die Prügelei bescherte Papa ein blaues Auge und einen Gips. Er war genauso verkatert wie ich, durfte aber nicht im Saal sitzen, weil er exkommuniziert worden war. Er musste ganz hinten stehen und durch seine Sonnenbrille zusehen, wie seine Tochter in der Gemeinschaft heiratete. Meine Schwester Lilja hatte eine Ausnahmegenehmigung bekommen, heiraten zu dürfen, weil sie erst siebzehn war. Ich weiß noch, wie schön und unschuldig und zuversichtlich sie aussah, als der Älteste, der die Zeremonie abhielt, ihr und ihrem zukünftigen Ehemann einen völlig absurden Vortrag hielt.

Im Frühling 1975 sollte es jedoch noch ein Jahr dauern, bis meine Schwester auf die Welt kam, und Papa und ich waren bei Zusammenkünften im Königreichssaal die großen Stars. Wir betraten den Saal, und die Augen aller Gemeindemitglieder richteten sich auf uns. Mama und Ingvi Reynir folgten uns, aber sie waren es nicht gewesen, die für Jehova den Tod besiegt hatten, sondern Papa und ich, deshalb spielten die beiden in diesen letzten und schlimmsten Tagen der Menschheit nur Nebenrollen.

Papa erzählte den Männern seine Version der Geschichte, wie er der Ärztemafia entgegengetreten war und sie mit medizinischen Argumenten, inspiriert vom Heiligen Geist, besiegt hatte:

„Die Seele wohnt im Blut", erklärte Papa zur Begeisterung seiner Freunde und Glaubensbrüder, die mich eifrig nickend anlächelten.

„Ich hab ihnen gesagt, dass es einer Vergewaltigung gleichkommt, Blut in den Körper des Jungen zu zwängen. Das ist nichts anderes als Vergewaltigung. Wir haben unsere Rechte, und außerdem besitzen wir die Wahrheit. Es gibt nicht den geringsten wissenschaftlichen Beweis, der Bluttransfusionen rechtfertigt", fuhr Papa fort, und ich brabbelte quicklebendig auf seinem Arm vor mich hin. Er achtete darauf, mich so zu positionieren, dass der Stomabeutel nicht zerdrückt wurde. Es mag frustrierend für Jehova Gott klingen, aber es ist keineswegs unwahrscheinlich, dass durch meine Adern das Blut eines Mitbürgers floss, während ich auf Papas Arm saß und seinen Prahlereien lauschte. Vielleicht hatte ich dieselbe Blutgruppe wie Ragnar Michelsen, und Papa war völlig ahnungslos, dass die Seele eines schwulen Floristen in seinen Armen herumschwamm.

Bluttransfusionen wurden erst 1961 zu einem Ausschlussgrund aus der Gemeinschaft. Erst nach dem Zweiten Weltkrieg verbot man Zeugen Jehovas, Blut anzunehmen. Doch die Diener und Ältesten hatten und haben kein Interesse daran, dass solche historischen Fakten zur Sprache kommen. Die Zeugen Jehovas glauben blind, dass die Gemeinschaft schon immer existiert hat und dass der erste Zeuge Jehovas kein anderer als Abel war, der Sohn von Adam und Eva.

Trotz seiner Wissbegierde interessierte sich Papa nicht für Kritik an der Gemeinschaft und tut es auch heute noch kaum. Er fühlte sich als Zeuge Jehovas lange Zeit wohl und arbeitete hart für die Gemeinschaft. Er missionierte an der Haustür und reichte fleißig Berichte ein, denn die Ältesten kontrollieren einen sorgfältig, sowohl in Island als auch natürlich in Amerika. Von der Gefolgschaft wird große Disziplin verlangt, und es wird nicht gern gesehen, wenn man etwas anderes tut, als Zusammenkünfte zu besuchen, den Wachtturm zu studieren und beim Von-Haus-zu-Haus-Dienst die gute Botschaft zu verkünden. Alles andere ist Zeitverschwendung, denn wie meine Eltern damals wussten, würde es nicht mehr lange dauern, bis Jesus vom Himmel hinabstieg.

Mama und Papa kamen gar nicht erst auf die Idee, dass ich lernen müsste, mit dem Stomabeutel zu laufen, weil der Weltuntergang ja kurz bevorstand. Trotzdem fanden sie es wundervoll, wenn ich damit herumkrabbelte. Ein Bein ragte kerzengerade in die Luft, während ich versuchte, mich vorwärts zu schieben und gleichzeitig jenen Teil meines Darms zu schützen, der aus der großen Öffnung neben meinem Nabel ragte.

47. Kapitel

Ein Dieb in der Nacht

Mama sah immer schlecht aus, wenn sie schwanger war. Urplötzlich schwoll diese zierliche Frau so stark an, dass ihre hübschen Wangenknochen verschwanden und ihre Augen einsanken. Schon im dritten Monat der Schwangerschaft mit meiner Schwester Lilja bekam sie an allen möglichen und unmöglichen Stellen Wassereinlagerungen.

„Ich würde Ihnen nicht empfehlen, eine Diät zu machen", sagte der Arzt, wollte aber wissen, wie viel sie aß, weil sie in wenigen Wochen kräftig zugelegt hatte.

„Ich weiß es nicht", flüsterte Mama. Sie verlor auch ihre Stimme, wenn sie schwanger war, und wurde dadurch noch unterwürfiger gegenüber Papa, Jehova und der ganzen Welt.

Mama war depressiv, ohne es zu wissen. Nicht nur ihre verlorene Jugend, Papa und der kleine Mikki bereiteten ihr Sorgen. Ich bekam schlimme Verstopfungen, wenn sie nicht aufpasste und mir etwas zu essen gab, das ich nicht essen durfte. Dann musste sie Papa anrufen, damit er uns abholte und ins Krankenhaus fuhr. Ich konnte beim geringsten Anlass ohnmächtig werden und dämmerte vor mich hin, wenn ich Verstopfung hatte. Nein, es ging ihr nicht nur deshalb schlecht, oder weil Ingvi Reynir sechs Jahre alt wurde und eines dieser Kinder war, die Ritalin und eine Psychotherapie gebraucht hätten. Damals gab es so etwas nicht, und das Einzige, was Mama tun konnte, war, Ingvi Reynir damit zu drohen, dass Papa nach Hause käme und ihm den Hintern versohlen würde.

Nein, das alles war nicht der Grund für Mamas Kummer. Das Schlimmste waren ihre Zweifel. Sie zweifelte an Gott und dem Wachtturm und träumte von anderen Dingen als dem Paradies. Sie dachte an die neue Wohnung im zweiten Stock in Strandasel 4, die ihnen zugeteilt worden war. Sie hatte drei Schlafzimmer, ein großes Wohn-zimmer, eine schicke Küche und ein Badezimmer mit Badewanne. Diese Wohnung war ein absoluter Traum, widersprach allerdings der Verheißung, dass das Paradies nicht in Strandasel 4 zu finden sei, son-dern in der Tatsache, dass alle außer uns sterben würden. Meine Eltern befanden sich auf dem Weg ins Paradies und hatten für den Frieden ihrer Seelen alles riskiert. Sie hatten sogar das Leben ihres Sohnes in Gefahr gebracht, um Gott und Jesus und Michael nicht gegen sich aufzubringen.

Doch dann war es plötzlich 1976, und Mama war schwanger. Die Tage waren gekommen und gegangen. Sowohl der vierte als auch der sechste Oktober 1975. Sie waren einfach vergangen, ohne dass etwas passiert war. Tschüss. Diese Tage würden nie wiederkommen. „Stay alive until seventy five." Mama wusste genau, was diese Worte bedeu-teten. Man hatte sie ihr übersetzt. Sie sollte sich bis 1975 am Leben halten, dann würde die Welt untergehen, ich würde gesund werden und Papa sich bessern. Wir würden zusammen im Paradies aufwachen.

Wir wissen alle, dass das nicht geschah. Es gab keinen Weltunter-gang. Die Zeit verging, und in Mamas Schoß wurde ein neues Ei befruchtet, sie bekam Wassereinlagerungen und Atemnot vor lauter Angst. Die Ältesten lächelten allen weiter ins Gesicht und sagten, das Ende sei sehr nah. Papa war immer noch ihrer Meinung, grinste Mama an, küsste und umarmte sie und sagte, sie habe nie besser ausgesehen.

„Der Tag des Herrn wird kommen wie ein Dieb in der Nacht", zitierte Torfi aus der Bibel. „Wir müssen nur Geduld aufbringen. Wir haben viele Prüfungen bestanden, und das Ende ist nah."

Doch Mama glaubte ihm nicht mehr und wusste, dass selbst er zweifelte. Er rechnete nicht mehr wirklich damit, dass der Weltunter-gang jeden Moment eintreffen würde. Papa hatte beispielsweise begon-nen, in der Berufsschule in Reykjavík Haareschneiden zu unterrichten. Torfi Geirmundsson, der Dummkopf, war Lehrer geworden und recht-fertigte das gegenüber Mama, indem er ihr erklärte, das Unterrichten lasse sich gut mit der Arbeit für die Zeugen Jehovas vereinbaren. Doch

193

das war eine Lüge, und er wusste genau, dass sie wusste, dass die Zeugen Jehovas gegen Bildung sind und dass er seinen Von-Haus-zu-Haus-Dienst vernachlässigte.

Auf Fotos aus der damaligen Zeit ist Mama kaum wiederzuerkennen und durch den Babybauch und die zusätzlichen Pfunde geradezu entstellt. In einem Anfall von Hysterie hatte sie Papa angewiesen, ihr die Haare noch kürzer zu schneiden als sonst. Ich besitze ein Foto von ihr aus dieser Zeit, auf dem sie hochschwanger in der Küche im Árbær-Viertel steht und für irgendein Fest der Zeugen Jehovas dicke, saftige Hamburger brät. Obwohl meine Eltern bereits Zweifel hatten, versuchten sie in diesen Jahren sich auf ihr Leben als Zeugen Jehovas zu konzentrieren und möglichst nicht mit Leuten außerhalb der Gemeinschaft zu reden. So schafften sie es, die größten Zweifel zu unterdrücken, die mit dem ausbleibenden Weltuntergang und den fehlenden Hinweisen auf ein baldiges Eintreffen einhergingen. Der Vietnamkrieg war vorbei, in Biafra gab es keine Hungersnot mehr, und die Großmächte bereiteten Verhandlungen über die atomare Abrüstung vor.

Auf dem besagten Foto schaut Mama nicht zum Fotografen, bei dem es sich um Papa gehandelt haben muss. Sie schaut auf die Hamburger, von denen einige auf dem Küchentisch und einige in der Pfanne liegen. Mama schneidet Käse, um ihn auf das Hackfleisch zu legen, und an ihrem resignierten Gesichtsausdruck kann man erkennen, dass sie an einem Tiefpunkt in ihrem Leben angelangt ist.

48. Kapitel

Das Wunderkind der Zeugen Jehovas

Hulda Fríða Berndsen würde noch öfter so schlecht aussehen wie während ihrer Schwangerschaft mit meiner Schwester Lilja. Viel öfter. Und sie würde sich auch schlecht fühlen. Vor zwanzig Jahren bekam sie ihre erste schwere Depression, eine Krankheit, mit der sie heute noch kämpft. Fünf Jahre vor Ausbruch der Krankheit wurde sie erneut schwanger, und zwar mit meinem Bruder Ísak. Zu diesem Zeitpunkt war Mama zusammen mit Lilja den Zeugen Jehovas erneut beigetreten. Ísak wurde am selben Tag geboren, als ich mit Freunden zum Volksfest auf die Westmännerinseln fuhr. Ich wurde fünfzehn, und meine Schwester Lilja war dreizehn. In jenen Jahren träumte sie davon, tausend Millionen Jahre im Paradies zu leben. Man hatte ihr kürzlich mitgeteilt, dass sie nicht mehr gemeinsam mit ihrem Stiefvater die Bücherausgabe organisieren durfte, weil sie eine Frau wurde, und Frauen dürfen sich bei den Zeugen Jehovas nicht zu sehr in den Vordergrund drängen. Gott bewahre uns davor, dass sie so dreist werden, bei den Zusammenkünften in Jehovas Königreichssaal Bücher austeilen zu wollen!

Als ich Mama und Ísak kurz nach seiner Geburt im Krankenhaus besuchte, war ich wohl noch nicht reif genug, um die Schönheit der Tatsache zu sehen und zu verstehen, dass sie mit fast vierzig noch ein Kind bekam und ihm den Namen Ísak gab. Das ist derselbe Name, den Sarah ihrem einzigen Sohn gab, den sie mit neunzig bekam. Ihr Mann Abraham hatte die Hundert bereits überschritten und kurz zuvor eine Sklavin vergewaltigt und mit ihr einen Sohn gezeugt. Sarah scheuchte Mutter und Sohn natürlich fort, als sie ihren eigenen Sohn bekam. Mamas Mann hatte hingegen noch keine eigenen Kinder und war in all den Jahren danach sehr gut zu ihr und Ísak – und ist es noch immer.

195

Als kleiner Junge hat mich die Geschichte von Sarah fasziniert. Doch als Jugendlicher kam mir Mamas Einstellung zu meinem kleinen Bruder Ísak absolut hirnrissig vor. Mama war natürlich davon überzeugt, dass mein neugeborener Bruder nie sterben würde und zeigte mir Bilder aus dem Wachtturm, die beweisen sollten, dass sie sich auf dem Weg ins Paradies befänden. Auf diesen Bildern sind immer friedliche Löwen und Wölfe und Tiger, und die Leute umarmen sie und essen mit ihnen Früchte. Manchmal umarmt ein kleines blondes Mädchen einen Tiger, oder ein kleiner dunkelblonder Junge tätschelt mit seiner Mutter einen Löwen. Ich habe oft versucht, Mama zu Verstand zu bringen und ihr klarzumachen, dass das völliger Quatsch ist. Doch sie lächelte nur und flüsterte mir zu, Ísak bedeute auf Hebräisch „Er wird lachen".

In der Bibel versucht Abraham, seinen Sohn Isaak zu töten, weil Gott es ihm befiehlt. So sind die Geschichten aus der Bibel. Es sind Fabeln, die von uns verlangen, dass wir uns für oder gegen Gott entscheiden. Ich war noch jung, als ich mich entschied, niemals mein Kind zu töten, auch wenn Gott der Allmächtige es verlangt. Für mich war das der Unterschied zwischen mir und ihnen: meinen Eltern und den Zeugen Jehovas. Ich würde niemals mein Kind töten.

Als ich neben Mamas Bett stand, konnte ich meine Gedanken nicht in Worte fassen, aber sie waren da. In meinem Unterbewusstsein brodelte meine Wut auf sie, und das Einzige, was ich dagegen machen konnte, war, mich auf der Fähre Herjólfur zu betrinken und mir an diesem Festival-Wochenende das Hirn wegzusaufen. Ich war immer noch sehr traurig über die Distanz, die sich an Weihnachten '78, als Mama verschwand, zwischen uns gebildet hatte. Obwohl schon viele Jahre vergangen waren. Seitdem wusste ich nie so genau, was ich zu dieser Frau sagen sollte, auch wenn sie manchmal wieder auftauchte und es schaffte, ein Teil meines Lebens zu sein.

Mama war den Zeugen Jehovas drei Jahre vor Ísaks Geburt erneut beigetreten. Da war ich elf oder zwölf, und sie sagte mir, sie glaube jetzt wieder an den Weltuntergang. Natürlich wollte sie mich im Paradies bei sich haben und sagte, sie sei absolut davon überzeugt, dass ich für das ewige Leben bestimmt sei. Schließlich war ich das Wunderkind der Zeugen Jehovas. Gott selbst hatte mein Leben viele Male gerettet, und zwar ohne dass meine Seele mit dem Blut von Schwulen und Sündern verunreinigt wurde.

Ich schüttelte nur den Kopf und konnte nichts sagen. Ich hatte das alles schon mal gehört und wusste, dass es Unfug war. Mama trat der Gemeinschaft wieder bei, weil sie einen Nervenzusammenbruch hatte, als sie 1986 im Radio hörte, dass Reagan und Gorbatschow zu einem sogenannten Friedensgipfel nach Island kamen. Es war ganze sieben Jahre her, seit die Ältesten sie wegen Ehebruchs aus der Gemeinschaft verstoßen hatten. Ganz plötzlich schoss ihr durch den Kopf, dass die Welt vor dem Abgrund stehe und sie der Gemeinschaft sofort wieder beitreten müsse.

Als Mama exkommuniziert wurde, war Papa bereits vor einiger Zeit rausgeflogen. Sie sagt, sie habe nie mit einem anderen Mann geschlafen als Papa, als die Ältesten sie zu sich beordert, sie als Hure bezeichnet und rausgeschmissen hätten. Vorher warnten sie sie noch, sie solle bloß nicht mit einem besseren Leben da draußen in der unchristlichen Wüste rechnen.

„Das ist das Schlimmste, was du dir selbst antun kannst", sagten sie, als Mama vor dem Rechtskomitee in einem Büro im Sogavegur stand. Es bestand aus drei Ältesten, die wissen wollten, ob sie mit einem Mann geknutscht habe, mit dem sie im Langholtsvegur gesehen worden sei. Ob er ihre Brüste angefasst, sie befingert oder ganz genommen habe, also seinen Penis in ihre Vagina gesteckt habe.

Das mag witzig klingen: drei Männer mittleren Alters mit glänzenden Augen, die eine dreißigjährige Frau zu ihrem Sexualleben befragen. Aber natürlich war es nichts anderes als erniedrigend.

Doch Mama gab alles zu. Ihr war alles egal, sie wollte nur weg. Sie verließ uns und die Ältesten und die ganze Welt und das ewige Leben und das Paradies.

„Verstehst du denn nicht? Das Schlimmste, was du dir antun

kannst, ist, von der Wahrheit abzukommen. Dich erwartet ein schreckliches Schicksal", fuhren die Ältesten fort.

„Das Schlimmste?", entgegnete Mama verletzt. „Ich war mit einem Zeugen Jehovas verheiratet. Er hat mich betrogen. Ich werde mir nie mehr bei irgendetwas sicher sein."

Die Ältesten hätten es am liebsten gesehen, wenn Mama nicht wieder geheiratet, sondern diese Prüfung Jehovas gelassen hingenommen hätte. Weiter mit ihren Kuchen zu Zusammenkünften gekommen und den Wachtturm verteilt hätte. Doch sie ging, betrank sich, fand am Ende einen neuen Mann und richtete sich ein schönes Zuhause in Breiðholt ein. Bis zu dem Tag, als der Friedensgipfel im Höfði-Haus begann und ihre Nerven nicht mehr mitspielten.

49. Kapitel

Als Mama
bei der Prüfung des Herrn durchfiel

Die Ältesten bei den Zeugen Jehovas waren ganz normale isländische Männer, mal mehr, mal weniger intelligent und meistens ziemlich übellaunig. Doch für Mama waren sie die Sprecher Gottes auf Erden, und ihre Amtsführung ließ sich mit der Exilregierung des Erzengels Michael vergleichen. Mama wählte diese Regierung Gottes mit Händen und Füßen und ihrem gesamten Körper und bekannte sich zu ihrer Prawda, dem Wachtturm. Plötzlich hatte sie keine Angst mehr. Der seelische Missbrauch und die Erniedrigung, die man bei den Zeugen Jehovas erlebt, vor allem als Kind oder Frau, war der Preis, den Mama dafür bezahlte, dass sie keine Angst mehr hatte. In der Gemeinschaft wurde sie frei, aus dem einfachen Grund, weil die Ältesten ihr Absolution dafür erteilten, dass sie Ingvi Reynir und mich verlassen hatte.

Mama fuhr gerade mit meiner Schwester Lilja im Auto, als der Radiosprecher über das bevorstehende Treffen der Präsidenten der beiden Supermächte in Höfði berichtete. Lilja, die bei Mama wohnte, saß auf der Rückbank und spürte, wie Mama vom Wahn befallen wurde. Sie war auf einmal davon überzeugt, dieser sogenannte Friedensgipfel sei in Wirklichkeit ein Zeichen dafür, dass sich die Prophezeiung des Apostel Paulus aus dem ersten Brief an die Thessalonicher bewahrheitete:

„Friede und Sicherheit."[35]

Sie glaubte nicht an die Abrüstung und fuhr mit Lilja geradewegs zu ihrer Schwester Þórunn nach Mosfellsbær. Früher war Þórunn Mamas beste Freundin gewesen, aber sie hatten nicht mehr miteinan-

---

35 1. Thessalonicher 5,3

der gesprochen, seit bei einer Zusammenkunft Mamas Ausschluss und Exkommunizierung verkündet worden waren.

Als die beiden in Mosfellsbær ankamen, sprang Mama aus dem Wagen und hämmerte gegen Tante Tótas Haustür. Ihre Schwester weigerte sich immer noch, mit ihr zu reden, weil die Ältesten es ihr verboten hatten. Das schrie Tóta Mama durchs Fenster zu, bevor sie sich einschloss und Jehova bat, ihr ihre Schwester vom Hals zu halten. Sie wurde erhört, denn Mama stieg wieder ins Auto und fuhr Richtung Süden nach Keflavík zu ihrem Bruder Þór. Der war inzwischen ein Ältester und womöglich hochrangig genug, um mit ihr sprechen zu dürfen.

Þór nahm sie herzlich in Empfang. Er schickte Mama und Lilja zur Rehabilitation zum alten Gunther, einem hochrangigen Ältesten, der seit vielen Jahren in Island lebte und großen Respekt genoss. Gunther befahl Mama, unverzüglich mit dem Rauchen aufzuhören, denn sie hatte damals, nachdem sie verschwunden war, sofort wieder angefangen. Mit Jehovas Hilfe trat Mama die letzte Zigarette vor Gunthers Haus aus. Natürlich fing sie später wieder an, aber das ist eine andere Geschichte.

Mama und Lilja stürzten sich in die Arbeit für die Organisation. Meine Schwester wurde eine vorbildliche Zeugin Jehovas, heiratete und bekam zwei wundervolle Kinder, bevor sie sich wieder scheiden ließ und als Lesbe outete. Da bekam sie das harte Urteil der Gemeinschaft zu spüren, die ihr bislang alles bedeutet hatte. Ich glaube, Lilja hatte als Jugendliche sogar überlegt, ihr Leben Jehova zu widmen und Pionierin zu werden, eine Vollzeitdienerin. Doch dazu kam es nicht, denn Lilja wurde wegen Ehebruchs rausgeschmissen, genau wie zuvor Papa und Mama, und mit Gemeinschaftsentzug bestraft, weil sie lesbisch war.

Es überraschte mich sehr, als Mama sich für Lilja und gegen die Ältesten und die Gemeinschaft entschied und dadurch endlich selbst ihre Angst besiegte. Sie verließ die Zeugen Jehovas ein zweites Mal, diesmal aus eigenem Willen und um ihre Tochter zu unterstützen. Sie war weit über fünfzig, als sie endlich keine Angst mehr vor diesen Männern und vor Gott hatte.

Ich bekam am Rande mit, wie Lilja sich outete und von der Gemeinschaft und unseren Verwandten brutal verurteilt wurde – von Mamas Geschwistern, deren Ehepartnern und Kindern.

Meine Schwester Lilja war nicht die Erste und leider auch nicht die Letzte, die von den Zeugen Jehovas geächtet wurde. Einige haben sich das Leben genommen, um dieser Ächtung zu entgehen. Ich denke immer mit Zuneigung an Mama, weil sie am Ende den Mut hatte, zu meiner Schwester zu halten und ihr den Vorrang vor der Wahrheit der Gemeinschaft zu geben.

Ich weiß, dass Mama dadurch einen bestimmten Kreis schloss und endlich das tat, was sie gerne getan hätte, als Papa und die Ältesten durchdrehten und meinen Arzt anschrien, er dürfe mir kein Blut zu geben, selbst wenn es mich das Leben kosten würde. Dreißig Jahre später wachte Mama auf und entschied sich für ihr Kind und gegen den strengen Himmelsvater. Sie fiel bei der Prüfung Jehovas durch, bestand aber die Prüfung des Lebens.

50. Kapitel

Fastend

„Der Glaube an Gott den Schöpfer, den die Bibel von uns erwartet
und für den sie die Grundlage legt, ist ein Glaube, der auf ein-
deutigen Beweisen und folgerichtigem Denken basiert."

Der Wachtturm, 1. Oktober 1977

Gustave Flaubert sagte einmal, er habe Don Quijote von Cervantes
schon auswendig gekonnt, bevor er lesen lernte. Ich kannte die gesamte
hebräische Bibel, den Tanach, wie Gelehrte sie nennen, bevor ich
buchstabieren konnte. Diese Bücher des Alten Testaments waren ein
fester Bestandteil meiner Kindheit. Manchmal fällt es mir schwer zu
begreifen, wie man in dem lebendigen Glauben seiner Eltern aufwach-
sen kann, dass ein ständiger Krieg zwischen Gut und Böse tobt. Ein
Krieg, der schon seit ungefähr sechstausend Jahren anhält und bald
mit dem absoluten Sieg von uns guten Menschen enden soll.

Deshalb hatte ich keine Angst vor dem Tod, als ich schwerkrank
auf der Kinderstation lag. Ich verspürte nie Angst; stattdessen war die
Hoffnung mein Begleiter, denn mir war ein Platz im Paradies versprochen worden.

Aufgrund meiner eigenen Leidenserfahrung beeindruckte mich
Jesus nie sonderlich, und ich hatte keinen großen Respekt vor den
paar schmerzvollen Tagen, die er an seinem Pfahl hing. Seine Mutter
besuchte ihn und auch ein paar Freunde, erzählte uns Papa, und dann
war es vorbei. Natürlich glaubten wir nicht, dass er gestorben war.
Das bläute Papa uns ein, wann immer er uns Bibelgeschichten erzählte.
Selbstverständlich durfte Mama uns Kindern die gute Botschaft nicht
verkünden. Das war Aufgabe des Mannes, und Mama nahm das nie
persönlich, sagt sie. Für sie war es in Ordnung, eine Zeugin Jehovas

zweiter Klasse zu sein, – was ein bisschen so klingt wie das, was eine gut gelaunte saudi-arabische Ehefrau in einem Interview mit einer Illustrierten sagen würde.

Natürlich ist es schwierig, seine eigene kindliche Gedankenwelt zu analysieren, fast vierzig Jahre später. Jedenfalls habe ich den Eindruck, dass mein Gehirn damals Schwierigkeiten hatte, voll und ganz zwischen der Realität und der traumartigen Geschichtenwelt der Bibel mit all ihrer Brutalität und Angst zu unterscheiden. Zumal Papa uns diese Geschichten nicht als Fabeln präsentierte, sondern als heilige Wahrheit. Mein Bruder Ingvi folgte Mamas Beispiel, gab sich desinteressiert und tat so, als würde er sich nie an etwas erinnern, um nicht stundenlang stillsitzen und sich all diese Geschichten anhören zu müssen, von denen er heute sagt, sie seien nichts als Lügen. Ich war wesentlich empfänglicher, hilflos ans Bett oder an den Stomabeutel gefesselt, und fand viele Figuren aus der Bibel faszinierend und spannend. Papa erzählte die Geschichten mit solcher Inbrunst, dass sie genauso gut am selben Morgen wie vor sechstausend Jahren hätten passiert sein können. Schon in meinen frühesten Erinnerungen waren sie sehr lebendig. Papa vermittelte mir auch, dass die Zeit, in der wir lebten, genauso biblisch war wie die Schöpfungsgeschichte. Sie markierte den Anfang, und wir waren das Ende. In Geschichten ist das Ende oft am spannendsten, auch wenn der Anfang natürlich gut und die Handlung interessant sein kann. Ich verstand nicht alles, was Papa mir eintrichterte, aber ich gab mein Bestes und weiß noch, dass ich eifrig nickte, wenn er mir erklärte, dass Christus, der König, der auch meinen Namen, Michael, trug, exakt sechzig Jahre vor meiner Geburt für uns Zeugen Jehovas ein Königreich im Himmel gegründet hatte.

Vor allem verstand ich, dass wir unsere letzten Stunden erlebten. Alle außer uns würden verbrennen wie die Einwohner von Sodom und Gomorra auf den bunten Bildern im Wachtturm, die flehten und brüllten, kurz bevor sie ihren letzten sündigen Atemzug taten. Diese Zeitschriften konnte ich sowohl zu Hause als auch im Krankenhaus durchblättern. In den isländischen Ausgaben waren nicht viele Bilder, aber in einigen der ausländischen aus Brooklyn gab es Illustrationen von den Plagen, die die Ägypter quälten und sogar den jungen Sohn eines Pharaos töteten, der mich manchmal in meinen Träumen im Krankenhaus heimsuchte. Ich nahm an, dass wir etwas gemeinsam hatten, ich und er. Wir waren beide krank und vielleicht nicht immer so brav, wie wir sein sollten. Ich begann zu ahnen, dass ich, genau wie dieser heidnische Prinz, das Malzeichen des Tieres trug. Ich war nicht immer gut, dachte ich und aß manchmal heimlich etwas, das ich nicht essen durfte, oder überredete Frauen, die zu Besuch kamen, mir Süßigkeiten zu geben, obwohl an meinem Bettende ein Schild mit der Aufschrift „Fastend" hing.

Mein Fasten hatte nichts mit Frömmigkeit zu tun, sondern war von den Ärzten angeordnet worden. Ich bemühte mich ehrlich, bekam aber oft Gewissensbisse, weil ich ständig Hunger hatte und Besucher um den Finger wickelte, damit sie mir etwas zu essen zusteckten. Manchmal schoss mir durch den Kopf, dass ich nicht mit Mama und Papa und meinen Geschwistern ins Paradies käme, sondern im Krankenhaus zurückbleiben und verbrennen würde, wenn die Welt unterging. Aber das wäre zumindest weniger schlimm, als noch mehr Spritzen zu bekommen und nichts essen zu dürfen. Als ich Ingvi Reynir einige meiner schlimmsten Gedanken anvertraute, sagte er nur, ich solle nicht solchen Unsinn erzählen.

„Das spielt doch alles keine Rolle." Mein Bruder hat nie auf einen anderen als sich selbst gehört, und das tut er noch heute. Er repariert Computer, weil die kein dummes Zeug reden und einen nicht anlügen, auch wenn sie ab und zu mal kaputtgehen.

Lange Zeit dachte ich, Ingvi Reynir wüsste alles, und manchmal erbarmte er sich meiner und weihte mich in die Wahrheit über unser Leben ein. Er war immer zu Hause und hörte Dinge, die ich nicht mitbekam und ohnehin nicht so gut verstanden hätte wie er. Was die Bibel anging, meinte Ingvi, ich würde nie was kapieren und alles missverstehen.

„Es gibt nichts Langweiligeres als diese Zusammenkünfte." Ingvi ergänzte noch, ich könne froh sein, ständig im Krankenhaus zu liegen, weil ich dann nicht, so wie er, auf der Bühne im Königreichssaal sitzen und Fragen aus dem Wachtturm beantworten müsse, was er unglaublich öde fand.

Ich war keineswegs erleichtert. Bereits mit vier Jahren gab es für mich kaum etwas Aufregenderes als die Vorstellung, die Bühne im Königreichssaal zu betreten und Fragen aus dem Wachtturm beantworten zu dürfen. Ingvi sagte, ich sei dumm. Ich solle lieber gesund werden und mit ihm draußen spielen, es mache viel mehr Spaß herumzutoben, Fußball zu spielen oder sich mit Freunden im Hausflur zu balgen.

„Du denkst nur, dass es toll ist, auf der Bühne zu sitzen, weil du so krank bist, dass du nichts Spannendes machen kannst", meinte Ingvi. Er versprach, mir unser Viertel zu zeigen und mich den anderen Jungs vorzustellen, von denen einige sogar schon älter sein würden als er, wenn ich endlich aus dem Krankenhaus entlassen würde.

51. Kapitel

Gott tötete Onan

Meine Schwester Lilja wurde im Juni 1976 geboren und bekam genau denselben Namen wie Papas Mutter: Lilja Torfadóttir. Papa sagt, sie habe die Ehe retten sollen. Mama und er konnten einander nicht glücklich machen und beteten zu Jehova, er solle durch reichen Kindersegen Freude in ihr Leben bringen. Außerdem wollte Mama sich und der Welt beweisen, dass sie ein gesundes Kind gebären konnte, da Ingvi Reynir und ich solche Missgeburten waren. Ingvi schielte und hatte ein hitziges Temperament, und ich entleerte meinen Darm durch ein Loch im Bauch. Wir sahen nicht so aus, als wären wir nach dem Ebenbild Gottes erschaffen, und da der Weltuntergang andauernd verschoben wurde, würden wir auch weiterhin unvollkommen sein. Lilja sollte das alles ändern. Deshalb bekamen meine Eltern einen ziemlichen Schock, als die Ärzte entschieden, Lilja weit vor dem angesetzten Termin auf die Welt zu holen. Sie befürchteten, dass sie bei der Geburt genauso groß sein würde wie ich. Doch Lilja war winzig klein, musste mehrere Tage in den Brutkasten und wirkte auf den ersten Blick ebenso unvollkommen wie Ingvi Reynir und ich. Doch meine Schwester sollte sich gut entwickeln. Nachdem man sie im Brutkasten aufgepäppelt hatte, wurde sie schnell ein gesundes hübsches Mädchen. Der einzige Mangel in den Augen Gottes und der Gemeinschaft war die offensichtliche Tatsache, dass sie nicht männlichen, sondern weiblichen Geschlechts war und demzufolge viel dümmer und schwächer, als wenn sie ein Junge gewesen wäre.

Ein paar Monate nach Liljas Geburt bezog unsere kleine Familie endlich ihre eigene Arbeiterwohnung in Strandasel 4. Das war der Anfang vom Ende, denn bis dahin hatten wir ausschließlich mit Zeugen Jehovas Umgang gehabt. Auf einmal trafen meine Eltern auf ein ganzes Treppenhaus mit Leuten in ihrem Alter, junge Paare, die Kinder im selben Alter hatten wie wir. Mit einigen der Kinder, die ich in Strandasel 4 kennenlernte, bin ich noch heute befreundet, denn wir hatten in den nagelneuen Arbeiterwohnungen sehr engen Kontakt zueinander.

Natürlich hätten meine Eltern wissen müssen, dass Satan sie auf Schritt und Tritt verfolgte und sie unbedingt in Versuchung bringen wollte. In Strandasel begann Papa, sich heimlich in andere Wohnungen zu schleichen und mit seinen Nachbarn zu trinken. Zu dieser Zeit waren isländische Frauen noch so erzogen, dass sie Alkohol mieden, es aber duldeten, wenn ihre Männer tranken. Das tat Mama auch, auf ihre Art und Weise. Wenn Papa einen Kater hatte, reagierte sie beleidigt, woraufhin ihre Streite in Lichtgeschwindigkeit von konkreten Themen zu Verallgemeinerungen führten wie:

„Immer musst du …"

„Du hast noch nie …"

„Du kannst einfach nicht …"

Laut Mama war es eine schreckliche Zeit. Sie hatte keine Antworten, betete unaufhörlich und schnorrte zwischendurch heimlich von den anderen jungen Frauen im Wohnblock Zigaretten. Die meisten waren tagsüber alleine, während ihre Männer Geld verdienten. Bestimmt waren nicht alle so unselbstständig wie Mama, die weder den Führerschein noch ein Scheckheft besaß und sich Torfi Geirmundssons Autorität völlig unterordnete. Er kontrollierte alles, nur nicht ihre Stimmungswechsel.

Und Mama war immer genervt, sagt sie heute. Meine Eltern verbrachten nicht mehr ihre gesamte Freizeit mit anderen Zeugen Jehovas und saßen manchmal spaßend und lachend in der Wohnung ihrer Nachbarn, während mein Bruder Ingvi auf Lilja und mich aufpasste. Einmal sollte ein Pornofilm angeschaut werden, erzählt Mama, die sich überhaupt nicht vorstellen konnte, wie jemand auf die abartige Idee kam, seine eigenen sexuellen Aktivitäten zu filmen. Doch offenbar gab es das tatsächlich, und die Männer aus dem Wohnblock bauten einen Filmprojektor und eine Leinwand auf. Mama warf Papa einen strengen Blick zu und sagte:

„Ich gehe runter."

Sie kroch zu uns Kindern ins Bett und betete für uns und Papa, der sich im obersten Stockwerk besoffen einen Schwarz-Weiß-Porno anschaute. Er hatte Spaß daran und bezichtigte Mama am nächsten Tag, sie sei kalt wie ein Fisch. Es sei ihre Schuld, dass er so unglücklich sei.

„Du und deine Missionarsstellung", keifte er, knallte ein Buch mit dem Titel *The Joy of Sex* auf den Tisch und sagte ihr, das solle sie gefälligst mal lesen.

Es war ein Sexualkundebuch mit Zeichnungen von Geschlechtsorganen, und Mama wurde ganz schwindelig bei dem Gedanken an die vielen verschiedenen Stellungen. Die Dominanz der Zeugen Jehovas hatte ihr gut gepasst, weil sie gar nicht wissen wollte, was Masturbation, Oralverkehr und so weiter waren. Sie wollte rein und gut sein, ein wahres Kind Gottes. Und jetzt war ihr Mann auf einmal stinksauer, weil er irgendeine sexuelle Revolution verpasst hatte. Zwei Jahre zuvor hatten sie im Bett eine ähnlich heikle Situation gehabt und Hilfe im Wachtturm und in der Bibel gesucht, doch die einzige Antwort, die sie fanden, war die, dass ihre Einstellung die richtige sei. Je weniger, desto besser. Und auf keinen Fall Masturbation! Selbst in der Bibel, die voll ist mit allen möglichen Sexszenen, den unterschiedlichsten Vorstellungen von Empfängnis und Hurerei im Allgemeinen, gilt Masturbation als die schlimmste Sünde. In Paulus' Brief an die Epheser wird Masturbation beispielsweise als Ehebruch bezeichnet, und in Paulus' Brief an die Kolosser werden wir aufgefordert, „unsere Glieder, die auf Erden sind" zu töten: „Unzucht, Unreinheit, Leidenschaft, böse Lust und die Habsucht".[36]

Meine Eltern hatten das alles nachgeschlagen und waren sich einig, auf der Hut zu sein. Die Sünde ist stark und Satan allgegenwärtig. Doch jetzt hatte Torfi einfach so mit den Nachbarn einen Pornofilm

---

36 Kolosser 3,5

geguckt. Er wusste genauso gut wie Mama, dass Jehova Judas' Sohn Onan tötete, nur weil er seinen Samen auf die Erde fallen und verderben ließ.

Eine Blume, die heute blüht, ist morgen tot, dachte Mama, als sie versuchte einzuschlafen, alleine im Ehebett. Sie wusste nicht, dass die Blumen im Wohnzimmer unsere eigene unmittelbar bevorstehende Apokalypse nicht überleben würden. Sie starben, als das Ende der Ehe meiner Eltern über uns hereinbrach wie ein Dieb in der Nacht. Wir Kinder versuchten, uns dagegen aufzulehnen, und Mama bat Gott, uns alle zu beschützen.

Doch wie hätte es auch anders laufen können? Mama weinte sich alleine in den Schlaf, während Papa sich betrank und einen Pornofilm anschaute.

52. Kapitel

Gottes Prüfungen

„Welches Buch lässt sich mit der Bibel gleichstellen? Ob man sie als Literatur, Lyrik oder Drama, als historisches Werk, als Prophezeiung oder als Ratgeber für kluge und gute Lebensführung betrachtet, – es gibt nichts, das ihr ebenbürtig wäre."

Der Wachtturm, 1. April 1977

Wenn man Glück hatte, durfte man beim Landeskongress bei einem Theaterstück mitspielen; die Erwachsenen in der Gemeinschaft fanden Theateraufführungen nämlich unterhaltsamer als Fernsehen. Was sie natürlich nicht waren. Die biblischen Dramen der Zeugen Jehovas sind genauso langweilig wie alles andere, was bei ihren Zusammenkünften stattfindet. Für Kinder ist es am langweiligsten, weil besondere Aktivitäten für Kinder verboten sind. Bei der Erwähnung der Sonntagsschule der isländischen Nationalkirche rümpfen die Erwachsenen verächtlich die Nase, denn ihrer Ansicht nach ist es am besten, wenn Kinder die ungeschönte Wahrheit hören, direkt von Gott. Jehova hat keine spezielle Bibelausgabe für Kinder geschrieben, deshalb soll die ganze Familie gemeinsam das Wort Gottes und seines Sohnes studieren.

Anders als mein Bruder Ingvi, der immer noch mit Schrecken an seine Kindheit zurückdenkt, weil er nicht nur jeden Sonntag, sondern auch an Wochentagen in Privatwohnungen den Sermon der Ältesten über sich ergehen lassen musste, hatte ich anfangs großen Spaß an alldem. Ich saugte die Geschichten aus der Bibel in mich auf und verfasste schon sehr früh meine eigenen. Ich träumte auch heimlich von der Bühne und hätte gerne die Chance bekommen, bei einer Zusammenkunft den jungen Isaak zu spielen. Die Szene, in der Jehova Gott

Abraham befiehlt, seinen geliebten Sohn zu töten. Das hätte gut gepasst, zumal meine eigene Erfahrung noch intensiver gewesen war als die von Isaak. Gott meinte das natürlich nicht ernst und testete nur, wie weit Abraham bereit war, zu gehen. Aber Papa hatte nicht geblufft. Wenn Jehova Gott wissen wollte, wer von seinen Dienern bereit wäre, seine Söhne grundlos zu töten, hätte Torfi Geirmundsson sofort aufgezeigt.

Meine nächste Prüfung war die, dass mir ausgerechnet zu dem Zeitpunkt, als meine Familie sich aufzulösen begann, der Stomabeutel abgenommen wurde. Ich war drei Jahre alt und galt auf einmal als fit genug, um eine weitere Operation durchzustehen. Papa setzte sich natürlich sofort mit Guðmundur Bjarnason in Kontakt und bekräftigte, seine religiöse Überzeugung habe sich nicht geändert und Mikael bekomme kein Blut. Dabei weiß ich, dass er zu diesem Zeitpunkt bereits erhebliche Zweifel an seinem Glauben hatte.

Dr. Bjarnason schrieb in seinem Bericht, ich sei „kräftig und wohlgenährt", und er habe schon vor zwei Jahren über eine Operation nachgedacht, aber abwarten wollen, ob Torfi Geirmundsson seine Meinung zu Bluttransfusionen ändern würde. Doch nun könne man nicht länger warten. Ich solle umgehend noch einmal operiert werden, solange ich so kräftig und wohlgenährt sei und meine Blutwerte stabil seien.

Ich konnte dann doch nicht sofort operiert werden, da ich kurz nach meiner Einweisung Anfang 1978 eine Grippe bekam und die Operation verschoben werden musste. Im April gelang es den Ärzten dann jedoch, meinen Darm durch das sogenannte Swenson-Verfahren wieder zu verbinden, sodass ich im Alter von vier Jahren plötzlich den Stomabeutel los war und eine Windel trug.

Ich erholte mich schnell von der Operation, und in einem Bericht des Landeskrankenhauses eine Woche später stand, ich würde schon durch die Station laufen. Allerdings vertrug ich das Eisenpräparat gegen meine Blutarmut nicht und musste davon würgen und mich übergeben. Aber ich war ein lebhafter Junge, das sagen alle, die mich damals kannten. Endlich konnte ich wirklich durch die Flure der Kin-

211

derstation hüpfen, froh und glücklich, den Beutel los zu sein.

In jenem Frühling im Landeskrankenhaus wurde für mich ein Traum wahr. Ich wurde gesund entlassen und fand mich damit ab, dass mir große Mengen Microlax rektal verabreicht werden mussten, damit ich üben konnte, wie andere vierjährige Kinder aufs Klo zu gehen. Das war in Ordnung. Ich durfte auch rausgehen und mit Ingvi und den anderen großen Kindern in Strandasel spielen. Der Beutel war weg, und ich brauchte mir keine Sorgen mehr zu machen, dass ich hinfallen und ihn unter meinem T-Shirt platzen spüren würde. Natürlich machte ich mir in den darauffolgenden Jahren manchmal in die Hose, trug aber schon bald keine Windel mehr und war stolz darauf.

53. *Kapitel*

Tante Tótas Wasserbett

In dem Sommer, bevor Mama verschwand, reiste die ganze Familie
auf die Kanaren. Auf diesen Inseln vor der Küste Afrikas besuchte ich
zum ersten Mal ein Restaurant. Wir wohnten in einem schicken Hotel
und wurden von vorne bis hinten bedient. Es war wirklich außergewöhnlich, dass eine arme Familie aus einer Arbeiterwohnung in Strandasel drei Wochen lang im Luxus schwelgen und sich von spanischen
Arbeitern bedienen lassen konnte.

Natürlich war die Reise ein Zeichen dafür, dass meine Eltern begannen, an Jehova und dem Ende der Welt zu zweifeln. Papa hatte schon
im Jahr zuvor, 1977, Zweifel bekommen. Tief im Inneren wollte er
aus der Gemeinschaft austreten und sich von Mama trennen, erzählt
er mir heute. Stattdessen zankte er sich weiter mit Guðmundur Bjarnason und hielt uns Vorträge über all die Dinge, die wir zu befürchten
hätten, wenn wir nicht mehr auf ihn und die Ältesten hören würden.
Die Zweifel kamen nie zur Sprache, und meine Eltern redeten nicht
darüber. Zu diesem Zeitpunkt bestimmte Papa über ihr gesamtes Leben.

Die Reise auf die Kanaren war meine erste Auslandsreise. Ich war
auch noch nie geflogen. Im Jahr zuvor hätte ich mit Mama, Papa und
Ingvi nach Spanien an die Costa Brava fahren sollen. Lilja wurde
damals zu einem Babysitter gegeben, und soweit ich weiß, stand es
nie zur Debatte, sie mitzunehmen. Wahrscheinlich weil sie ein Mädchen war, ich weiß es nicht. Mama sagt, das sei eine dieser Entschei-
dungen gewesen, die Papa ohne Rücksprache für die Familie getroffen
habe. Lilja fuhr nie mit ihnen ins Ausland. Ich konnte allerdings auch
nicht mitfahren an die Costa Brava, da ich am Abend vor der Abreise
ernsthaft erkrankte und die Ärzte meiner Mutter verboten, mit mir
ins Ausland zu reisen. Nach dieser ärztlichen Anweisung ging Mama

zunächst davon aus, dass sie alle nicht nach Spanien fahren, sondern zu Hause bleiben und mich pflegen würden, doch Papa hielt das wieder mal für eine ihrer hysterischen Schwachsinnsideen. Die Reise war schon bezahlt, und sie würde nichts erstattet bekommen.

„Ruf deine Schwester Þórunn an und frag sie, ob sie den Jungen nehmen kann."

„Aber wir sind drei Wochen weg", protestierte Mama. „Ich kann Mikael nicht alleine lassen, Torfi. Ich kann nicht fahren."

„Wir müssen fahren", sagte Papa. Er betrachtete die Sache als eine Art Prüfung, die er unbedingt bestehen wollte. Der Junge hatte bisher alles überlebt, würde garantiert länger leben als alle anderen und wäre immer noch da, wenn sie aus Spanien zurückkämen.

„Er hat vierzig Fieber", sagte Mama und brach in Tränen aus. Deshalb musste Papa selbst bei Tante Tóta anrufen, die sofort vorbeikam und mich abholte.

Eine meiner ersten Erinnerungen ist die an Tante Tótas Wasserbett. Es war ein unglaubliches Teil, in dem ich drei Wochen lang schwebte und durch die Pflege meiner herzensguten Tante schnell wieder gesund wurde. Ihr Mann war kein Zeuge Jehovas und scherte sich nicht um die Ewigkeit. Ihm war das alles völlig egal; ich weiß noch, dass er viel Zeit in der Garage verbrachte und an Motoren und Maschinen herumschraubte. Mein Onkel und meine Tante konnten keine Kinder bekommen, und später, als alles kaputtging und die Familie auseinandergerissen wurde, versuchte Tóta, Mama zu überreden, mich zu ihr zu geben. Zu diesem Zeitpunkt war ich auch sehr krank und gerade aus dem Krankenhaus entlassen worden, doch als Mama uns verließ, ging sie zu Tóta. Das weiß ich heute, aber damals wusste ich es nicht, - genauso wenig, wie ich wusste, dass Papa im darauffolgenden Sommer in der Wohnung seiner Schwester, die mit ihrer Familie im Urlaub in Spanien war, mit Þórunn ins Bett ging. Seine Schwester hatte ihn gebeten, auf das Haus aufzupassen und die Blumen zu gießen.

Kurz nachdem Papa versucht hatte, Tante Tóta zu schwängern – was, anders als in vielen Bibelgeschichten, misslang –, fuhren wir also auf die Kanarischen Inseln, die ganze Familie außer meiner Schwester Lilja. Mama sagt, diese Reise sei ein tolles Erlebnis für mich gewesen, weil ich frei war, ohne Beutel und fast wieder ganz gesund. Trotzdem hatte ich noch Jahre später Albträume, in denen ich von Hotelzimmer zu Hotelzimmer laufe, weil ich Mama und Papa und Ingvi verloren habe. Ich finde sie in diesen Träumen nie wieder. Sie sind weggefahren, haben mich auf Gran Canaria zurückgelassen, so wie sie mich immer im Krankenhaus zurückließen, oder krank in Tante Tótas Wasserbett.

54. Kapitel

Mama ist ungehorsam

Als wir auf den Kanarischen Inseln waren, bekam Mama widersprüchliche Signale von ihrem Mann. Papa bestärkte sie darin, lockerer zu sein, hielt sie aber gleichzeitig davon ab und wies sie barsch zurecht, wenn sie zu laut lachte oder anfing zu essen, bevor er Jehova laut für die Mahlzeit gedankt hatte. Papa war in diesem Urlaub die meiste Zeit in seiner eigenen Welt versunken und tief in Gedanken. Er hatte entschieden, dass er so nicht mehr weitermachen konnte. Kurz vor unserer Abreise hatte er mit Tante Tóta geschlafen, und das war ein eindeutiges Zeichen dafür, dass er nicht mehr an die Gebote glaubte. Er spürte, dass er unmöglich bei den Zeugen Jehovas weitermachen konnte, traute sich aber nicht, diesen Gedanken offen auszusprechen. Deshalb tat er nach außen hin so, als sei alles wie immer, und widmete sich weiterhin gewissenhaft der Gemeinschaft und unserer religiösen Erziehung.

Dann war da auf einmal diese Frau, die ihm im Restaurant in Spanien gegenübersaß, mit irgendwelchen Leuten, die sie kennengelernt hatten. Sie waren aus Ólafsfjörður und viel lebhafter als die Zeugen Jehovas. Mama hatte lange gewartet, bevor sie anfing zu essen, genau genommen bis Papa einen Bissen nahm, ohne Jehova vorher dafür zu danken, – doch sobald ihre Gabel das Essen berührte, schaute er sie strafend an, als habe sie keine Ahnung.

Mama hatte ein paar Jugendliche aus Hafnarfjörður ausfindig gemacht und sie für ein paar Peseten beauftragt, auf Ingvi Reynir und mich aufzupassen. Wir hatten viel Spaß mit diesen Teenagern, die alle möglichen Spiele kannten, uns erlaubten, lange wach zu bleiben, und vergaßen, mit uns zu beten und Jehova für den Tag zu danken.

Doch da war diese Frau, der Papa immer wieder kurze Blicke

zuwarf, mit einem Gefühl der Verachtung. Er hatte sie vor neun Jahren kennengelernt und war ihr lange hinterhergelaufen. Damals waren sie noch Kinder gewesen, nicht viel älter als die Jugendlichen, die nun im Zimmer Nr. 208 in Gran Canaria auf die beiden Prinzen aufpassten. Papa verstand nicht mehr, was ihn damals an ihr gereizt hatte, spürte jedoch zugleich, dass er sich nicht vorstellen konnte, eine Minute länger mit Hulda Fríða Berndsen verheiratet zu sein. Sie bestellte sich gerade ein zweites Glas Wein und war ahnungslos, dass er darüber nachdachte, alles hinzuschmeißen. Ja, er war entschlossen. Er würde sich von ihr trennen und aus der Gemeinschaft austreten und ein ganz anderes Leben führen, ohne uns. Das war der Plan, den er dort bei Hühnchen und Rosé ausbrütete. Doch vieles sollte ganz anders laufen, und er würde Ingvi und mich, die beiden Prinzen, nicht so leicht loswerden. In erster Linie wollte er jedoch diese Frau loswerden, die beschlossen hatte, an dem besagten Abend auf den Kanaren besonders gut drauf zu sein. Hulda Fríða war in Hochstimmung, kicherte und amüsierte sich. Sie konnte eine richtige Partynudel sein, wenn sich die Gelegenheit ergab, das Problem war nur, dass Papa diese Frau, die schrill lachte und kreischte, nicht ausstehen konnte. Sie war kurz vor einem ihrer hysterischen Lachanfälle, die oft dazu führten, dass sie sich buchstäblich in die Hose machte. Papa fand das beschämend für sie beide, weil Mama irgendwie so animalisch wurde, wenn sie sich nicht mehr unter Kontrolle hatte.

Selbstkontrolle ist eines der Markenzeichen der Diener Jehovas, und Papa hasste dieses Partygirl, das eine Hose trug und die Beine übereinandergeschlagen hatte wie eine moderne Karrierefrau aus einem Hochglanzmagazin. Zu allem Überfluss schnorrte sie von der Frau aus Ólafsfjörður eine Zigarette, rauchte sie bis zum Filter und unterdrückte, beeinflusst vom spanischen Rosé, all ihre Ängste.

Mama war seit Jahren nicht mehr so glücklich gewesen. Ihr guter alter Freund, das Nikotin, war in Form einer langersehnten Zigarette zu ihr zurückgekehrt. Die Zeugen Jehovas und Papa hatten ihr vier lange Jahre verboten zu rauchen, und jetzt traute sie sich auf einmal, sich eine Zigarette anzuzünden, weil sie beschwipst war. Es störte sie noch nicht einmal, dass es keine Kent, sondern eine rote Winston war. Das war gleichgültig, denn sie rauchte, und in diesem Moment in der Hitze vor der Küste Afrikas war ihr alles egal.

Während Mama ihren Rosé herunterkippte, bestellte sich Papa stärkere Drinks und war schnell besoffen, obwohl er sich eigentlich vorgenommen hatte, an diesem Abend nichts zu trinken. Er hatte vorgehabt, Mama den ganzen Abend lang drohend und verächtlich anzustarren, damit sie sich für die Hose, den Lippenstift und die Sonnenbrille schämte. Es war Abend, wozu brauchte man da eine Sonnenbrille? Sie versuchte doch nur, sexy zu sein, und schien ganz vergessen zu haben, dass sie Zeugen Jehovas waren. Sie war die Ehefrau eines Dieners, der sogar im Gespräch war, bald ein Ältester zu werden. Torfi war gezwungen, Hulda Fríða in diesem Aufzug den ganzen Abend und bis spät in die Nacht vor Augen zu haben. Sie sah aus wie eine Idiotin oder eine verdammte Nutte, die sich fotografieren und für Zeitschriften ablichten ließ. Woher hatte sie zum Beispiel dieses ärmellose Männerhemd? Dafür hatte sie von Torfi Geirmundsson kein Geld bekommen! Oh nein, er hatte ihr weder erlaubt, sich so zu kleiden, noch ihr Geld für diese obszönen Klamotten gegeben.

Vielleicht ist es nicht an mir, etwas zu sagen, dachte Papa, hatte dabei aber keinesfalls Tante Tóta im Kopf. Diese Sache ließ sich nicht mehr ändern und auch gar nicht mit den Frivolitäten seiner Frau an diesem Abend vergleichen. Nein, er hatte einfach nur das Gefühl, dass er für Mamas Verhalten verantwortlich war. Er war das Oberhaupt der Familie, und die Gliedmaßen tun nun mal das, was der Kopf ihnen sagt. Er bezahlte diese Reise auf die Kanaren, und hier waren sie und aßen und tranken, anstatt die gute Botschaft zu verkünden. Schließlich konnte der Weltuntergang jeden Moment kommen, dachte Papa. Doch nichts geschah, niemand starb, kein Paradies in Sicht, und er saß immer noch da, wütend auf sich selbst und diesen sogenannten Gott, der ihm endlose Bürden auferlegte.

Er war schon viel zu betrunken. Das war Papas Art zu trinken.

Es war ein normaler Bestandteil seines Lebens; er hätte an jenem Abend genauso gut beschließen können, nicht mehr zu atmen wie keinen Alkohol anzurühren. Das Trinken war für ihn ganz natürlich, und er mochte es. Zweifellos war es viel besser, betrunken zu sein, als stocknüchtern dazusitzen und mitanzusehen, wie Hulda Fríða sich lächerlich machte.

Auf dem Weg zurück zum Hotel bekam Mama schon wieder einen Lachanfall, zusammen mit ihrer neuen Freundin aus Ólafsfjörður. Mama ist so ein Typ, der neue Leute kennenlernt, und innerhalb von Sekunden ist es so, als hätte man sich schon sein ganzes Leben lang gekannt. Diese fremde Frau aus Ólafsfjörður war urplötzlich wie eine Jugendfreundin aus dem Bústaðir-Viertel; die beiden verstanden sich wortlos und lachten über Insider-Witze.

Bevor Papa etwas sagen konnte, rissen sich diese besten Freundinnen die Klamotten bis auf die Unterwäsche vom Leib und sprangen in den Pool, der von der heißen Sonne noch warm war. Sie kreischten und lachten, und bei jedem Schrei fühlte Papa sich weniger betrunken, bis er auf einmal stocknüchtern war. In den neun Jahren, die sie sich nun kannten, hatte Hulda Fríða sich noch nie so aufgeführt. Er ahnte nicht, dass sie sich vollständig gehen ließ, weil sie Angst hatte, ihn zu verlieren. Sie hoffte, dass Torfi das anziehend finden und sie wieder so lieben würde, wie er es getan hatte, als sie Teenager waren.

Zwar erregte Mama seine Aufmerksamkeit, aber nicht so, wie sie es sich erhofft hatte. Sie spürte, dass ihre Ehe den Bach runter ging, kannte aber nur die Hälfte der Geschichte. Mama hatte keine Ahnung, dass Papa versuchte hatte, ihre Schwester zu schwängern, und zudem in eine andere Frau verliebt war. Mama wusste es nicht, aber sie ahnte es. Deswegen sprang sie mit ihrer neuen besten Freundin aus Ólafsfjörður in den Pool.

„Komm sofort her!", befahl Papa, der plötzlich am Rand des Schwimmbeckens stand und von irgendwoher ein Handtuch herbeigezaubert hatte. Oder vielleicht auch nur seine Jacke. Mama weiß es nicht mehr.

Sie weiß nur noch, dass alle aufhörten zu lachen, weil seine Stimme so barsch war. Beschämt schwamm sie zu ihrem Mann, er wickelte sie in die Jacke oder das Handtuch, und sie gingen auf ihr Zimmer. Ihre beste Freundin aus Ólafsfjörður traf sie nie wieder.

Von einem Moment zum anderen waren wir wieder Zeugen Jehovas. Dieser eine Abend ohne Jehova verblasste sofort, und Papa musste Mama noch nicht einmal beschimpfen, weil sie sich so schämte, dass sie sich in unserem kleinen Hotelzimmer ins Bad einschloss und heulte. Trotzdem dachte sie liebevoll an ihren Torfi und war ihm dankbar für seine Eifersucht und Wut. Das musste bedeuten, dass er sie noch liebte und dass die Disziplin der Zeugen Jehovas die Familie zusammenhalten würde.

55. Kapitel

Das Kreuz auf der Hallgrímskirkja

„Postoperativer Verlauf zunächst gut, bis zur Rückkehr des Patienten von den Kanarischen Inseln im August. Bis dahin völlig sauber und trocken, doch seit seiner Rückkehr anhaltende Probleme mit unregelmäßiger Verdauung und Stuhlinkontinenz, besonders nachts. Hält sich am Tag jedoch relativ sauber. Trägt wieder Windeln, was zuvor nicht mehr nötig gewesen war. Appetit hat sich verschlechtert, Gewicht ebenso, körperlicher Zustand aber immer noch gut. Eltern vermuten psychische Ursachen im Zusammenhang mit Reaktion auf das jüngere Geschwisterchen. Auf Warteliste für Koloskopie, Rektoskopie und Stuhluntersuchung. "
Krankenbericht Landeskrankenhaus, 28. September 1978

Eine der schlimmsten Perioden meines Lebens begann mit meiner Einweisung ins Landeskrankenhaus am 13. Oktober 1978 und endete erst am 18. Dezember. Da fuhren meine Eltern, meine Geschwister und ich mit Tante Tóta und ihrem Mann in ein Ferienhaus. Weihnachten sollte vor uns geheim gehalten werden, damit wir uns nicht mies fühlten, wenn wir an Heiligabend Fleischklößchen aßen.

Ich weiß noch alles ganz genau, und in meiner Erinnerung war der Krankenhausaufenthalt so furchtbar, dass es mir schwerfällt, die Krankenberichte zu lesen. Ich hatte schon vorher schwere Zeiten in der Klinik durchgemacht, kann mich aber kaum an sie erinnern und stütze mich dabei auf die Beschreibungen meiner Eltern und Guðmundur Bjarnasons. Über Papas Auseinandersetzungen mit Guðmundur und dem Krankenhaus, als ich als schwerkrankes Neugeborenes den Stomabeutel bekam und meine Heilungsaussichten schlecht waren, kann ich zum Beispiel nichts Genaues sagen.

Doch der Herbst 1978 ist mir lebendig in Erinnerung. Ich weiß noch, dass Lilja und mir Weihnachten völlig egal war, als wir zu dem Ferienhaus fuhren. Ingvi hatte uns viel davon erzählt, weil er in der Öldusel-Schule war und schon alles wusste. Er musste Diktate schreiben, während seine Mitschüler Weihnachtsschmuck bastelten, denn davon konnte er nach Meinung seines Lehrers nur profitieren. In den siebziger Jahren galt Legasthenie noch als Faulheit und Dummheit, selbst bei Lehrern, die es eigentlich besser hätten wissen müssen.

Ingvi warnte mich vor Weihnachten und riet mir, nicht darüber nachzudenken, als ich endlich kurz vor den Feiertagen aus dem Krankenhaus entlassen wurde. Ich war nämlich ziemlich neugierig, mehr über dieses Fest zu erfahren. Im Krankenhaus, wo alle nur Weihnachten im Kopf hatten, war ich die meiste Zeit ein elternloser Waisenjunge gewesen. Das sagte ich Ingvi, und er erzählte mir von den vielen Geschenken, die die Kinder aus unserem Haus an Heiligabend auspacken durften.

„Aber denk nicht dran", sagte er. „Sei froh, dass wir ins Ferienhaus fahren, dann musst du nicht im Hausflur sitzen und dir anhören, was für tolle Geschenke die anderen bekommen haben."

In jenen Jahren war Island noch homogener, und sowohl die Regierung als auch das staatliche Radio marschierten zum Takt der Nationalkirche, damit auch wirklich jeder die religiöse Bedeutung des Weihnachtsfests mitbekam. Die ganze Nation sollte zu Weihnachten an das Jesuskind denken. Tagelang war alles geschlossen, es gab keine Ablenkung, und im Fernsehen liefen nur Konzerte von Kirchenchören und Predigten der Nationalkirche. Wir Kinder der Zeugen Jehovas durften normalerweise sowieso nicht fernsehen oder andere Zeitschriften als den Wachtturm lesen, sodass die Gleichschaltung der Medien an Weihnachten keinen großen Einfluss auf uns hatte. Indirekt spürten wir trotzdem, wie sich uns die Welt verschloss.

Meine Eltern waren nicht abergläubisch, zumal das ausdrücklich verboten war. Deswegen registrierten sie gar nicht, dass ich am Freitagmorgen, dem 13. Oktober, eingeliefert wurde. Das Datum spielte für sie keine Rolle, und Papa schärfte den Krankenschwestern sofort ein, dass ich kein Blut bekommen dürfe.

„Er bekommt Einläufe. Ich glaube nicht, dass wir ihn operieren werden", erklärte die Frau, die mich aufnahm und alles, was Papa sagte, gewissenhaft notierte. Drei Monate später verbot Papa den Krankenhausmitarbeitern nicht mehr, mir Blut zu verabreichen, sondern bat sie, alles zu tun, was in ihrer Macht stünde, um mich am Leben zu halten.

Bei meiner Einlieferung hatte ich sechs Tage lang keine Verdauung mehr gehabt. Ich verabschiedete mich von meinen Eltern, die versprachen, am nächsten Tag zu Besuch zu kommen. In meinem Handrücken steckte eine Nadel, durch die ich künstlich ernährt wurde, und dann kamen die Klistiere. Sie sind genauso schlimm, wie sie klingen, und viel zu groß, wenn man erst vier Jahre alt ist. Oft war niemand da, der meine Hand hielt, nur manchmal erschien ein Engel in Gestalt einer Krankenschwester, strich mir über den Rücken und versprach mir, alles würde gut.

Am Ende übergibt man sich oder verfällt fast in Schockstarre, dann hören sie auf, Salzlösung in den Darm zu pumpen und ihn auszuspülen. Ich glaube, ich weinte die ganze Zeit, obwohl immer alle sagten, ich hätte nie geweint und sei so tapfer gewesen. Aber ich habe geweint, ich weiß es. Und geschrien, um mich geschlagen, gekratzt, gebissen und mich gewehrt. Aber ich war so klein, dass man noch nicht einmal Verstärkung holen musste, um mich festzuhalten.

So ging es in diesem düsteren Herbst zwei Monate lang. Das einzige Licht kam von dem erleuchteten Kreuz auf dem Turm der Hallgrímskirkja. Das Kreuz als Symbol verstand ich nicht, das habe ich noch nie verstanden, aber ich mochte das Licht. Es beleuchtete eine andere Welt, die mir fremd war, die ich sehen und kennenlernen wollte.

Manchmal ging es mir etwas besser, und ich verlangte nach etwas zu essen. Dann bekam ich Wasser und flüssige Nahrung, und einmal durfte ich sogar nach Hause. Ich weiß noch, dass ich mit Ingvi und den anderen Kindern im Hausflur spielte. Danach war ich wieder im

Krankenhaus, weil ich Verstopfung bekam und alles auskotzte, was man mir einzuflößen versuchte. Ich machte nie ins Klo, sondern schiss mich immer voll. Das sollte noch jahrelang andauern, weil ich meinen Darm schlecht kontrollieren konnte. Später, als ich in die Schule kam, verheimlichte ich es vor den anderen Kinder, den Lehrern, Papa und meiner Stiefmutter. Ich versuchte, meine Unterhosen im Waschbecken im Badezimmer selbst mit Seife und Shampoo zu waschen und trocken zu föhnen, wenn ich genug Zeit hatte. Aber der Stoff von Unterhosen ist so dünn, dass sie auch schnell trocknen, wenn man sie nass anzieht.

Papa sagte zu Dr. Guðmundur, er sei der Meinung, dass ich eigentlich gar nichts hätte. Ich sei nur eifersüchtig auf Lilja, die inzwischen zwei Jahre alt war. Ich weiß, dass ich nicht eifersüchtig war, aber ich hatte große Probleme mit mir selbst, sowohl körperlich als auch seelisch. Die lange Krankheit forderte ihren Tribut, und wenn ich ausnahmsweise mal gesund war, verhielt ich mich auffällig und aggressiv. Damit hatte ich lange zu kämpfen, vielleicht sogar noch heute. Mein Verhalten in jenem Herbst war eine Verteidigung gegen die Gewalt, die die Welt mir antat. Ich hatte das Gefühl, im Krankenhaus alle Leute bekämpfen zu müssen. Zu schreien, zu beißen und zu kratzen, wenn sie mit dem großen Schlauch kamen, der Salzlösung in meinen Darm pumpen sollte, damit sie ihn ausspülen konnten. Wieder und wieder und wieder.

56. Kapitel

Die Wahrheit

Ich war nie besonders schwermütig und eher der Typ, der sich schnell erholt und nicht nachtragend ist. Schließlich versuchte man ja nur, mich am Leben zu halten. Ich verstand das zwar alles nicht genau, konnte es aber spüren, und niemand behandelte mich ruppig. Ich war in den Händen von guten Menschen, die nur mein Bestes wollten.

Die Besuchszeiten waren schön, und alle freuten sich, mich zu sehen. Oma Lilja kam manchmal zusammen mit einer Schwester von Papa, und ich war immer froh, wenn sie da war, meine Lieblingsoma. Mama saß oft bei mir und betete mit mir dafür, dass ich nie mehr leiden müsse. Bald sei es so weit, denn das Paradies sei so nah wie nie zuvor, hatten die Ältesten ihr gesagt. Papa schaute manchmal morgens auf dem Weg zum Friseursalon vorbei und machte ein paar Fotos von mir. Darauf sieht man das Schild am Bettende, auf dem steht, dass ich faste.

Neben den Gebeten, die Mama heimlich mit mir sprach, – denn eigentlich war es die Aufgabe des Hausherrn, sich um die Beziehung zu Gott zu kümmern –, erinnere ich mich noch daran, dass ich Jehova Gott am meisten von allem vermisste, als ich im Krankenhaus lag. Mit vier Jahren war ich noch kein so großer Skeptiker wie heute mit vierzig. Kritische Gedanken waren mir fremd. Für mich war alles, was meine Eltern und die Gemeinschaft sagten, die reine Wahrheit, und ich liebte es, wenn Papa bei uns Kindern saß und uns Geschichten von tapferen Menschen vorlas, die so viel für ihren Gott opferten und nichts fürchteten.

Natürlich wusste ich nicht, dass Papa den Glauben verloren und eine neue Wahrheit bei einer neuen Frau gefunden hatte. Als ich endlich nach Hause kam, kurz vor dem letzten Weihnachtsfest, das wir nicht feierten, veränderte sich alles ganz schnell. Das Leben war wie eine Achterbahnfahrt, die über zehn Jahre andauerte. Vielen von uns ist es schwergefallen, diese Zeit zu verarbeiten. Vielleicht trägt dieses Buch dazu bei, einen Schlussstrich unter das Märchen von unserer Familie zu ziehen, die neun Jahre lang vereint war und sich die meiste Zeit vom Gott des Alten Testaments leiten ließ.

57. Kapitel

Das letzte Weihnachten

Unser letztes Weihnachten verbrachten wir in einem Ferienhaus in Ölfusborgir. Es war zugleich die letzte gemeinsame Reise meiner Mutter und mir, bevor ich erwachsen war und sie mich nach Portugal begleitete, wo ich Geschichte eines Mädchens schrieb. Das war ganze zwanzig Jahre später, und bis zu dieser Reise sollte in meiner Beziehung zu Mama noch viel geschehen.

An unserem letzten Weihnachten in Ölfusborgir bewahrheiteten sich Mamas schlimmste Befürchtungen. Sie hatte geglaubt, sie sei verrückt und leide an Wahnvorstellungen bezüglich ihres Mannes, aber dem war nicht so.

Den ganzen Herbst, während ich im Krankenhaus lag, hatte Mama sich noch über wesentlich mehr Dinge den Kopf zerbrochen als nur über mich und meine Gesundheit, – sie hatte versucht, ihre Ehe zu retten. Sie war davon überzeugt, dass Torfi sie betrog, und diese Angst überschattete alles.

Sie rief ihn mehrmals täglich auf der Arbeit an, um ihn auf frischer Tat zu ertappen, wobei Papa behauptet, das sei ja nichts Neues gewesen.

„Hast du jetzt völlig den Verstand verloren? Natürlich betrüge ich dich nicht", sagte Papa.

„Liest du mit mir Das Familienbuch?", bat Mama. Die Zeugen Jehovas geben zahlreiche Bücher heraus, in denen man Antworten auf alles findet.

„Nein, ich lese jetzt nichts mit dir. Vielleicht später", antwortete Papa. Er verstand nicht, warum sie nicht kapierte, dass er nichts mit ihr zu tun haben wollte. Er hatte die Entscheidung getroffen, aus der Gemeinschaft auszutreten und sich von Hulda Fríða zu trennen. Aber er traute sich nicht, zu den Ältesten zu gehen und zu sagen:

„Ich höre auf. Mir reicht's."

Und er kam gar nicht erst auf die Idee, sich mit seiner Frau zusammenzusetzen und ihr zu sagen, wie er sich fühlte. Heute bereut er das, zuckt aber nur mit den Achseln, wenn ich ihn nach dem Grund frage.

„Ich wollte einfach nicht."

Mama merkte auch, dass sie weniger aktiv waren, während ich in diesem Herbst im Krankenhaus lag. Damals gewährten die Ältesten ihnen eine Ausnahme und billigten es, dass Papa seinen Pflichten in der Gemeinschaft nicht nachkam. Sie sahen darüber hinweg, dass unsere Familie sich kaum mehr bei Zusammenkünften blicken ließ und dachten, meine Eltern würden sich ständig um ihren kranken Jungen kümmern und aufpassen, dass er nicht heimlich fremdes Blut in die Adern bekam. Doch Papa verlor auch das Interesse an Mama. Gott und die Familie waren ihm gleichgültig. Wenn Mama guter Dinge war, unterstellte sie ihm nichts Böses und glaubte seine Erklärungen, er sei bei mir gewesen. Aber das stimmte nicht. Er war verliebt, und deshalb hatte sie ihn verloren. Manchmal genoss sie ihre Freiheit und rauchte heimlich in der Küche mit ihren Freundinnen aus dem Haus. Sie unterhielten sich über ihre Kinder und ihre Männer, die ihnen einredeten, sie seien verrückt.

In Ölfusborgir betrank sich Papa sofort, und an Heiligabend - oder vielleicht war es auch am ersten Weihnachtstag - war er besoffen und sauer auf Mama. Sie konnte ihm nichts recht machen. Er, der sie so lieb gehabt hatte, sagte ihr jetzt, sie sei dumm und solle zur Abwechslung mal ein Buch lesen.

Irgendwann mitten in der Nacht gab es einen heftigen Streit, er schloss sich im Schlafzimmer ein und wollte erst nach einer Weile Tante Tóta reinlassen.

„Lasst uns auch rein!", riefen Mama und Tótas Mann durch die Tür. Doch Papa entgegnete, sie sollten zur Hölle fahren, und Mama folgte dem kinderlosen Mann ihrer Schwester nach draußen. Er war rasend vor Eifersucht, aber sie weinte nur und hatte wieder solche

Angst wie damals, als ihr Vater der Tollste war, sich aber trotzdem nicht wirklich gut fühlte und am Ende auf dem Sofa starb. Jehova hatte ihr eine Zeitlang die Angst genommen, doch jetzt war sie wieder da, um ein Vielfaches stärker, wie sie fand.

„Wir haben das Recht zu wissen, was sie da drinnen machen", sagte der betrogene Ehemann. Mama stimmte ihm zu, obwohl sie so blind gewesen war, tatsächlich zu glauben, ihre Schwester Tóta würde nur mit Torfi reden und ihm die Leviten lesen, weil er so gemein zu ihrer kleinen Schwester gewesen war.

Als die beiden gedemütigten Ehepartner draußen waren, gingen sie zum Schlafzimmerfenster und klopften dagegen. Sie sahen Tante Tótas Kopf in Papas Schoß. Mama dachte, sie würde in seinen Armen weinen, und vielleicht war es auch so, aber das spielte keine Rolle, denn im Bruchteil einer Sekunde war die Hölle los. Es gab Geschrei und Geheul und einen Riesenaufstand. Mama gab vor, überhaupt nichts zu verstehen, weil sie die Realität nicht akzeptieren wollte. Sie tat die ganze Sache als typisch isländischen Alkoholexzess ab und brachte Papa ins Bett, damit er seine Familie am nächsten Tag nach Hause fahren konnte.

58. Kapitel

Das Ende

Als sie aus Ölfusborgir zurückkamen, schauten sie im Fernsehen
Silbermond. Mama hatte uns Kinder ins Bett gebracht und einen
gemütlichen Abend zu zweit geplant, damit Papa sich von seinem
Kater erholen konnte. Sie saßen im Wohnzimmer und versuchten,
sich auf Hrafn Gunnlaugssons Interpretation von Laxness' Theaterstück zu konzentrieren, das Papa vor ein paar Jahren noch so toll
gefunden hatte, genauso wie Þórbergur Þórðarson, Káinn, Steinn
Steinarr und all diese Typen.

Papa hatte seine Schriftsteller vergessen. Er wusste es selbst. Er
wusste auch, dass er den Traum vom ewigen Leben vergessen hatte, –
nicht das Paradies, an das er inzwischen nicht mehr glaubte, sondern
das ewige Leben durch die unsterbliche Poesie, die er hatte schreiben
wollen. Vielleicht verstärkte der Kater diese Emotionen, denn er fühlte
sich, als wäre er am Boden angelangt, als habe er nichts mehr zu geben
und könne ebenso gut sterben. Während er zusah, wie die Schauspieler
die Texte des Nobelpreisträgers sprachen, dachte er an ein Gedicht
von Káinn:

Ach Island, Dankesworte dir,
die Leute glücklich sängen,
wenn du tätest geben mir,
'nen Galgen und 'nen Strick zum Hängen.

Als Papa den Zeugen Jehovas beitrat, lagen ihm diese Schriftsteller
am Herzen, und manchmal las er in seinem Studienkreis aus Þórbergurs Polemiken gegen die Kirche vor, zum großen Vergnügen der Diener und Ältesten. Gelegentlich foppte er die Ältesten mit Versen und

Gedichten, doch irgendwann schien er das alles vergessen zu haben. Jetzt saß er vor einem winzigen Schwarz-Weiß-Fernseher und merkte, dass er eine Scheißangst hatte. Er hatte noch nie solche Angst gehabt. Noch nicht einmal, als ich im Krankenhaus zwischen Leben und Tod schwebte. Er hatte keine Angst vor dieser hysterischen Frau, die er nicht ausstehen konnte, mit der er aber trotzdem drei Kinder in die Welt gesetzt hatte. Er hatte Angst vor sich selbst, vor dem, was er getan hatte und wie er sich in diese Situation gebracht hatte, mit gerade mal achtundzwanzig. Ein weiterer Geburtstag, den er nicht gefeiert hatte. Bald wäre er dreißig und hatte immer noch keine Ahnung, wie er sein Leben leben sollte. Er hatte vor vielen Jahren einen falschen Abzweig genommen und dann einen noch dümmeren und noch einen und noch einen.

Und nun saß er hier, ein Nachkomme des ersten Königs von Schottland, und hatte alles verloren, so wie sein Urururgroßvater Thorstein der Rote. Torfi Geirmundsson hatte alles aufs Spiel gesetzt, um einer von Jehovas Heerkönigen zu werden, und nun stellte sich heraus, dass er aufs falsche Pferd gesetzt hatte. Er war bereit gewesen, alles zu opfern, sogar seinen Sohn. Doch er erntete nicht das Paradies, sondern die Hölle auf Erden. Natürlich war er verkatert und vielleicht ein bisschen zu theatralisch, aber so fühlte er sich nun mal. Obwohl er sich selbst in diese Lage gebracht hatte, bemitleidete er sich zutiefst.

Torfi merkte, dass Hulda ihn anstarrte, als würde sie ihm jeden Moment die Frage stellen, die er ganz sicher mit Ja beantworten würde. Es war vorbei. Endlich waren die letzten Tage dieser kaputten Ehe angebrochen, die er nie hätte eingehen sollen. Eigentlich hatte sie ihn dazu gezwungen, dachte Torfi. Als er ein junger hormongesteuerter Seemann war, der nur mit diesem hübschen Mädchen schlafen wollte, das aussah wie das Model Twiggy. Doch sie verknüpfte den Sex mit der Bedingung, dass er sie heiraten, mit ihr Kinder bekommen und für sie sorgen müsse. Und nun saß er hier, neun Jahre, nachdem er sie im Zimmer ihrer ältesten Schwester entjungfert und sich mit ihr verlobt hatte.

Er spielte mit dem Gedanken, mitten in dem Fernsehspiel einfach aufzustehen, hinauszugehen und nie mehr wiederzukommen. Er hatte zu viel vermasselt. Hoffentlich genug, damit diese Ehe nicht überleben würde. Vielleicht war es auch zu viel, und er würde sich nicht mehr in die Augen schauen können. Zumindest nicht in nüchternem Zustand. Man stelle sich mal vor, dass er noch vor wenigen Monaten geglaubt hatte, die Welt ginge unter. Damals hatte er sich wirklich so gefühlt, als würde er in Adams und Abrahams und Moses Fußstapfen treten. Doch jetzt fühlte er sich wie König Saul in seiner schlimmsten Stunde, als er Gottes Gnade für immer verloren hatte.

Dieses Leben hat keinen Sinn, dachte Papa. Viele Jahre später sollte er einen Kanal für diesen Nihilismus im Taoismus finden und ihn dann mit dem Tod des Selbst im Buddhismus perfektionieren. Ich weiß noch, dass er mich nötigte, all diese Bücher wie Das Buch vom Weg zu lesen und dass wir beide die Lehren des Konfuzius bewunderten. Papa war stets ein Suchender, bereit, die unglaublichsten Kehrtwendungen zu machen, koste es, was es wolle.

Doch zunächst sollte Papa die Wut einer Frau zu spüren bekommen und sich mit Mama prügeln. Er war frei, dachte er, von der Wut Gottes. Aber Mama packte ihn am Hals und knallte ihm einen Tonkrug an den Kopf, der in tausend Stücke zerschellte.

„Du verdammtes Arschloch!", kreischte sie, nachdem er endlich den Mut gefunden hatte, die Frage, die sie sich an jenem Abend nie zu stellen trauen würde, mit Ja zu beantworten. Dann warf sie sich auf den Boden und flehte ihn an, mit ihr zu beten.

„Lass uns zusammen beten, Torfi." Sie wünschte sich so sehr, dass Jehova ihr helfen würde, ihm klarzumachen, dass er ihre schöne Familie nicht zerstören durfte. Ausgerechnet jetzt, nachdem ich aus dem Krankenhaus entlassen worden war und alles wieder in Ordnung kommen würde.

„Es war nie in Ordnung", flüsterte Papa kopfschüttelnd. „Und jetzt steh auf. Es ist vorbei." Die Revolution hatte ihre Kinder gefressen. Der Krieg war verloren.

Mama gehorchte, stand auf und sagte ihm, er könne sie am Arsch lecken und solle zur Hölle fahren.

„Wer ist die Frau? Wie heißt sie?", spuckte sie ihm dann vor die Füße. Als Papa nicht antwortete, drohte sie ihm, die Frau und sich selbst umzubringen. Dabei trat und kratzte sie ihn und versuchte, ihn zu beißen. Doch sie war unterlegen. Papa konnte sie mit Leichtigkeit zurückhalten, erzählt sie und sagt, er sei dabei ungewöhnlich ruhig geblieben.

„Er hat mich nie geschlagen oder so", beteuert sie. Papa sagt, das könne nicht stimmen. Er habe sie bestimmt geohrfeigt, denn dieser Streit sei sehr heftig gewesen. Weitere folgten, und wenn meine Eltern daran zurückdenken, sieht man ihnen an, dass sie im Geiste einen Albtraum durchleben. Dieser Albtraum belastet sie noch heute und reißt alte Wunden auf, die wohl nie ganz heilen werden.

59. Kapitel

Das erste Gedicht der Welt

Und urplötzlich saßen wir Kinder auf der Rückbank von Papas Wolga und diskutierten darüber, ob es tatsächlich sein konnte, dass Mama zu einer Salzsäule erstarrt war. Wir waren auf dem Weg in neue Zeiten mit einer anderen Frau, und bevor wir uns versahen, fanden wir uns in einer Wohnung in Kópavogur wieder. Vor einem riesigen Weihnachtsbaum, der mit Weihnachtskugeln und Pfefferkuchen geschmückt war. Wir hatten noch nie etwas so Schönes gesehen. Und wussten, dass wir, Evas ungewaschene Kinder, jetzt machen konnten, wozu wir Lust hatten. Papa war in der Küche und flirtete mit seiner neuen Freundin. Ohne ein Wort zu sagen, stürzten Ingvi und ich uns auf den Baum und stopften uns glasierte Pfefferkuchen in den Mund. Lilja gaben wir auch welche, wobei wir versuchten, die Plätzchen ohne zu kauen hinunterzuschlucken, vor lauter Angst, erwischt zu werden.

Ich war mir sicher, dass ich mehr gesündigt hatte als Ingvi und Lilja, weil ich kein normales Essen zu mir nehmen durfte. Mama gab mir eine spezielle Diät, damit ich nicht wieder ins Krankenhaus musste. Die verbotenen Früchte schmeckten mir deshalb noch besser als meinen Geschwistern. Ich wusste, dass meine Eltern mir verbieten würden, solche Plätzchen zu essen, selbst wenn sie nicht an einem Baum hingen, der mit Weihnachten assoziiert wurde.

Im Wohnzimmer befand sich auch ein Junge, der später mein Stiefbruder und bester Freund werden sollte. Er rief nach seiner Mutter, und gemeinsam versuchten sie, uns Plätzchen aus einer Blechdose schmackhaft zu machen. Die an dem Baum waren schon mehrere Jahre alt. Wir hörten nicht auf sie und aßen einfach weiter. Ich schaute zu Papa, der plötzlich im Wohnzimmer stand, einfach nur lächelte und dann anfing zu lachen.

Wir waren frei, ich hatte Papa schon lange nicht mehr so glücklich gesehen, wenn überhaupt jemals. Deshalb war ich überrascht, dass Mama anfing zu weinen, als ich ihr später von unserem unglaublichen Abenteuer in Kópavogur erzählte. Sie weinte in meinen Armen, und ich versicherte ihr, es sei alles in Ordnung. Ich hätte Microlax bekommen und sei aufs Klo gegangen, als wir wieder zu Hause waren. Dennoch weinte sie in meinen Armen bittere Tränen. Das war zu einem Zeitpunkt, als sie ganz plötzlich in Strandasel aufgetaucht war, als wäre sie nie verschwunden gewesen. Mama war also doch nicht zu einer Salzsäule erstarrt, obwohl sie sich umgeschaut hatte. Doch sie verschwand schnell wieder, nachdem sie gehört hatte, dass Ingvi, Lilja und ich Früchte von einem verbotenen Baum gekostet hatten, so wie damals Eva. Nur dass unser Teufel keine Schlange war, sondern eine neue Frau. Mama schrie Papa an, sie würde diese Frau hassen.

„Ich hasse dich auch!", fügte sie weinend hinzu und sagte dann, sie hasse sich selbst und uns alle.

Mir fiel nichts anderes ein, als Mama damit zu trösten, dass die Frau mir angeboten hatte, Pfefferkuchen aus einer Dose zu essen. Dabei hätten Ingvi und ich die Plätzchen von dem Baum so lecker gefunden. Ich erzählte ihr auch von den Mandarinen, die die neue Frau mir geschenkt hatte und die ich essen durfte. Da heulte Mama auf wie eine verwundete Löwin.

„Sei still", flüsterte Ingvi mir zu und zog Lilja und mich in unser Zimmer, damit wir nicht im Weg waren, falls sie wieder anfingen, sich zu prügeln. Er wusste, dass wir zu klein waren und nicht dazwischen geraten durften, wenn Erwachsene sich schlugen.

„Er darf keine Mandarinen essen!", kreischte Mama. Es war offensichtlich, dass sie aufeinander losgingen und sich durch die Wohnung schubsten.

„Willst du das Kind umbringen?", machte Mama weiter. Papa antwortete nicht. Als sie sich wieder etwas beruhigt hatte, fragte er abgeklärt, ob sie kommen oder gehen würde.

Mama fuhr ihn an, er solle zur Hölle fahren, und wir hörten, wie sie die Wohnungstür zuknallte. Letztens haben wir ausführlich darüber gesprochen, und Mama weiß nicht mehr, was damals über sie kam. Sie verschwand für mehrere Monate, versteckte sich bei ihrer Schwester Tóta. Papa brachte uns zu einem Babysitter, während er sich mit der neuen Frau eine neue Wohnung einrichtete.

Doch vorher überredete Mama ihn, zu einem Versöhnungstreffen mit Friðrik Gísalson und anderen hochrangigen Ältesten zu kommen. Es gab Kaffee und Kekse, und sie baten Torfi, noch einmal in sich zu gehen, an Gott und die Familie zu denken.

„So ist es nun mal", sagte Papa kühl. „Das ist mein Standpunkt. Ich werde ihn nicht mehr ändern. Ich habe eine Entscheidung getroffen, ich werde diese Frau verlassen."

Er bot Mama an, die Wohnung, uns und das Auto zu behalten. Er werde versuchen, für sie aufzukommen. Mama hatte damals gerade den Führerschein gemacht, nachdem Papa sie dazu gezwungen hatte. Aber sie wollte nicht Autofahren und wirkte, als hätte sie einen Nervenzusammenbruch. Sie meinte, sie habe es nicht verdient weiterzuleben, und gab sich die Schuld an der Scheidung. Vielleicht hätte sie nicht so viel aufräumen sollen, dachte sie. Vielleicht hätte sie öfter mit ihm schlafen sollen. Vielleicht hätte sie sich weniger Gedanken über uns machen sollen. Vielleicht hätte sie sich mehr Gedanken über uns machen sollen, und so weiter.

Mama denkt noch immer darüber nach. Sie hat viele Dinge wiedergutgemacht, andere aufgearbeitet, kann sich aber immer noch nicht verzeihen, dass sie uns Jungen nicht so sehr geliebt hat, wie sie es ihrer Ansicht nach hätte tun sollen. Dass sie sich nicht um uns gekümmert hat. Sie hat sich nie ganz von diesem Nervenzusammenbruch erholt, schaffte es aber schließlich, eine neue Arbeiterwohnung zu finden. Lilja zog mit ihr dort ein und wuchs bei ihr auf. Ingvi und ich waren am Wochenende häufig bei ihr, und manchmal liebten wir sie über alles. Seitdem sind viele Jahre vergangen, aber Mama ist immer noch wütend auf sich selbst.

„Diese Frau hier hat mich enttäuscht", sagt sie, und wir umarmen uns. Es geht uns gut. Wir haben alles überlebt.

In einer der ältesten überlieferten literarischen Dichtungen der Welt, dem Gilgamesch-Epos, geht es um die Suche des Menschen nach dem ewigen Leben. König Gilgamesch begibt sich auf eine lange Reise, um seine Angst vor dem Tod zu besiegen. Er möchte ewig leben, genau wie Mama und Papa und ein großer Teil der Menschheit. Viele Elemente aus diesem alten Epos flossen in das sogenannte Alte Testament ein und übten von jeher einen großen Reiz auf uns aus.

Natürlich fand Gilgamesch nicht das ewige Leben. Das Einzige, was er fand, waren Unzulänglichkeit und Demut gegenüber dem Leben. Er kehrte zurück nach Uruk, reich an Erfahrungen von der Reise, und war seinen Untertanen ein guter König, ein viel besserer als vor seiner Suche nach dem ewigen Leben.

Die Geschichte meiner Eltern ist natürlich auch meine Geschichte und die Geschichte vieler anderer. Sie erinnert zweifelsohne an dieses alte Epos. Mama und Papa suchten nach dem ewigen Leben, aber sie fanden es nicht.

Mikael Torfason, geboren 1974 in Reykjavík, Autor von Filmdrehbüchern, Theaterstücken, Gedichten und Romanen, stand 2015 mit „Týnd í Paradís" und 2017 mit dem Folgeband „Syndafallið" (Der Sündenfall) an der Spitze der isländischen Bestsellerliste. Sein Roman „Der dümmste Vater der Welt" war 2003 für **Tina Flecken** die erste große Übersetzungsarbeit aus dem Isländischen. 2017 erhielt sie für ihre Arbeit an der Übersetzung von „Lost in Paradise" ein Stipendium des Deutschen Übersetzerfonds.